Guantánamo Boy

Guantánamo Boy

Anna Perera

TRADUÇÃO
Laura Alves e
Aurélio Rebello

AGIR

Título original
Guantanamo Boy

Adaptação de capa
Letra e Imagem

Copidesque
Rebeca Bolite

Revisão
Jacqueline Gutierrez
Patrícia Reis
Mônica Leite Costa

Produção editorial
Maíra Alves

CIP-Brasil. Catalogação-na-fonte. Sindicato Nacional dos Editores de Livros, RJ.

P499g Perera, Anna
Guantánamo boy / Anna Perera; tradução Laura Alves e Aurélio Rebello. – Rio de Janeiro: Agir, 2009.

Tradução de: Guantanamo boy
ISBN 978-85-220-0805-6

1. Campo de Detenção da Baía de Guantánamo – Ficção. 2. Guerra contra o terrorismo, 2001 – Ficção. 3. Novela inglesa. I. Título.

09-0622 CDD: 823
CDU: 821.111-3

Rua Nova Jerusalém, 345 – CEP 21042-235 – Bonsucesso – Rio de Janeiro – RJ
Tel.: (21) 3882-8200 Fax: (21) 3882-8212/8313
www.ediouro.com.br

Para JLK, com todo o meu amor

Rochdale,
Inglaterra
EUA
Baía de Guantánamo,
Cuba
Kandahar,
Afeganistão
Karachi,
Paquistão

Nota da autora

Embora *Guantánamo Boy* seja uma obra de ficção, foi inspirada em acontecimentos reais. Por muito tempo, em nome da justiça, crianças foram seqüestradas, maltratadas e mantidas reclusas sem acusação formal em Guantánamo e em muitas outras prisões secretas pelo mundo afora.

Olho por olho e em breve o mundo inteiro estará cego.

— Mahatma Gandhi

CAPÍTULO 1

O jogo

Às vezes, arrastando-se para casa depois de um dia chato na escola, Khalid pensa: "Eu preferia estar em qualquer outro lugar, menos aqui." A idéia de ter que explicar ao pai o que aconteceu na véspera está lhe revirando o estômago, e ele reza para que a carta da escola, reclamando de seu comportamento no laboratório de ciências, não esteja à sua espera em casa. Porém, ao abrir a porta do número 9 da Oswestry Road, depara-se com um envelope no canto do tapete.

Pronto! Khalid sacode a cabeça ao ver no verso do envelope branco o timbre da escola Rochdale High. Pega-o, larga a mochila no chão, atira o casaco na direção do cabide da parede e, sentindo o cheiro do curry do jantar da véspera, corre para a cozinha, onde há mais luz.

Por um momento ele examina o aposento que engloba cozinha e sala de jantar: as facas nas respectivas divisórias do faqueiro de madeira; o pano de prato de listras azuis muito bem dobrado sobre o escorredor de aço e uma barra de sabão cor-de-rosa no prato de plástico transparente entre duas torneiras brilhantes. Tudo limpo e lustroso, bonito e arrumado, nada parecido com a confusão e o pânico terríveis que ele pressente para quando seu pai ler a carta do professor de ciências. Afunda em uma cadeira, escutando ao longe o barulho do trânsito. Consulta o relógio da parede, tiquetaqueando uniformemente, contando os segundos que faltam para a porta da frente se abrir. Há três dias o pai não sai antes das seis da tarde do restaurante Vegetarian First, em Manchester, onde trabalha há dez anos como *chef*, e ainda são 15:45h. É provável que faltem horas para ele chegar em casa.

Um agradável cheiro de lustra-móveis vem de uma pequena mesa de madeira apoiada na parede amarela ao lado de Khalid. Ele ergue os pés e os descansa sobre a mesa. Com a carta da escola nas mãos, espera pacientemente que as irmãs Aadab, de 6 anos, e Gul, de 4, apareçam no corredor, seguidas da mãe carregando farfalhantes sacolas de compras.

"Khalid, infelizmente você se portou mal no laboratório de ciências", dissera o sr. Hanwood. "Vou escrever aos seus pais a esse respeito."

Muito obrigado.

— Nunca gostei dele — diz Khalid em voz alta.

Ontem nem teve culpa. Seu colega Nico estava zangado com Devy, que lhe devia dinheiro; quando cobrou de Devy, este o mandou àquele lugar. Nico agarrou-o pelo colarinho, e Devy perdeu a cabeça e tentou agredi-lo com o livro de ciências. Porém, Nico se esquivou e Devy atingiu em cheio o rosto de Khalid. É claro que Khalid arremessou a mochila contra Devy, fazendo voar da bancada boa parte do equipamento do laboratório. E a única coisa que o sr. Hanwood viu ao entrar foi Khalid atirando sua mochila.

Pois bem, agora é tarde demais. A menos que ele se livre da carta... O correio costuma extraviar objetos, não é? Mas um instante depois a porta da frente se abre com força e Khalid ouve os berros de Aadab e Gul:

— Ai, mamãe, Gul está me beliscando! — queixa-se Aadab aos gritos.

— Khalid, quantas vezes já lhe disse para não largar a mochila no tapete e a jaqueta no chão? — grita a mãe, ignorando a briga das meninas.

— Eu não fiz isso! — Khalid grita de volta, tirando os pés de cima da mesa e enfiando depressa a carta no bolso da calça. — Coloquei a jaqueta no cabide. Deve ter caído.

— Sim, porque você não pendurou direito — diz a mãe, subitamente ali, bem ao lado, com sacolas brancas marcando-lhe ambos os braços. Logo atrás, Aadab e Gul sobem a escada como um vendaval para trocar as roupas da escola.

— Desculpe — Khalid se apressa para apanhar os pesados sacos de compras. — A que horas papai vai chegar hoje?

— A qualquer instante — responde a mãe. — É bom ele não se atrasar de novo, ou eu terei uma conversa com aquele patrão. Seu pai trabalha demais e nunca se queixa.

Khalid examina a mãe. Ela está de testa franzida, sempre preocupada com uma coisa ou outra, e provavelmente por isso seus cabelos fartos e brilhantes começam a embranquecer. Seus olhos de águia, sempre alertas, procuram algo fora de ordem que ela tenha que arrumar. É claro que Khalid poderia lhe entregar a carta, porém ela parece exausta e está ocupada demais guardando as compras. E em todo caso se limitará a dizer a Khalid que espere até o pai chegar.

Tentando agir normalmente, Khalid dirige-se à sala e liga a TV. Aparece uma notícia sobre Guantánamo, a prisão em Cuba a respeito da qual o professor de história, sr. Tagg, falou para a turma na véspera. Uma imagem mostra um grupo de soldados apontando armas em direção a uns homens com uniforme de prisioneiros de cor laranja, agachados no chão, rodeados por altas cercas de arame, tendo ao lado cães de aspecto ameaçador.

O apresentador diz:

— O campo está sendo ampliado para abrigar mais presos talibãs.

"Pobres sujeitos", pensa Khalid.

— Seis meses depois do 11 de Setembro e o mundo está ficando cada dia mais louco — falou o pai, surgindo de repente atrás de Khalid.

— Ah, oi, pai, não ouvi você chegar. Está tudo bem? — Khalid tenta parecer calmo, embora sinta o coração bater cada vez mais depressa.

— Meus pés estão me matando — resmunga o pai, saindo sem notar nada de anormal.

Meia hora depois, o pai está sentado à mesa ao lado de Khalid, contando à família como passou o dia. Quanto *khoreshe* de lentilhas desperdiçado! Quantos pães *nan* comidos pela metade jogados fora! Com expressão pesarosa, ele enumera todo o conteúdo das latas de lixo do restaurante. Aadab e Gul observam o pai, segurando as risadinhas durante as suas longas pausas, e aguardam pacientemente até ele abrir a embalagem das fatias de bolo de noz-moscada que guarda no bolso para a sobremesa.

Khalid, preocupado e inquieto, não se atreve a sacar do seu bolso a tal carta.

— Primeiro as coisas vão piorar para depois melhorar — diz o pai. — Hoje lá no restaurante um sujeito apontou para o garçom e disse: "Veja bem como se comporta por aqui, cara." Incrível! O rapaz não tinha feito nada de errado. Nada, exceto vestir um *shalwar kameez.** Só isso.

— A mesa não é lugar para se discutir acontecimentos mundiais — diz a mãe. — A comida desce mal se as pessoas estiverem preocupadas. — Ela também não gosta de se sentar no chão para comer, como fazem na família de seu irmão. — Nós moramos na Inglaterra — diz. — Não estamos na Turquia nem no Paquistão, e na Inglaterra os pisos são frios, com ou sem almofadas.

Khalid sempre lava a louça depois do chá. Quando ele tinha 6 anos o pai o ensinou, dizendo: "Ajudar sua mãe é uma demonstração de respeito." E Khalid fica feliz em agir assim, porque ela trabalha muito na secretaria da escola primária local e sempre volta cansada para casa.

Hoje, Khalid enxuga a louça enquanto a mãe lava, apanhando de uma só vez os talheres com o pano de prato. Arruma depressa os copos vermelhos, alinhando-os na prateleira, ansioso para terminar, porque planeja se encontrar com o primo paquistanês pela internet às seis horas. Tariq mora em Lahore e esse horário é bom para ambos.

A mãe vê Khalid olhar o relógio.

— Tariq não é um mau rapaz — e sorri, lendo o pensamento do filho. — Mas seu tio diz que ele não consegue se concentrar em nada.

— Não consegue se concentrar? Ele está estudando árabe, não está? — o pai ri, abrindo o jornal. — É algo que eu jamais consegui fazer. Tariq fala inglês, urbu, punjabi... e agora árabe. Esse rapaz vai longe, vocês vão ver.

Khalid olha para a mãe e vê que ela não está achando graça.

— Por que você não gosta do Tariq, mãe?

* Túnica longa sobre calça comprida, usada com um lenço. (N. da T.)

— Ele está exercendo uma influência muito forte sobre você. A todo instante você fala Tariq isso, Tariq aquilo, como se ele fosse alguém muito importante. — A mãe cruza os braços e olha para cima. — Até o seu pai diz isso. — E olha desconfiada para o rosto impassível e inocente do pai de Khalid. — Você diz isso, sim!

O pai sorri às escondidas para Khalid, como se dissesse: "Não ligue para isso", mas a mãe não deixa passar e insiste em olhar para o canto onde fica o computador, como se ali houvesse um monstro do mal.

— O meu irmão me contou que Tariq passa um tempo enorme no computador e não obedece — continua ela. — Que tipo de jovem vive assim? Um comportamento muito ruim, não discutam.

— Eu não ia discutir! — protesta Khalid, relembrando que a mãe tinha sido a primeira a encorajar essa amizade. Por sua causa, há muito tempo Khalid venera o primo mais velho como herói. Enviou-lhe o primeiro e-mail há quase dois anos, quando a mãe contou da morte de Radhwa, a irmã de 2 anos que Tariq adorava. Radhwa morreu lentamente, depois de uma doença arrastada. A mãe explicou que Tariq ficou louco, recusando-se a crer que a irmãzinha tinha falecido, e teve pesadelos por semanas seguidas. Nessa época, Tariq tinha 15 anos, Khalid, apenas 13, e, embora toda a família tivesse ficado de coração partido, quem mais sofreu com a morte de Radhwa foi Tariq.

— Escreva para o seu primo — pediu a mãe. — Diga alguma coisa que o ajude a se sentir melhor. — E assim Khalid fez, informando por e-mail os endereços dos melhores sites da sua cidade, Rochdale, e do seu clube de futebol. No início, pareceu esquisito mandar mensagens para alguém que ele não conhecia de verdade, mas pouco a pouco os dois se tornaram amigos e geralmente conversavam sobre interesses comuns. Computadores, videogames, futebol, filmes, coisas de que todo mundo gosta, seja em Rochdale ou em Lahore.

Se a mãe de Khalid desconfiasse que ele descia a escada às escondidas para conversar horas com Tariq de madrugada, quando todos dormiam, teria tido um ataque. Mas se ela soubesse como ele aprendia com o primo, não que um dia ele fosse lhe contar, talvez ela não se preocupasse tanto. Ele conversava com

Tariq sobre coisas que não interessavam aos seus colegas. Estes provavelmente passariam a vida inteira em Rochdale, mas Khalid queria conhecer o mundo. Não queria acabar como o pai, a vida toda trabalhando pesado para um patrão. Khalid sempre dizia ao pai para abrir um restaurante próprio, porém ele não lhe dava ouvidos.

— Não há nada que eu não tenha visto — escreve Tariq nos seus e-mails para Khalid. — Estive na Turquia, em Medina, fui à primeira mesquita, em Al-Quba. Você não imagina como é o verde da cúpula!

Khalid tenta imaginar o verde mais brilhante e mais verde que qualquer verde, mas não consegue. Para ele, verde é apenas uma cor como as outras.

Tariq lhe fala dos lugares sagrados do Islã, especialmente de Medina, onde o Profeta Maomé está enterrado. Mas Khalid acha difícil se interessar por esses lugares. Às vezes a sua curiosidade acaba quando ele chega nesses trechos das mensagens de Tariq. Os locais que o atraem são frios e desertos, como as áreas remotas da Islândia e do Ártico. Países de pequena população, cheios de icebergs flutuantes chamam a sua atenção. Ele odeia o calor. Adoraria visitar a Groenlândia, por exemplo.

Além disso, odeia receber sermões. Aborrece-se porque se sente de novo na escola, não em casa conversando com o primo. Tariq é apenas dois anos mais velho, mas às vezes o trata como um garotinho. Para começar, Khalid não sabe onde ficam esses lugares. Só viajou uma vez para o Paquistão, e isso há 11 anos, para visitar o tio, irmão de sua mãe, que tinha se mudado da Turquia para lá. Não havia conhecido Tariq porque, na época, o tio morava com a avó. Khalid só se lembrava do calor, das ruas poeirentas e da espada recurvada, toda em ouro, pendurada na parede da sala da casa do tio. Não se lembra de mais nada.

Khalid nunca foi a Karachi visitar as irmãs do pai. Mas imagina que deva ser tão monótona quanto a pequena cidade perto de Lahore onde Tariq e a família ainda vivem.

Os trechos dos e-mails do primo que realmente atraem Khalid são os que se referem a jogos de computador, e agora Tariq inventou um jogo que Khalid não cansa de jogar nas suas sessões on-line.

— Vocês precisam ver como Khalid está digitando bem! — Gaba-se o pai para quem quiser ouvir. Em geral, essa pessoa é Mac, o vizinho escocês do número 11, que tem filhas da mesma idade das irmãs de Khalid. — Digita mais rápido do que o vento!

Mac dá uma palmadinha na cabeça de Khalid quando ele aparece, e todos riem. Então o pai e Mac saem para conversar sobre marcadores de combustível, eixos motores, regulagem ou qualquer outro assunto desinteressante aos demais.

A mãe se apressa a levar Aadab e Gul para o banho, e a cozinha fica em silêncio. Para Khalid é sempre a melhor hora do dia.

O bombardeio de palavras de Tariq começa no momento em que a porta da cozinha se fecha e Khalid fica enfim sozinho diante do computador, que ocupa todo o espaço da mesinha de canto.

— Aí, primo! — começa o bate-papo. — Não tive tempo de ver os resultados de sábado do Rochdale Football Club. Como eles se saíram?

— Foi empate... um jogo muito difícil — Khalid o põe a par.

— Quer dizer que eles precisam vencer o próximo jogo ou correm o risco de ser rebaixados, é isso? — digita Tariq.

— Parece — Khalid suspira, esperando a resposta de Tariq.

— Que vergonha para Rochdale! A única lição de verdade que eu aprendi até hoje é: não importa o quanto você saiba, sempre há mais a aprender. Ter lido muitos livros me ensinou como sei pouco a respeito de qualquer assunto! Eu achava que essa partida estivesse ganha! Para falar de coisas boas, vou lhe contar o que fiz hoje...

Khalid lê rapidamente as notícias sobre as aulas de árabe de Tariq. Desliza depressa a barra de rolagem da página até o trecho que aguarda. Debruça-se, cotovelos na mesa, para captar todos os detalhes.

Desde a primeira frase, "Últimas notícias do jogo", Khalid presta atenção a cada palavra das idéias e dos planos do primo, mesmo sem entender tudo.

— Ainda não decidi como vou chamá-lo — começa Tariq —, mas acho que o ideal seriam seis personagens localizados em diferentes países. Assim poderemos ter muitos jogadores simultâneos on-line, competindo de todas as partes. O que acha?

— É, seis seria legal! — Khalid digita depressa. — Mas é preciso um nome muito bom!

Khalid não percebe o tempo passar, lendo sobre a complexidade necessária para executar a linguagem do programa. E, além disso, os objetivos, as regras, a estrutura matemática, tudo o que Tariq havia pensado para formular o jogo fazia a sua invenção parecer superior ao Counter Strike. Khalid adora Counter Strike, um game de ação que ele costuma jogar no computador da casa de Nico. Um grupo são os terroristas, e o outro as Forças Especiais que precisam se infiltrar para neutralizar a bomba. Tariq e Khalid também gostam muito de jogar Grand Theft Auto, e sentem uma onda de adrenalina ao explodir alvos e roubar carros. Agora o favorito dos primos é Starcraft, o único jogo de estratégia situado no espaço cósmico, e eles conversam sobre inúmeros outros enquanto Tariq conclui a sua própria invenção, ainda sem nome. Será simples, porém muito mais divertida por se tratar de um jogo particular dos dois.

Esses e-mails fazem Khalid se sentir tão melhor que ele se esquece de entregar ao pai a carta da escola. Então a porta se abre, a mãe atravessa a cozinha em silêncio e retira algo da fruteira.

— Já são sete e meia. Saia do computador, Khalid!

É sempre a mesma coisa. Nunca há tempo suficiente para conversar com Tariq. Relutante, Khalid digita:

— Até mais, primo! — E desliga o computador.

"No mundo inteiro as nações vêm reforçando as suas leis contra o terrorismo. O Paquistão fornece aos Estados Unidos mais bases e aeroportos militares para serem utilizados nos ataques norte-americanos ao movimento talibã", diz a voz do apresentador do noticiário da TV.

— Você não tem dever de casa para fazer? — indaga a mãe.

— Não consigo estudar com essa TV ligada — diz Khalid.

— Bela desculpa! — A mãe não se deixa convencer, depois dirige ao filho um sorriso fingido e volta para a sala, fechando a porta na passagem.

Khalid arrasta a mochila até a mesa e logo se distrai estudando Galileu.

Galileu, o gênio que sabia tudo sobre astronomia e matemática. Chegou a aperfeiçoar o telescópio. Khalid se recosta na cadeira e cruza os braços. Como Galileu sabia que o telescópio precisava ser aperfeiçoado? Com esse pensamento Khalid sente a cabeça confusa. É muita matéria para estudar, e a maior parte ele precisa ler duas vezes para conseguir entender. De uma coisa tem certeza: Galileu é bem legal! Ao longo da história todo mundo soube. Ele até desafiou a Igreja Católica!

— Nós todos fazemos parte dessa desgraça — diz o pai, entrando para pegar um copo d'água. Khalid não sabe o que o pai quer dizer com a frase nem sobre o que está falando. Também não pergunta. Mas medita sobre aquelas palavras por um momento. "Papai é assim mesmo. Diz coisas que ninguém entende", e esse é o grande problema entre os dois. Como reagirá quando lhe entregar a carta? Khalid não faz a menor idéia.

Na mente de Khalid um pensamento passa como um relâmpago: se os seus colegas estivessem ali, poderiam achar que o pai era meio esquisito, falando coisas assim, inesperadamente. Mas sua família não é como as pessoas supõem. A mãe nunca usou véu, nem a mãe dela, na Turquia, onde foi criada. Talvez o pai estivesse se referindo ao fato de ultimamente ter aumentado a hostilidade contra os muçulmanos no bairro. Embora Khalid não tenha sido insultado nem agredido, ou algo semelhante, na escola alguns garotos muçulmanos comentaram que agora se sentem totalmente inseguros na rua à noite, e que antes do 11 de Setembro ficavam muito mais à vontade.

Às vezes sua família faz as preces de sexta-feira e come os alimentos *halal*, mas isso é o máximo a que chega no quesito religião muçulmana. O pai crescera em Karachi, no Paquistão. Seu avô, já falecido, era dono de uma loja de móveis lá, e o pai de Khalid, filho caçula, nascera quando sua mãe tinha 39 anos de idade. As três irmãs do pai são muito mais velhas do que ele, e só a mais velha se casou, portanto as irmãs solteiras moram com ela e com o marido.

— Essas fuxiqueirinhas! — O pai as chama assim. Ele não tem muita afinidade e raramente se refere a elas.

— Seu pai parece o meu avô — diz Nico. — Sempre mandando a gente ajeitar a camisa e pentear o cabelo antes de sair. Como se alguém ainda se importasse com isso!

Todas as vezes que Khalid o encontra na rua, Nico está usando camiseta preta e jeans azul de cintura baixa, comendo um saco de batatas fritas. Sempre com um sorriso largo e lunático, como quem acabou de ver algo louco. Nico é colega, mas também o principal fornecedor de álcool para os garotos da área. Tendo a sorte de contar com um irmão de 18 anos — Pete, parecido com ele — Nico precisa somente exibir a carteira de identidade do irmão mais velho para comprar engradados de cerveja, que revende a preço inflacionado. Khalid não entende por que Nico desperdiça tanto dinheiro em batatas fritas, mas o amigo tem sempre uma resposta.

— Comer batatas fritas, tomar cerveja e acertar na cabeça daqueles moleques bombados do parque, isso é que é vida, meu caro! — Sua gargalhada ruidosa mais parece o latido de um cão do que a risada de um garoto de 15 anos, o que faz Khalid rir também. Nico nunca mencionou se já acertou algum muçulmano, e Khalid duvida que o tenha feito. Nico não é desse tipo de garoto. Aliás, nenhum dos seus colegas é. Eles não distinguem cor, raça, religião, essas coisas. E os moleques bombados a quem se referem são uns meninos entre 11 e 12 anos de idade, de cabeça raspada, que vivem na propriedade atrás da escola e se divertem fazendo arruaças e importunando senhoras idosas.

— Já terminou o dever de casa? — A mãe, de volta à cozinha, observa o filho pelo canto do olho enquanto prepara uma xícara de chá de hortelã.

— Já. Acho que vou dar uma volta por aí com o Nico para conversar sobre a partida de amanhã.

A mãe torce a boca e senta-se à mesa com uma revista.

— Primeiro peça permissão ao seu pai, Khalid. Eu não gosto desse garoto arrogante!

— Mãe! O Nico é o melhor aluno da turma em matemática e o irmão dele está na Universidade de Manchester, estudando engenharia elétrica! Papai diz que isso é o máximo da inteligência!

— Mesmo assim, esse menino tem alguma coisa esquisita. Você não me convence.

— Está bem, está bem, tanto faz! — Khalid beija-a no rosto, fingindo momentâneo interesse pela revista da mãe. Sente o seu suave perfume de jasmim e, rápido como um relâmpago, apanha o seu boné azul e desaparece.

— Espere um instante, filho! — A cabeça do pai, debaixo do capô do velho Ford Fiesta de Mac, surge quando a motoneta do filho passa. — Você não pode sair com o uniforme do colégio. Vai estragar.

Khalid faz cara de inocente:

— Só vou até a casa do Nico para checar umas... umas equações de matemática...

Por algum motivo isso faz Mac soltar uma gargalhada.

— Quando eu era da sua idade nós não esquentávamos a cabeça com matemática e bobagens, com tantas garotas por aí.

O pai suspira. Ele odeia que Mac dê conselhos desse tipo para Khalid. Mas, aos 54 anos, Mac está totalmente por fora, logo o pai não precisa se preocupar que Khalid lhe dê ouvidos. Khalid tenta imaginar o que significaria para Mac passear pelo parque com os colegas e ver como é a vida hoje em dia.

— Mas na verdade não podíamos atacar as garotas do nosso grupo — Mac ri para si mesmo.

— É? Legal! — diz Khalid, saindo. — Até logo.

No final da rua, Khalid enrola as mangas da camisa, abaixa mais o cós da calça do colégio, vira à direita, depois na segunda rua à esquerda e pega um atalho por um beco para chegar ao parque. Quando chega, passa correndo pelos balanços e vai direto à área perto dos carvalhos onde a turma se reúne nos bancos quebrados.

— E aí, Kal! Qual é? — Tony Banda faz uma careta. — Nada como vir até aqui, irmão.

Estavam todos: Nico, Mikael, Holgy, Tony, outros garotos do colégio, cada um se divertindo a seu modo. Agredindo-se com falsos socos, piadas sujas, cigarros, latas de cerveja, brigando pela última batata frita.

— Devolva, seu idiota! — Holgy tenta tirar das mãos de Tony o pote verde.

— Nada disso, semana passada você comeu todas as minhas! — Tony dá uma pancadinha na cabeça do outro com a lata. Então Holgy, com o espesso cabelo castanho caindo sobre os olhos, dá cotoveladas em Tony até este largar o pote de batatas fritas. Holgy coloca-o na boca, fazendo deslizar pela garganta as batatas esfareladas. Todo mundo ri porque, convenhamos, Holgy é meio maluco.

— Gol! Gol! — Mikael narra a cena que se desenrola à sua frente, provocando o riso de Khalid. O que eles mais têm em comum, além do colégio, é o fato de todos jogarem no mesmo time de futebol (cinco de cada lado) nas noites de quinta-feira. O desempenho do pequeno time nunca sai da cabeça de nenhum deles, principalmente da de Mikael.

— Precisamos de um plano para o jogo de amanhã — Tony Banda olha para Nico.

— Desta vez vamos tentar ganhar, para variar — Nico pega um cigarro.

— É bom, porque semana passada fomos muito moles — acrescenta Khalid.

— Moles? — Holgy troveja a sua gargalhada. — Há séculos não fazemos um gol, e você, Tony, trate de não levar outro cartão do juiz pelas suas cusparadas, hein? — Holgy, um goleiro estiloso e musculoso, ruge como um leão-marinho a cada defesa espetacular que faz. É o melhor jogador do grupo.

— Esquece! — diz Tony. — A culpa não foi minha.

Khalid considera Tony um grande atacante. Avança melhor do que ninguém. Porém, por mais que jogue futebol há muito tempo, ainda não consegue obedecer às regras. É uma vergonha ver que está sempre distraído.

— Onde está Lexy esta noite, Tony? — indaga Mikael. A menção ao nome de Lexy faz Tony ficar todo sem jeito. De fato, com aquele cabelo louro, aqueles olhos azuis e aquele corpão, Lexy deixa todos embaraçados. Acompanha todas as partidas, de pé, ao lado da quadra, vestindo um casaco de lã cor-de-rosa, independentemente do clima, e, de botas pretas de salto alto, corre para receber Tony quando ele é expulso do jogo (o que acontece jogo sim, jogo não) e abraça-o como se ele tivesse feito um gol.

— Não sei — responde Tony. — Ela deve aparecer por aqui, espero. —E de repente lá está ela, vindo ao encontro deles, com os seus saltos altos.

— O que ela vê em você, Tony? — Nico balança a cabeça, incrédulo, enquanto Lexy cruza o parque.

— Ela precisa ir a um oftalmologista — declara Mikael, e todos riem.

— Precisa mesmo — concorda Khalid. Lexy é bonita, mas ele prefere aquela garota irlandesa do colégio, Niamh.

"Por que será que sou tão tímido para essas coisas?", Khalid pergunta a si mesmo, espreguiçando-se na grama úmida. De repente, nuvens escuras resfriam o ar, aumentando seu nervosismo no instante em que ele puxa o envelope do bolso da calça.

— Olha só! — diz Nico, gargalhando ao ver o brasão do colégio.

— Vamos lá, Hanwood, solta o veneno! — fala Khalid segurando o envelope no ar, rasgando-o para abrir e imitando a voz do professor para todos se divertirem:

> Prezado sr. Ahmed,
> Seu nome foi mencionado em nossa reunião de hoje a respeito da festa do colégio, que realizaremos no próximo dia 2 de julho. Gostaríamos de saber se o senhor poderia providenciar outra barraca de curry, que fez tanto sucesso no ano passado. Blá, blá, blá.

Khalid morre de rir, por ter perdido horas se preocupando sem motivo.

— Hanwood me disse que ia escrever uma carta sobre o meu comportamento no laboratório.

— Ele já me disse isso um milhão de vezes. Festa do colégio? Ainda estamos em março! — diz Nico.

— Quer dizer que você já aprendeu os meses do ano, Nico? — caçoa Holgy.

— Janeeeiro, fevereeeeiro... — Mikael entra na brincadeira.

— Calem a boca! — corta Nico.

E então, além dos insultos, uma onda de amizade se espalha entre eles. Entre esses garotos da mesma idade que compartilham as mesmas ruas e o mesmo colégio, os mesmos professores, o mesmo cabelo de pontas espetadas com gel. As mesmas piadas idiotas e às vezes os mesmos sonhos, que um dia talvez se transformem em realidade.

CAPÍTULO 2

O sangue é mais denso que a água

Na noite seguinte, Gul e Aadab tagarelam na cozinha acolhedora e confortável, à luz da luminária vermelha pendente do teto. Toda a família está à mesa, terminando um delicioso prato de *chapatis*, curry e arroz frito com legumes. O aposento cheira a cebola, tomate e alho fritos, o aroma predileto de Khalid, que hoje está feliz porque, além do delicioso perfume da comida, ganhou conceito B+ do sr. Tagg por seu trabalho sobre a Inquisição Espanhola. Não que isso mude alguma coisa, já que a mãe traz novidades.

— Iremos a Karachi na próxima semana, passar o feriado da Páscoa — diz ela casualmente, como se anunciasse que a comida estava sem sal.

Khalid, sobressaltado, apruma-se na cadeira. O susto faz com que ele perca a fala momentaneamente.

— O quê? Que droga! — murmura. Mas a mãe apenas o olha de testa franzida, como se dissesse "Nem tente! Não comece!" Aquilo não podia ser verdade!

— Lá em Karachi não vamos ter nada para fazer. Se tivermos que ir, por que não podemos ficar na casa do seu irmão, perto de Lahore? Eu preferia a companhia do Tariq e não daquelas fuxiqueirinhas de quem você sempre se queixa, papai. Ou vocês todos podem ir, que eu fico aqui com os meus colegas — e Khalid desmoronou, exausto com a súbita torrente de protestos.

— Chega! — Chocada com a explosão do filho, a mãe aponta-lhe o dedo, enquanto o pai baixa o olhar. — O seu pai não vê as irmãs desde antes de você nascer, e talvez você pense duas vezes ao saber que a sua avó acaba de falecer e que é por isso que estamos indo.

— O quê? — Khalid olha para um e outro, subitamente envergonhado. É típico do pai esconder as notícias e mandar a mãe contar o que está acontecendo. Khalid também fica chateado de ter de calar a boca tão depressa e acaba se sentindo constrangido.

— Claro que o enterro já aconteceu 24 horas após o falecimento, logo não chegaremos a tempo — acrescenta a mãe.

Faz-se um silêncio geral que parece durar muito tempo, embora não tenham se passado mais do que alguns minutos. Então a mãe se levanta. Gul e Aadab a acompanham para ajudá-la a tirar a mesa, fazendo caretas para Khalid pelo seu erro e deixando-o junto com o pai, sentados ali, num silêncio mortal. Ninguém mencionou o bolo de noz-moscada do bolso do pai que eles sempre disputam depois do jantar. Ninguém comentou sobre os restos de batata e grão-de-bico atirados ao lixo hoje durante o horário de trabalho do pai no restaurante. Ninguém falou na avó que Khalid não conheceu e que acaba de falecer.

Khalid se pergunta como não notou o pai um pouco calado esta noite. Como não percebeu que havia algo errado? Talvez porque estivesse tão contente por ter obtido um B+. Estava curtindo tanto os elogios da família que nem reparou no rosto sério do pai. Agora se sente envergonhado e constrangido demais para pedir-lhe desculpas ou perdão.

Aadab amontoa os pratos na pia, um após outro, enquanto Gul corre em volta, sem motivo. Por fim, a mãe expulsa-as da cozinha. E Khalid fica ali sentado, mexendo no saleiro de aço inoxidável. Move-o para cima e para baixo, roda-o para um lado e para outro, esperando o pai começar o sermão. Não se atreve a sair da mesa antes do pai, que, no início, fica em silêncio, só o observa por um longo tempo, de um jeito que o encabula. Depois o pai se levanta, repõe a cadeira de pinho no lugar e faz uma breve pausa. Khalid sente a hesitação que o domina e se remexe no assento.

Alguns minutos se passam antes que o pai dê as costas e saia depressa. Khalid morde o lábio para não dizer algo idiota a fim de aliviar a tensão.

É assim que as coisas têm sido entre eles ultimamente. Andam muito distantes. Ambos têm passado por emoções fortes, muito complicadas para expressar em palavras. Mais difíceis ainda de compartilhar. Nico tem razão: seu pai parece mais um avô do que um pai. Antiquado. Nada a ver com os pais dos colegas de Khalid, que falam palavrão e tomam cerveja como todo mundo. Khalid gostaria de poder conversar com o pai sobre as coisas que o interessam, como o jogo virtual de Tariq, por exemplo, mas só a idéia provoca-lhe a imagem do pai desaprovando e franzindo o cenho, dizendo: "Os jogos não são importantes na vida."

Se ao menos ele fosse uma vez ao parque para ver Khalid jogar futebol! Se pelo menos perguntasse sobre seus colegas! O pai nunca trata ninguém mal, isso não, mas parece viver num mundo próprio e às vezes Khalid acha-o ausente. Além disso, nesses últimos dias, ele tem estado muito irritante, embora Khalid sempre o ache engraçado e no fundo um bom sujeito.

Por exemplo, o pai de Nico sempre usa jeans frouxos e camiseta, e há pouco mandou raspar a cabeça e fazer uma tatuagem de cinco centímetros no pescoço que diz "Defendam-na".

— Fantástico! — dizem os colegas de Khalid. — Legal, para um cara da idade dele!

Já o pai de Khalid veste camisa social branca e calça preta todo dia, como se fosse um garoto indo para o colégio. O cabelo preto bem penteado repartido de lado também lhe dá um aspecto totalmente fora de moda, apesar de ele ser muito mais bonito do que o pai de Nico. Qualquer pessoa pode constatar isso. Se pelo menos ele fizesse um bom corte no cabelo, ou fizesse algo diferente além de cozinhar no restaurante, voltar para casa, limpar os sapatos e assistir à TV! Ou bater papo com Mac sobre carros!

Khalid decide arrumar a terrível bagunça que fez com o sal em cima da mesa e está recolhendo-o na palma da mão quando a mãe aparece junto à porta e diz:

— Já percebi que você esteve refletindo sobre o seu péssimo comportamento.

— Não, na verdade eu não estava pensando em nada — diz Khalid, com um leve tom de irritação na voz.

— Estou vendo. Khalid, por favor, pare de andar por aí com esses seus amigos, como sempre. Compreenda que se deve viver em família e que a família é mais densa do que os amigos.

— O sangue é mais denso que a água, mamãe! — e Khalid sorri, não mais irritado.

— Foi isso que eu disse! — a mãe espera que Khalid continue argumentando mas, ao contrário, ele morde o lábio e tenta se explicar:

— Eu não sabia que ela tinha morrido, viu?

— Obediência aos pais é sinal de respeito. E isso você sabe, Khalid.

— Você já disse isso dez mil vezes, mamãe. Vocês não vão mesmo me deixar visitar o Tariq se formos ao Paquistão?

A mãe suspira.

— Lahore fica longe demais de Karachi. A ida até lá aumentaria muito os gastos.

Ela começa a brincar com o cabelo de um jeito infantil, fitando o nada com os grandes olhos castanhos, enquanto sua mente vaga bem longe. Depois pega depressa o bloco de anotações e um lápis que ficam ao lado do telefone. Rapidamente faz uma relação de coisas que precisa levar para o Paquistão, para as tias de Khalid. Quando ela começa a escrever, não consegue parar.

Devagar, bem devagar, Khalid desiste de passar agradáveis férias de Páscoa junto com os colegas, à medida que vê a mãe fazer aquela lista chata:

1. xampu
2. sabonete
3. escovas de cabelo
4. creme dental e escovas de dentes
5. lixas para unhas
6. creme para as mãos
7. creme hidratante
8. lápis

9. papel
10. livros

E a lista continua interminável, com um único item interessante: "21. DVDs". Khalid sorri. Ah, não, só falta a mãe levar para os parentes o seu filme predileto, *A noviça rebelde*!

Em seguida, Khalid corre até o computador na mesa de canto e localiza Karachi, lugar totalmente desconhecido para ele. A primeira página informa que a população é de 15 milhões, e a cidade tem inúmeros restaurantes internacionais e altos edifícios de escritórios, além de uma praia chamada Sandspit, que lhe provoca risos. Ele fica sabendo que 69% das pessoas no Paquistão não têm acesso à água corrente nem à descarga sanitária. Desemprego em massa, água poluída, elevado índice de analfabetismo, tudo isso faz com que ele se desligue do assunto e o ajuda a retomar a sua pesquisa sobre a Inquisição Espanhola, até que a mãe lhe entrega algum dinheiro e diz:

— Khalid, por favor, corra até a loja nova, na rua principal, e compre pimenta em pó e pasta de tamarindo. Estão faltando.

— Preciso ir mesmo? — resmunga Khalid.

Um simples olhar da mãe o faz correr até a porta e calçar depressa os sapatos da escola, sem olhar para trás. Quando a mãe aperta os olhos, furiosa assim, em geral grita pelo pai.

— Olá, Kal — Khalid ouve vozes chamando-o assim que chega às lojas novas e iluminadas. São Holgy e Tony, perambulando em frente à loja Rashid, de material elétrico. Khalid gostaria de se encontrar com eles no parque, na volta. Não ali, fazendo compras.

— Houve uma grande pancadaria lá no parque. Um nerd está hospitalizado. Nem se dê o trabalho de ir lá mais tarde, porque fecharam os portões logo cedo. — Tony desce da bicicleta, mascando chiclete desesperadamente. O gorro do casaco preto cobrindo a cabeça, e o rosto redondo com ar inocente. Música *dance* escapa dos seus fones de ouvido.

— O que foi? O que aconteceu?

Sempre há brigas por ali depois que anoitece. Khalid espera que não seja com alguém conhecido. Holgy faz careta. Tony encolhe os ombros. Ninguém está muito preocupado, sabendo que as más notícias sempre se espalham depressa. Se fosse algum colega ou alguém mais chegado, eles já saberiam.

— Aliás — diz Holgy, rindo —, os pais do Mikael vão acampar no sábado, então ele vai dar uma festa.

Khalid ia indagar os detalhes, pois nunca tinha ido à casa de Mikael, quando se inicia uma confusão em frente à loja de salgadinhos, algumas portas adiante. Uma mulher magra, de moletom e tênis cinza, de cerca de 30 anos, está discutindo com os moleques bombados do colégio.

Um garoto ligeiramente obeso bebe um gole de uma garrafa de cerveja. Comportando-se como um idiota, começa a pular de um lado para o outro como se estivesse em um trampolim, enquanto os outros rodeiam a mulher, tomam-lhe as batatas fritas e atiram-nas para o alto.

— Lá vai outra... vuuuu!

Atordoam a mulher com uma tempestade de gestos malucos, impedem-lhe a passagem com os ombros para que um deles consiga enfiar uma das mãos no bolso do moletom e roubar o celular.

"Lá estão eles de novo", pensa Khalid.

— Ei! — grita o mais alto que pode. Por ser o tipo de garoto que aprecia uma cerveja de vez em quando, que já roubou umas coisinhas das prateleiras do mercado para ganhar apostas, freqüentemente Khalid se finge de mais audacioso, confiante e forte do que na realidade é, para mostrar que pode se igualar aos mais velhos. Mas hoje, irritado com o estúpido comportamento daqueles moleques, Khalid revolta-se mais do que nunca.

Holgy e Tony caem na gargalhada, enquanto Khalid corre furioso para atacar os moleques.

— Me dá isso aqui! — e puxa o celular da mão do louro baixinho e depois toma do gorducho o saco de batatas fritas.

— Desculpe — Khalid diz para a mulher, devolvendo-lhe o telefone. — Eles são um bando de perdidos.

Ela agradece inclinando de leve a cabeça e recusa as batatas fritas que sobraram com uma expressão irritada. Dá a entender que não quer a ajuda de Khalid e se afasta orgulhosa, sacudindo o rabo-de-cavalo, como se não tivesse passado por perigo algum.

— Por que você fez isso? — indaga um dos garotos. — Só estávamos nos divertindo um pouco.

— Se manda, inútil! — diz Khalid. — Repete isso e eu te dou uma surra!

Quando Khalid chega perto de Holgy e Tony, eles continuam morrendo de rir.

— Qual é a sua, Kal? Confesse, você não viu, ha ha ha, como ela ficou pálida, ha ha, quando você gritou com os moleques? — indaga Holgy. — Quero dizer, como você é muito alto, ela teve mais medo de você do que, ha ha, daqueles moleques.

— Se você tivesse barba, daria um bom sósia do Bin Laden, amigo — acrescenta Tony, e ambos continuam dando gargalhadas.

— Ah, é? — De repente Khalid começa a entender que a mulher talvez o tivesse tomado por algum terrorista, ou algo semelhante. Um dia desses o seu pai dissera: "Os muçulmanos estão atravessando tempos perigosos." E ele tinha razão. Agora Khalid sabe disso.

Chove muito quando Khalid dobra a esquina rumo à nova mercearia indiana. Um adolescente da escola, Matt Garwell, grita-lhe da calçada oposta. Faz gestos de uma dança imaginária para mostrar como está molhado e os cabelos escuros escorrem como vermes no seu rosto de cachorrinho pug.

— Olá, Kal, estou encharcado. — Enquanto Matt se afasta correndo, Khalid lê a mensagem escrita em letras garrafais pretas na camiseta branca do colega: RADICAL PATRIOTA XENÓFOBO. O quê? Khalid pára um momento, imaginando qual seria o significado da palavra XENÓFOBO.

Com as mãos nos bolsos, Khalid pára debaixo do toldo verde da loja, admirando a vitrine cheia de toranjas, repolhos, tomates, pimentas, gengibres e alho, sentindo-se subitamente incapaz de lembrar por que está ali. Incapaz de se lembrar de qualquer coisa além do olhar de desprezo estampado no rosto da mulher magra e das palavras de Tony, que ele sabe que eram piada, mas em todo caso... Pela primeira vez os acontecimentos mundiais e a chamada "guerra ao terrorismo" de George Bush o atingem.

Um arrepio repentino lhe percorre a espinha. Um medo úmido e frio o domina, mergulhando bem fundo, até se transformar em uma espécie de paralisia. Ele tinha saído de casa com a roupa da escola, de camisa desabotoada, pensando em voltar em dez minutos. Mas naquele intervalo, um acontecimento mudou sua vida. Por que alguém ficaria ofendido e o temeria? Por ele ter pele morena e cabelo escuro? Por ser muçulmano? Um sentimento amargo e ruim brota do seu íntimo e ele se irrita consigo mesmo por ter socorrido uma mulher que não enxerga além das aparências e não percebe que ele estava apenas tentando ajudá-la.

Depois o dono da loja abre bem a porta e espera, parado feito estátua, mãos nos quadris, observando o trânsito e fingindo não notar Khalid, que há um bom tempo admira uma pilha de toranjas rechonchudas.

Afinal os seus olhos escuros se encontram.

— Eu não estou com jeito de quem está fazendo algo errado — diz Khalid, mal-humorado.

— Não — o homem olha para ele admirado, alisando a barba grisalha e rala. — Estou vendo.

— Desculpe! — Agora Khalid fica zangado consigo mesmo. Não é certo culpar esse velho só porque aquela mulher o fez sentir-se um lixo.

— Lá em cima eu tenho uma jaqueta velha, se você quiser — diz o homem.

— Não, eu estou bem. Obrigado, amigo — Khalid dá um sorriso de agradecimento. — Vou precisar de um pouco de pimenta em pó e pasta de tamarindo.

Satisfeito ao ver que Khalid está bem, o homem o faz entrar na loja muito iluminada e insiste em lhe oferecer um pouco de chá quente. Desaparece por trás de uma cortina com listras azuis para preparar a bebida e o convida a se sentar em um banco de madeira ao lado da caixa registradora. O balcão está cheio de chocolates, pastilhas de hortelã e chicletes. Um aroma de gengibre mistura-se ao de limpador de carpete, aumentando a esquisitice do lugar.

— A gentileza é o caminho mais rápido para o Céu — diz o dono da loja voltando, como se os pensamentos de Khalid estivessem escritos no seu rosto. Em seguida, diz que se chama Nasir, que vive na Inglaterra há 25 anos, mas só mora em Rochdale há três semanas. — Eu sempre quis ser meu próprio patrão. Agora tenho uma loja.

Khalid sai do estado de transe. Gostaria que o pai fosse assim.

Caçula de seis filhos, Nasir cresceu em uma aldeia montanhosa do Paquistão, onde ainda vive a sua velha mãe, cuidando dos seus legumes e das suas galinhas, como sempre fez.

— E ela mora longe de Karachi? — indaga Khalid.

— Uns oitenta quilômetros — responde Nasir. — Por quê?

— Iremos lá passar a Páscoa com as minhas tias — diz Khalid com um meio sorriso.

— Acho que você precisa ter cuidado, rapaz. A família da minha esposa tem muitos amigos que moram lá e que dizem que os americanos estão pagando muitos dólares para quem delatar qualquer suspeito. Soldados dos Estados Unidos, armados, chegaram lá uma noite e seqüestraram dois irmãos que passavam duas semanas em Karachi, vindos da Arábia Saudita, para montar uma firma de comércio de óleo de cozinha.

"Uma vizinha viu soldados arrastando os irmãos para fora da casa. Bonitos rapazes, disse ela. Não pareciam suspeitos. No dia seguinte, ela ouviu dizer que outra pessoa da vizinhança recebera muito dinheiro para denunciá-los às autoridades dos Estados Unidos. Lembre-se, no Paquistão a maioria das pessoas é muito pobre. Os americanos estão oferecendo mais de cinco anos de salários por essas delações."

— Que estupidez! — diz Khalid. — Assim que descobrirem que os irmãos são inocentes, vão querer o dinheiro de volta.

— Os irmãos nunca retornaram — Nasir sacode a cabeça. — O vizinho que enriqueceu comprou um carro e alugou uma grande casa com o dinheiro dos americanos, e agora os amigos dele também querem ganhar uma grana. Ficam de olho em qualquer novato que chegue à aldeia.

Khalid custa a acreditar.

— Parece história dos caçadores de recompensa no velho oeste dos Estados Unidos, no tempo dos pioneiros!

— É, sim, a mesma ilegalidade existe lá, agora — concorda Nasir.

— Por que não capturam uns terroristas de verdade? — pergunta Khalid.

— Como George Bush? — Nasir ri alto, erguendo as sobrancelhas grisalhas.

— Mas nós somos ingleses. Falamos inglês — diz Khalid. — Não estamos a salvo?

— Você nasceu na Inglaterra? — Nasir franze a testa.

— Nasci. Mamãe veio da Turquia. O meu pai veio do Paquistão, mas já vive aqui há vinte anos.

— Ah, mas mesmo assim você precisa ter muito cuidado lá — adverte Nasir.

— Sinceramente, a nossa família inteira é mais britânica do que qualquer outra coisa — diz Khalid. — E eu só tenho 15 anos.

— Já não é tão criança — Nasir parece preocupado. — Cinco mil dólares é muito dinheiro para alguém ganhar em troca de um talibã estrangeiro.

Indícios de uma viagem perigosa começam a rondar a mente de Khalid enquanto ele termina de tomar o seu chá. De repente o barulho de um aspirador de pó, vindo de trás da cortina, o faz pensar que Nasir queira fechar a loja, portanto desce do tamborete.

— Aposto que acabam soltando os irmãos — diz Khalid, se despedindo e correndo para casa, carregando debaixo do braço a pimenta em pó e a pasta de tamarindo, embaladas com todo cuidado em um saco de plástico azul. Durante todo o percurso intriga-o a idéia de alguém inventar mentiras a respeito de desconhecidos a troco de dinheiro.

Depois começa a questionar a veracidade das palavras de Nasir. "Na certa, os irmãos foram soltos quando os americanos verificaram as suas histórias, e já devem estar de volta à Arábia Saudita." Khalid está ansioso para saber mais. Entra pela porta dos fundos, decidido a não falar de Nasir ao pai, temendo ser repreendido. Ele diria a Khalid para não tornar a falar com o comerciante.

Felizmente o pai está de costas, diante da pia, ocupado em estender folhas de jornal para engraxar os sapatos pretos, e Khalid pode ligar o computador no canto oposto do aposento, antes que ele o proíba. Limpar os sapatos é uma tarefa à qual o pai dedica a maior atenção. Desamarra-os, esfrega-os com duas escovas e um pano macio, abre uma lata de graxa preta e escova-os com método, da frente para o salto, removendo a sujeira, enquanto Khalid digita freneticamente uma mensagem para Tariq.

— Aí, primo, você conhece alguém da Al-Qaeda? — pergunta.

— Não faça esse tipo de pergunta, seu idiota, a menos que queira ser assassinado — responde Tariq imediatamente. Khalid acha isso um exagero. Quem suspeitaria que ele fosse algum malfeitor?

— Está bem, desculpe, calma lá. Eu só ouvi dizer que uns americanos estão pagando rios de dinheiro para os paquistaneses que delatarem qualquer suspeito... é verdade?

— Primo, aqui está uma paranóia infernal. Isso é apenas uma das coisas terríveis que estão acontecendo. Agora, me diga, como vão Aadab e Gul?

O quê? É sempre a última coisa que Tariq pergunta antes de desconectar. E ele não está sendo muito educado. Não, as irmãs são um tema de que eles nunca tratam, devido ao que aconteceu com Radhwa. Mas ainda assim Tariq pergunta. Talvez para demonstrar que agora ele está bem.

Khalid responde no mesmo tom de sempre:

— Irritantes como de costume!

No entanto, a mensagem não chegou a ser enviada, porque a tela escureceu. Ruídos. Khalid fica olhando irritado para o quadrado negro, enquanto reinicia o computador. O pai sorri para os sapatos pretos bem polidos, que orgulhosamente admira à luz que vem do teto.

— Está vendo como brilham? Olhe só!

— Claro que eu estou vendo, papai! — Khalid concorda com a cabeça, e pega o celular para enviar uma mensagem de texto para Mikael, perguntando o endereço da festa de sábado à noite, enquanto o computador reinicia.

Para Khalid há dois tipos de amigos: os que gostam de futebol e os que não gostam. Mikael faz parte do primeiro grupo. Pequeno para a idade e mais quieto que os demais, Mikael joga muito bem na defesa. Rápido na corrida como Khalid, bom jogador de apoio, Mikael é sempre o primeiro a elogiar um companheiro de time e jamais permite que as lesões inesperadas, o mau tempo ou a falta de público diminuam o seu entusiasmo. Khalid dá gargalhadas ao imaginar Mikael se precipitando para a rede feito um foguete em decolagem enquanto os outros derrapam na lama atrás dele.

Khalid gostaria que o time estivesse melhor, pois havia sofrido muitas derrotas nesta temporada, e agora ele se dá conta de que vai perder algumas partidas importantes com a viagem a Karachi. O sonho de ver o time na liga superior depende desses jogos.

— Rua Mandela, 48, bloco C, 18, à direita — Mikael manda uma mensagem de volta.

Khalid acha que talvez não possa ir à festa. Estaria arriscando a própria pele ao ficar na rua depois das 22:30h. Olha para cima e vê o pai observando-o com ar preocupado. Obviamente um pouco irritado.

— O que foi, papai?

— Os seus sapatos do colégio estão uma desgraça, Khalid. Quando viram graxa pela última vez?

— De que adianta limpá-los? Eles sujam de novo assim que eu saio...

Pela expressão do pai, Khalid percebe que está na hora de desistir e desliga o computador. Em todo caso, Tariq ainda não estava conectado. Sob o olhar vigilante do pai, ele limpa os sapatos imundos e gastos, esperando que isso compense em parte o seu acesso de raiva da hora do jantar.

— Aponte a frente do sapato para longe de você. Assim! — O pai franze o cenho, preocupado com o trabalho malfeito de Khalid. — Engraxar sapatos vem do hábito de usar camisas brancas — explica ele, com um largo sorriso. Os olhos escuros de pai e filho se encontram com muita ternura, querendo dizer que naquele momento as desavenças passadas estavam esquecidas. O pai ri de si mesmo, em vez de enumerar todas as coisas que o aborrecem, como Khalid usar o colarinho da camisa levantado no pescoço, em vez de dobrado e achatado como o do pai. Sempre corrigindo a postura do filho e mostrando que o revirar dos olhos e as respostas tortas a tudo o impedem de se aprimorar. A lista é interminável, porém agora há paz entre pai e filho, e isso é bom.

— Papai, eu ouvi dizer que lá em Karachi todo dia estão ocorrendo roubos de carros, assaltos à mão armada e assassinatos.

— Também é por isso que nós precisamos ir, filho. Para prestar homenagens à minha falecida mãe e tomar providências para as minhas irmãs. Sabe a Fatima, a mais velha? O marido dela está muito doente, sem poder trabalhar. Talvez seja a nossa última chance de vê-lo em vida. Preciso levar-lhes dinheiro e algumas coisas. Talvez transferi-los para outra região da cidade. Lá nós estaremos em segurança, não se preocupe. Será bom você rever o Paquistão e se lembrar das suas origens. Gul e Aadab ainda nem conhecem as tias, portanto também se divertirão. Além disso, preciso que você tome conta da sua mãe enquanto providencio tudo. Acha que pode fazer isso por mim?

Khalid percebe que tem sido muito egoísta.

— É claro, papai. Mas como vamos conseguir pagar as passagens aéreas? Devem custar uma fortuna.

Khalid sopra os últimos grãos de poeira dos sapatos, depois tampa a lata de graxa, muito desajeitado.

— A vida inteira eu venho economizando, você bem sabe, filho. Cada centavo eu reservo para o futuro. Para o seu futuro. Para o futuro das suas irmãs. Todo dia, sem desperdiçar coisa alguma. Mas também economizo para esse momento. Preciso fazer isso pela minha família, que vive num lugar tão longe como o Paquistão.

O pai repõe cuidadosamente as escovas e a flanela macia na caixa de papelão que guarda sob a pia. Depois lança um último olhar de satisfação para a caixa bem arrumada e fecha o armário com um clique firme e silencioso.

Khalid o observa afastar-se arrastando as meias cinzentas e ir assistir na televisão a um dos programas de viagens de que tanto gosta, com um sorriso que ilumina seu rosto. Um cheiro de graxa de sapato paira no ar.

CAPÍTULO 3

Karachi

Khalid enfia no bolso do assento da poltrona do avião umas bolas de papel e embalagens vazias e vira-se para a janela, a fim de apreciar os altos edifícios de Karachi brilhando gloriosos pouco abaixo. O resto do cheiro de café forte vinha do homem à sua esquerda e desapareceu no momento em que este estourou um chiclete na boca.

Relaxado e satisfeito, Khalid anima-se ao ver que finalmente chegavam. O homem à sua direita, parecendo alguém que se vê numa igreja, era a pessoa mais sem graça do mundo. Sujeito pálido, que leu um livro a viagem inteira e não falou com ninguém. Enquanto isso Khalid assistiu a três filmes e ouviu música no seu mp3 player, tentando ignorar as filas de mães, pais e filhos que passavam de um lado para outro no corredor rumo aos banheiros.

Afinal, quando o sem graça se levantou, Khalid conseguiu esticar os braços e as pernas.

A mãe, Gul e Aadab estão no lado oposto do avião, enquanto o pai ficou mais ao fundo. Ele trocou de lugar no check-in quando um velho da poltrona ao lado à de Khalid começou a dizer que sofreria de insônia se viajasse perto dos banheiros. Para impressionar o pai, Khalid pensou em oferecer o seu assento, mas o pai trocou antes. Um dos modos de demonstrar respeito é estar sempre pronto a ajudar os mais velhos.

— Poderei descansar durante toda a viagem sem Gul e Aadab me incomodando — dissera o pai, de modo levemente egoísta. — Muitos jamais terão recursos para uma viagem dessas — lembrou ele a Khalid, percebendo que o filho ficara ligeiramente ofendido porque o homem não havia agradecido.

Ajeitando-se pouco à vontade na poltrona, fitando a tela de vídeo à frente, os seus pensamentos voam até a festa de Mikael, no fim de semana, e a conversa que quase tivera com Niamh. De repente, recorda-se do cheiro de amêndoa dos cabelos escuros e encaracolados caindo-lhe sobre os ombros quando ela roçou nele ao passar.

— Excelente festa, não é, Kal? — disse Niamh piscando. — Pena que o velho aquecedor a gás não esteja esquentando nada!

Khalid concordou, atrapalhado. Ela tem o tipo de voz que faz a pessoa se sentir perdida e, por isso, não conseguiu evitar ficar mudo perto dela. As outras garotas se comportam como estrelas de seus próprios filmes, rebolando para uma câmera invisível, ao contrário de Niamh, que é real. Nada de expressões afetadas nem balançar de cabeça. Só um leve encolher de ombros e um olhar que diz: "Aqui estou eu."

Além disso, ela gosta de arte e de livros. Sempre fica entre os três primeiros nas provas de inglês, o que impressiona Khalid. Na verdade, Niamh parece interessante simplesmente pela maneira que se veste. Enquanto as outras garotas se apertavam em minúsculos shorts e camisetas justas que não deixam coisa alguma para a imaginação, Niamh vestia aquela saia branca longa que balançava nos quadris graciosos quando ela andava. Além disso, usava uma blusa larga, um cinto colorido e várias pulseiras de prata tilintantes.

Aquela frase foi tudo o que ela lhe disse a noite inteira. No entanto, o seu jeito de sorrir, de concordar com a cabeça, de revirar os grandes olhos verdes, deixou seu coração em chamas. Para ele, Niamh é a garota mais bonita do mundo. Ele ainda não a convidou para sair. Bem, talvez um dia faça isso.

Khalid a observou abrir outra cerveja e sentar-se no chão perto do aquecedor, conversando com Nico sobre o novo mp3 player dele. Então apareceu um grupo de inconvenientes decidido a criar problemas, e Khalid saiu, ofendido. Não gostava de ver Gilly, a melhor amiga de Niamh, monopolizá-la assim que chegava, cruzando os braços e fazendo-a sentar-se com eles. A maquiagem brilhante dos seus olhos estava borrada quando ela tirou a faixa rosa do cabelo pegajoso e encarou Khalid. Piscando e fazendo poses freneticamente, como sempre.

Gilly estava completamente bêbada na hora em que ele saiu. Aliás, todos estavam e, embora ele tivesse tomado algumas latas de cerveja, não se dispunha a fazer papel de bobo diante de Niamh, que, infelizmente, ia pelo mesmo caminho. De qualquer forma, Khalid não gosta da sensação de tontura que experimenta quando bebe muito.

Além disso, ele precisava tomar muito cuidado para não parecer que tinha bebido, ou a mãe e o pai ficariam furiosos. Duas cervejas são o limite para que os seus olhos comecem a brilhar e ele tropece nas palavras.

Enquanto o avião pousa em Karachi, Khalid guarda no fundo da memória a imagem de Niamh enroscada no chão.

Finalmente chegaram, todos se sentindo bem, embora o cansaço da longa viagem apareça claramente nas pálpebras abatidas de Khalid. Como formigas, percorrem o terminal pequeno e agitado, muito diferente do organizado aeroporto de Manchester que deixaram para trás.

Aqui tudo é caótico: homens e mulheres de sandálias de couro e *shalwar kameez* de todos os matizes de marrom carregam malas, engradados e caixas, tirando-os de uma das duas únicas esteiras. Todos se ocupam também em recolher outros objetos: fardos amarrados com barbante, alguns do tamanho de barcos, enquanto crianças amáveis e sorridentes puxam tapetes amarrados, caixas e cestos, ansiosas por ajudar.

Lá fora, a noite parece estranhamente quente e úmida para Khalid. Ele esperava que as noites em Karachi fossem frescas.

— Sim, a noite é fresca no inverno — explica o pai. — Mas agora faz calor o tempo todo.

Tanto calor que Khalid enxuga o suor da testa enquanto a família se amontoa num velho táxi marrom e nota, pendurado no espelho do motorista, um par de pequenas luvas de boxe feitas de minúsculas bandeiras paquistanesas. Ao volante está um homem de impressionantes olhos negros. Pelo espelho, ele olha para Khalid, com uma expressão gentil no rosto.

O pai os adverte:

— Precisaremos fazer vários desvios porque, como vocês sabem, eu tenho que entregar encomendas, cartas e dinheiro que o meu amigo do restaurante manda para a família dele aqui em Karachi. Em compensação, vocês conhecerão parte da cidade.

E assim seguiram. Gul e Aadab, espremidas no banco de trás, instantaneamente adormecem e caem no colo da mãe e no de Khalid. À frente, o pai vai mostrando, todo orgulhoso, a cidade onde cresceu.

— Vejam a loja onde comprei o meu primeiro livro — suspira. — Aquela ali é a loja de móveis da Club Road, da qual já lhes falei.

O carro ultrapassa depressa um ônibus amarelo decorado com franjas e fitas verdes e vermelhas, parecendo um presente. Khalid percebe um enorme mercado abarrotado de frutas: tangerinas, romãs, bananas. Pilhas altas de coco. Em seguida, o Paraíso de Agha, o hipermercado que vende alimentos importados do Ocidente, que por um momento anima a mãe. Depois passam por uma rua muito diferente, cheia de lixo. Latas velhas. Sacos de lixo abertos cheirando a peixe podre.

Khalid fica desapontado por não ver sinal de roubo de carro nem de brigas de gangues.

— Aqui só os ricos têm dinheiro suficiente para comer — diz o pai quando o táxi entra em uma rua luxuosa, repleta de restaurantes de todo tipo: chineses, japoneses, turcos, franceses. Seguem-se ruas de prédios baixos, marrons. Depois ruas escuras. Vazias.

Poucos carros estacionados.

Dentro das casas, as luzes destacam grades de metal escuro, fixadas nas janelas e portas, dando a Khalid a sensação de haver muitos crimes ali. Duas paradas depois, com as encomendas entregues a salvo, o táxi estaciona na porta de um modesto prédio cinza de dois andares.

Uma caixa de concreto com janelas. "Que lixo!", pensa Khalid, imediatamente aborrecido.

A porta se abre e três senhoras idosas, Fatima, Rehana e Roshan, vestindo *shalwar kameez* escuros, se precipitam para saudá-los. Tagarelam animadas, com um sorriso nos lábios. Examinam cada centímetro de Khalid, sem deixá-lo fugir da sua acolhida calorosa e dos seus gritos de alegria descontrolados, que parecem durar para sempre.

— Mamãe, estou cansada — diz Gul finalmente, enquanto Aadab, de mau humor, esfrega a mão no nariz. Ambas parecem confusas com todo aquele barulho e espalhafato.

Pelo menos o recato impede as tias de beijá-los, abraçá-los e tocá-los.

— Bem, afinal chegamos — diz Khalid, dando de ombros.

Imediatamente ele se pergunta como recusar as xícaras do líquido negro e quente, com cheiro de repolho adocicado, que elas empurram na direção do seu rosto assim que ele se senta no sofá comprido e macio, com um ventilador de teto girando sobre suas cabeças.

Khalid cede e engole tudo de uma vez, limpando a boca com as costas da mão. Basta isso para que a sua angelical tia Roshan torne a encher a xícara. Todos começam a falar ao mesmo tempo. Dessa vez, Khalid esconde a bebida atrás de uma samambaia alta, esperando ser poupado. Gul faz careta e derrama a sua xícara na de Aadab, que parece apreciar o sabor e bebe tudo, como se esperasse ganhar mais daquela mistura horrorosa. O pai franze a testa para Gul, para lembrar-lhe as boas maneiras, e a mãe finge não notar. Khalid implora à irmã caçula com um olhar longo e firme que termine a bebida escondida assim que acabar com a dela, mas não funciona.

Depois do chá, o barulho diminui um pouco. Os presentes são entregues e educadamente deixados de lado, para serem abertos depois. Entediado, Khalid observa o elaborado tapete oriental sob os seus pés até que Fatima, a tia mais velha, se compadece.

— Venha cá, venha cá. — Aponta para a porta e faz com que ele dê alguns passos pelo corredor até um pequeno aposento dos fundos, forrado com um tapete vermelho, cortinas amarelo-ouro e um grande espelho dourado.

Em um canto, sobre uma cama de madeira, dorme um velho esquálido, vestido com uma camisa de críquete verde paquistanesa e uma calça preta e fina amarrada nos tornozelos. Khalid fica sabendo que se trata do tio Amir, marido de Fatima. É mais difícil digerir aquela visão do que o do tapete oriental.

Fatima murmura algo para Khalid e o conduz a outra porta onde há um adesivo de um Boeing 777 das Linhas Aéreas do Paquistão. Fatima aponta-o, orgulhosa, como se Khalid fosse se encantar com a foto de um avião que parece ter mais de cem anos.

— Preciso ir ao banheiro — diz Khalid, achando aquilo tudo um horror.

— Não, não, não. — Fatima parece decidida a aborrecê-lo ao máximo. Ou enlouquecê-lo. Ou as duas coisas. Impede-lhe a passagem. Insiste em abrir a porta onde está o adesivo. Entra e faz com que ele espreite o interior escuro, um espaço ligeiramente maior do que o guarda-louça da sua casa.

— Oba! Vocês têm um computador! — estremece Khalid, surpreso e mal acreditando na própria sorte.

— Temos, temos, sim. — Fatima sorri e aponta para a tela, esforçando-se ao máximo para dizer a Khalid que pode usá-lo quando quiser. Era tudo o que ele queria ouvir. O seu enorme sorriso comove Fatima, quase levando-a às lágrimas. Porém, antes de começar a se divertir, Khalid volta à sala para ser educado por alguns instantes e dar boa-noite a todos. Espera a casa ficar em silêncio e vai até o quartinho, para começar o jogo pela primeira vez.

Cerca de meia hora depois, Khalid se familiariza com o uso do computador sem ler o idioma da tela. A situação melhora quando ele consegue acessar o seu e-mail e descobre que Bomber One, o jogo de Tariq, já está pronto. Um garoto genial, amigo de Tariq em Lahore, o ajudara a concluir o programa e colocá-lo na rede. Tariq havia lhe enviado instruções para que estabelecesse seu próprio perfil, de modo que em breve todos pudessem jogar juntos. Khalid testa-o várias vezes, mas, extremamente cansado da viagem de avião, não consegue prosseguir.

Manda uma resposta animada para Tariq e desliga o computador. Sente-se exausto no momento em que a tela se apaga. Depois se dirige para a sala da frente, tentando lembrar onde a mãe havia dito que ele deveria dormir. Naquela hora a sua mente estava no computador. Será que ela disse no quarto perto do banheiro? Ou aquele seria o das suas irmãs? Em todo caso, Khalid não quer perturbar ninguém entrando no quarto errado e hesita um pouco antes de tirar os sapatos e cair de vez no sofá cheirando a mofo. Ainda está com a calça jeans e a camiseta azul com capuz que veste desde a manhã anterior.

Em poucos dias Khalid estabelece uma agradável rotina. A manhã começa com o café na extremidade da sala de jantar demarcada por almofadões e mantas confortáveis, ladeada por duas grandes janelas. Frutas frescas, suco, curry, arroz e pão ocupam-no nas duas horas que ele precisa passar tomando conta do tio Amir até Fatima voltar das compras e liberá-lo. Isso lhe dá a chance de conversar com as visitas que sempre aparecem, além de brincar e ler para Gul e Aadab para dar uma folga à mãe.

Se não fossem as notícias e conversas sobre o terremoto ao norte do Afeganistão e as imagens de gente tiritando de frio junto às casas destruídas, Khalid talvez se sentisse pior por estar perdendo as partidas do seu time de futebol em Rochdale. Sabe que não pode reclamar quando a televisão mostra pessoas sem teto, sem sapatos nem cobertores, vagando pelas colinas cobertas de neve em busca de alimento.

Um dos visitantes, um homem chamado Abdullah, de 26 anos, com uma espessa barba negra e um pano em volta da cabeça, causa má impressão em Khalid. O sujeito jamais menciona o terremoto, só fala no islamismo. Esse escriturário, de olhar duro e fixo, com uma cicatriz no rosto, costuma aparecer todos os dias para tentar persuadir o pai de Khalid a acompanhá-lo à mesquita. Mas o pai não gosta dele. Diz que é sério demais, até para ele.

O olhar fixo de Abdullah incomoda Khalid. Mas esse sentimento parece recíproco, e eles se ignoram mutuamente.

Apesar de Khalid gostar do fato de a casa ser mais movimentada do que a sua em Rochdale, fica surpreso ao constatar que muitas coisas são diferentes em Karachi. Em primeiro lugar, as pessoas são mais educadas e amáveis do que na Inglaterra. Khalid não consegue imaginar que aqui ocorra o que aconteceu em frente à lanchonete. Ao contrário, todos conversam muito sobre a alta dos preços, a redução dos empregos e a falta de uma rede decente de abastecimento de água, reclamando principalmente das torneiras secas, o que em geral acontece no meio da tarde. Não que Khalid fale urdu. Por algum motivo, Abdullah traduz tudo, mesmo sem ser solicitado.

À tarde as tias gostam de cochilar, o que é conveniente para Khalid. Dá a ele a oportunidade de recuperar o sono perdido por passar a noite jogando com Tariq.

O pai sai com freqüência, procurando uma casa mais barata para onde as tias possam mudar. Às vezes ajuda a coletar donativos na rua, para mandá-los à região do terremoto. Assim, no quarto dia depois da chegada, Khalid decide passar a noite jogando Bomber One. Ninguém na casa se importa com o que ele faz nas altas horas, desde que ajude durante o dia. Provavelmente, pensam que logo depois da meia-noite ele vai para aquela cama apertada, no minúsculo aposento junto ao banheiro. Jamais imaginam que fica acordado até quase cinco horas da manhã, dependendo dos planos de Tariq para o dia seguinte.

Neste momento Tariq está ocupado estudando para umas provas de contabilidade, ou pelo menos é o que diz. Khalid acha que essas provas mais parecem as de conclusão do ensino médio, mas, de alguma maneira, Tariq sempre faz uma pausa nos estudos e joga uma ou duas partidas, independentemente da hora.

Agora há mais jogadores: dois no Egito, um no Iraque, um na Austrália e outro nos Estados Unidos. O jogo está ficando bom. Um grupo secreto de guerreiros precisa se reunir e planejar a destruição de uma cidade imaginária chamada Arch Parkway. Gostam de competir uns com os outros ao mesmo tempo e inventar loucas estratégias para vencer, embora na verdade todos estejam do mesmo lado.

Bomber One ainda é um tanto rudimentar, e não tão bom quanto o Counter Strike ou outro, porém é um jogo caseiro. Quem sabe um dia Tariq poderá vendê-lo, ganhar rios de dinheiro e talvez até dar algum a Khalid por tê-lo ajudado com os nomes.

— Um dia este game ainda poderá fazer muito sucesso, com garotos do mundo inteiro pagando para jogar — diz o norte-americano.

— É muito melhor do que qualquer outro — mente Khalid, bocejando de repente. No fundo, ele preferiria jogar um pouco de Starcraft... mas move o mouse sobre os altos prédios, até voltarem à tela as luzes faiscantes do Bomber One.

CAPÍTULO 4

Desaparecido

Khalid se afasta do computador quando o chamado para as preces começa a ecoar em toda a cidade e ele percebe que são cinco horas. É quase de manhã.

Por um momento fica pensando se vale a pena ir deitar. Ou talvez deva responder à mensagem de Nico, de Rochdale, antes de preparar café para se manter acordado. Não adianta muito tirar um cochilo porque precisará acordar e tomar café no máximo às nove.

Por que Nico está falando sobre Niamh? Será que gosta dela também?

Essa idéia o preocupa por um segundo, até que os sons de Karachi acordando e das preces diminuindo o tragam de volta ao minúsculo e escuro quarto do computador.

Khalid começa a pesquisar as últimas informações sobre vários jogos e instantes depois torna a olhar o e-mail de Nico: "Olá, Kal, Niamh manda um alô. Eu a vi ontem à noite na loja, e ela pediu que lhe dissesse que você deveria ter ficado na festa. Mais tarde ficou muito melhor."

Sem saber o que responder, Khalid quer perguntar a Nico se Niamh anda saindo com alguém. Até onde sabe, ela não tinha ficado com ninguém na festa. Porém, se perguntar, todos saberão que ele gosta dela. E, se Nico também gostar, Khalid não poderá fazer nada, pois todos sabem que ele está no Paquistão, a quase 6 mil quilômetros de distância. Afinal, decide ficar quieto e não responder.

Rapidamente desliga o computador ao ouvir os passos da mãe na escada, correndo de um quarto para outro.

— O que foi, mãe? — Khalid se apressa em perguntar.

— O seu pai. Onde ele está? — O estado da mãe é terrível, os cabelos espalhados nos ombros e ainda de camisola azul.

— O que quer dizer?

— O seu pai! Desapareceu, é isso. Foi ver um apartamento ontem à noite, depois do jantar, e não voltou.

— Talvez ele tenha pegado no sono.

— Dormiu? Onde? Na rua? Khalid, às vezes no fundo do coração a gente sabe o que aconteceu. E estou lhe dizendo que é ruim.

— Sente-se, mãe. Vou buscar um café. Nós resolveremos isso.

Os olhos da mãe de repente se apertam com o tremeluzir da tela do computador ali no canto.

— Espero que você não tenha passado a noite toda nessa besteira — diz, irritada.

— Não passei, juro — protesta Khalid. — Só não consegui dormir.

Desta vez ela sacode a cabeça, incrédula.

— Não tente me enrolar!

— Estou de férias. Não vejo qual é o problema.

— Pare com isso agora. Estou preocupada demais para discutir bobagens. Você precisa sair e descobrir o tal lugar. Ele anotou o endereço em algum papel. Vá lavar o rosto. Penteie o cabelo.

Depois de duas xícaras de café forte de cheiro desagradável e de uma rápida chuveirada, Khalid pega um pedaço do pão *nan* da véspera enquanto a mãe procura saber exatamente a que região da cidade o pai foi. Isso demora algum tempo, pois ela não conhece a cidade nem está familiarizada com a maioria dos nomes das ruas. Além disso, apavorada, precisa se recostar de vez em quando e esfregar o peito para se acalmar.

— Será que devíamos esperar até uma das tias acordar? Ou aparecer um dos vizinhos? — pergunta ela, finalmente.

— Assim ficaremos aqui sentados até as nove horas. Ainda são sete e pouco. Eu vou descobrir, mãe, não se preocupe. — Khalid coloca no bolso o mapa turístico das ruas de Karachi. Sabe que se dobrar à direita ao sair da casa e continuar à esquerda acabará chegando à área exata e espera que alguém lhe ensine o caminho a partir dali. Verifica o endereço rabiscado a lápis em um pedaço de papel e se encaminha para a porta.

Faz muito calor. Há uma sensação de esperança no céu claro à medida que o sol surge por entre os prédios altos ao longe. Khalid dá um profundo suspiro. Saíra pouco da casa, nunca sozinho, e tem pavor de ser assaltado, espancado ou de se perder em uma cidade que ele não conhece e não explorou. Galinhas cacarejam em um quintal próximo. Ninguém na rua, apenas vários sacos de lixo empilhados à porta de uma casa, uma garrafa velha de Coca-Cola e uma lata de aguarrás perto de um carro enferrujado.

Passa um enorme caminhão repleto de homens amontoados como sacos de farinha e envoltos em panos que mal os protegem da poeira que os pneus levantam pela rua. Os rostos são extremamente magros. Braços cruzados. Cabeças baixas.

"Trabalhadores", pensa Khalid. O coração bate mais rápido do que os seus passos apressados.

Dobra a primeira esquina e vê uma multidão se reunindo pouco adiante. Multidão que ele espera poder evitar, mas as ruelas laterais estreitas também estão se enchendo de homens indo na mesma direção e correndo para se juntar aos demais. Há uma sensação de medo no ar. Ou será somente nele?

Então começa a gritaria. Um homem numa plataforma começa a berrar, de braços erguidos. Outros aderem. Socam violentamente o ar. Rapazes passam vestidos exatamente com o mesmo *shalwar kameez* marrom que tia Fatima lhe dera. Um deles grita algo que Khalid não compreende.

A multidão cresce a cada segundo. Khalid pára. Dá meia-volta para procurar outro caminho e evitar aquele caos. Mas é apanhado numa repentina onda de homens vindos de uma ruela lateral. Empurram-no para a frente, numa massa raivosa e desordenada que lembra um daqueles rios de torcedores que saem do Old Trafford quando o Manchester United perde um jogo. A mesma sensação de asfixia e loucura se apodera de Khalid. O mesmo medo de cair, de ser pisoteado. A única diferença é o surpreendente aroma de doce-de-coco e almíscar que sai dos cabelos e da pele quente daquele povo.

Com uma forte dose de empurrões e desvios, Khalid consegue sair do meio do tumulto para um local pouco depois daquele onde estava o homem que berrava na plataforma de madeira. O sol bate forte na sua cabeça descoberta e ele enrola as mangas, achando que ficaria mais fácil se movimentar no meio da multidão se gritasse e socasse o ar como todos os demais. Para sua alegria, logo consegue se deslocar. Segue devagar até a extremidade da rua, rindo. Nuvens de poeira sobem à sua volta e, durante todo o percurso, ele começa a se divertir com a brincadeira de ser um estrangeiro recém-chegado, e não verdadeiramente um daqueles homens, até chegar ao fim da rua, onde faz uma pausa para recuperar o fôlego antes de dobrar em uma tranqüila rua lateral.

Sem sinalização para se orientar, Khalid pára e tira do bolso o amassado mapa turístico. Areia por toda parte. Os seus olhos ardem, impossibilitando a leitura.

Ele segue aos trambolhões pela rua empoeirada, pressionando os olhos com força para limpá-los, mas os dedos cheios de areia só pioram a situação. Cambaleia até uma espécie de passagem subterrânea cheia de vendedores que correm com os seus cestos para as lojas. De olhos vermelhos, ele aos poucos percebe o vulto de um homem em um portal vendendo inscrições gravadas em placas de pedra. Outro negociante exibe contas de turquesa e bastões de canela em uma bandeja de madeira que ergue até o rosto de Khalid, que curva a cabeça para arrancar vários cílios, numa tentativa final de tirar a poeira; e pisca, pisca, até enxergar o velho vendedor de contas, de pé ao seu lado, tão perto que o assusta.

Khalid mostra-lhe o endereço do apartamento, mas é óbvio que ele não consegue ler inglês, levando Khalid a concluir que precisava fazer o caminho de volta ou ficaria ainda mais perdido. Então um homem claro, de ombros largos e rosto queimado, de boné branco, surgiu do nada e disse algo em urdu para o vendedor de contas e fez sinal para que Khalid lhe mostrasse o endereço.

— Está perdido? — indaga ele com um forte sotaque de Liverpool. Khalid leva um susto. O homem pisca.

— Sei como se sente, companheiro. Isso aqui é um hospício. Meu nome é Jim.

— Olá, o meu é Khalid. — E pisca, surpreso. — Como é que você fala urdu?

— Estou estudando línguas orientais em Londres. Além disso, sou um gênio, como todos os nativos de Liverpool. Não está vendo? — Jim ri e Khalid imediatamente se empolga com aquele sorriso amigável.

— Está bem, como quiser — responde Khalid, brincando também.

Aliviado por encontrar alguém que poderia ajudá-lo, Khalid caminha com Jim pelo mercado cheio de gente, e Jim lhe conta da sua viagem ao Paquistão com dois colegas, também estudantes em Londres.

— Meu amigo Mohammed me convidou para passar as férias aqui e pensei: "Por que não?" Pelo menos teríamos chance de falar a língua. Entende o que eu digo? Seus olhos estão um pouco embaçados, cara. Você está bem?

— Caiu um cisco no meu olho. — Khalid fala da manifestação, conta que o pai não voltou para casa e que estava na cidade pela primeira vez. — É por isso que tenho este endereço, embora não faça a menor idéia de onde fica esse lugar.

— Está procurando o seu pai? E o que vai fazer se não o encontrar?

— Não sei. — A mesma pergunta lhe ocorrera ao sair de casa.

— Bem, posso levá-lo até esse apartamento. Mas sugiro que, se o seu pai não estiver lá, você corra para casa e fique esperando notícias. Se quiser um bom conselho, não se aproxime da polícia sem estar com um grupo de amigos homens e sempre coopere com eles em tudo. Responda a todas as perguntas. Ouviu bem?

Khalid concorda com a cabeça.

— Então não posso confiar na polícia?

— Digamos que há muitos golpistas circulando nesta cidade — diz Jim franzindo a testa. — Tráfico de drogas e coisas parecidas, e muitos sujeitos da CIA pagando por supostos suspeitos da Al-Qaeda.

— Então é como em Manchester? — riu Khalid.

Jim esboça um sorriso que logo desaparece.

— Estão obcecados procurando bombas radioativas — explica. — Há homens desaparecendo por toda parte.

Khalid recorda as conversas com Nasir e Tariq.

— Mas o meu pai, não. Ele é um paquistanês ocidentalizado. Nem gosta daqui, só quer ajudar as irmãs a mudarem de casa.

Jim sacode a cabeça:

— No momento, todos os nascidos em países muçulmanos são vistos como ameaça aos Estados Unidos.

De repente, algo na maneira de Jim falar fez Khalid ficar mais ansioso do que antes. Se ao menos pudesse encontrar o pai e voltar para Rochdale e para as suas vidas normais...

Dez minutos depois chegam a um pequeno conjunto de apartamentos. Jim vai à frente na estreita escada de concreto que leva ao último andar. Com mão firme bate à porta do apartamento 26, procura em volta por sinais de vida. Depois espreita por uma pequena janela, pouco maior do que um envelope, enquanto Khalid espera ansioso que o pai abra a porta.

Nada, só o silêncio e um talo de maçã mofado no poeirento piso de concreto, aos pés de Khalid.

— Isto não é bom sinal — diz Jim antes de berrar o mais alto que consegue em urdu. A porta do apartamento 25 se move lentamente. Trincos e ferrolhos estalam e deslizam antes que um velho abra uma nesga da porta e os espie desconfiado.

— *Salaam!* — Jim se apressa em saudá-lo enquanto pode. Explica rapidamente sobre o pai de Khalid e aponta para o apartamento 26.

O cauteloso velho leva algum tempo para responder, como se não tivesse certeza de que Jim falava a verdade. Uma sensação de pânico domina Khalid enquanto o homem os examina de alto a baixo e depois cospe. Encara-os firme e com suspeita no olhar, mesmo quando Jim lhe fala no dialeto local. Por fim, responde rapidamente e fecha a porta, trancando e aferrolhando o mais depressa possível. Os seus passos acelerados ressoam no piso barulhento, como se o velho mal conseguisse esperar para se ver livre deles.

Jim vira-se para Khalid e segura-lhe as mãos.

— Sinto muito, amigo, eu tentei. Ele disse que não há ninguém nesse apartamento. Que pertence a um sujeito rico, que quer alugá-lo. Ele acha que alguém deve ter batido na porta ontem à noite, mas não tem certeza.

Khalid fecha os olhos e sopra o ar, como se tivesse prendido o fôlego o tempo todo. Sem dizer nada, espreita pela pequena janela do apartamento e vê apenas um corredor estreito de ladrilhos vermelhos e uma pilha de cartas fechadas sobre o capacho de fibra de coco.

— Acho que ele não está aqui — diz, finalmente.

Voltam caminhando, Khalid em silêncio, com o coração pesado, e Jim falando sem parar sobre uma garota chamada Carla, estudante de arqueologia, por quem está loucamente apaixonado. Tenta a seu modo fazer Khalid se sentir melhor, distraindo-o da decepção.

— Você sabe como é quando a gente gosta de uma garota e não consegue tirá-la da cabeça — diz Jim, sorrindo. Conduz Khalid por uma rua lateral para evitar o mercado e a manifestação, que aumentara. Porém, a cadência dos cantos, os gritos dos homens e um carro rangendo e freando ali perto disparam foguetes de medo e pânico inimagináveis a cada passo de Khalid.

Papai? Papai? Apavorado de não tornar a vê-lo, um repentino cheiro de fumaça de madeira atinge Khalid. Ele perde o controle dos pensamentos, das sensações e dos sentidos. A menos que o pai esteja em casa quando ele chegar, sua vida virará de cabeça para baixo.

Um estranho torpor domina Khalid enquanto caminha pela rua empoeirada, oscilando entre barulho e silêncio. A voz de Jim o leva à ponta de um penhasco e o traz de volta, a conversa inútil parecendo sair do fundo de uma caverna.

— Ela é incrível. Você entende o que quero dizer? — pergunta Jim.

— Sim, claro — Khalid não tem ânimo para sorrir. As palavras "Ela é incrível; incrível; sim, claro" rodopiam na sua cabeça, enquanto a idéia terrível de que o pai pode estar morto lhe aperta o coração. Os dois andam em silêncio durante alguns minutos, e por algum motivo a mente de Khalid volta a um dia de setembro do ano anterior, em que ele e Niamh estavam sentados juntos debaixo de um carvalho no parque. E, apesar de Holgy estar fazendo caretas para ele o tempo todo e de Nico estar lançando gravetos no banco, Niamh lhe contou os seus planos de se tornar advogada e morar em Nova York. E como pretendia sair de Rochdale assim que pudesse, porque depois do divórcio a mãe a estava enlouquecendo.

— Você tem que se casar com uma garota muçulmana? — perguntou Niamh.

— Posso me casar com quem eu quiser — disse ele, sem querer entrar no assunto, pensando: "Devo lhe dizer que se ela não for muçulmana pode se converter? Muita gente faz isso."

— Mamãe diz que é melhor eu casar com um católico. Ora, ela se casou com um católico e veja o que aconteceu! Em todo caso, para nós isso é passado, não é, Kal? Obrigada por me escutar. — E deu um salto quando a van do sorvete tocou aquela melodia sem graça no portão do parque.

— Está a fim de um sorvete?

— Hum... não. Sim... está bem! — Khalid se lembra de ter sorrido. Sentado ali feito um cãozinho perdido até ela voltar com dois sorvetes de duas bolas. Rezando silenciosamente para ela tornar a se sentar ao seu lado, mas ela não sentou.

Cinco dias depois da festa, quando a viu pela última vez, ele já não se sentia bem. Viajaram para Karachi e agora o pai estava desaparecido e ele se sente ainda pior. Talvez devesse tê-lo advertido sobre seqüestros e aquelas coisas que Nasir, o lojista, lhe contara.

Jim pára de repente.

— Esta é a rua das suas tias, não é? Você não disse que era esta rua?

— Disse sim, elas moram no 74-A — Khalid confirma.

Jim encara-o:

— Você está passando bem? Quer que eu o acompanhe até em casa e fale com a sua família?

Khalid recusa com a cabeça, sabendo que se chegasse em casa sem o pai, a presença de um estranho só pioraria tudo.

— Está certo, a gente se vê. Aposto que o seu pai já está em casa — disse Jim, não muito confiante. — Aqui está o número do meu celular, se você precisar de alguma coisa. Cuide-se, ouviu?

— Muito obrigado — diz Khalid afinal. Quer falar mais alguma coisa, como, por exemplo, que não teria encontrado o apartamento nem falado com o vizinho sem a ajuda de Jim, mas fica com medo, pois, se falar demais, vai começar a chorar. Jim compreende e apenas sorri demonstrando afeto, até que Khalid dá meia-volta e se dirige à sua rua, erguendo a mão num aceno de despedida, com o coração partido.

Tão logo Jim some da vista, algo no íntimo de Khalid dispara e ele sai correndo o mais depressa que as pernas conseguem, e de um salto está em casa arfando e empoeirado. A adrenalina faz a sua cabeça girar em meio a milhares de imagens terríveis do pai ferido, sangrando, raptado, baleado. E, no momento em que abre a porta, tem certeza de que o pai não voltou.

Quando diminui o barulho forte da passagem de um caminhão, Khalid se prepara para entrar em casa, aspirando profundamente aquele aroma de alho frito e cominho.

CAPÍTULO 5

Páscoa

A porta se fecha e dentro da casa há um oásis de silêncio e paz. As cortinas escuras criam a sensação da penumbra de uma caverna. Embora aquele seu lar temporário seja familiar, Khalid não se sente confortável ali quando faz uma pausa, olha pela abertura da porta do quarto escuro dos fundos e vê tio Amir enrolado em um canto, dormindo como de costume.

Calcula que todos estejam na sala, esperando ansiosos. Sabem que é Khalid, pelo modo de descalçar as sandálias e se dirigir até eles com passos hesitantes.

Khalid vê aquele mar de rostos inquisidores e acha que toda a vizinhança se apinhou na sala. Nas mesinhas, mal há espaço para outro pote de açúcar ou xícaras de café pela metade. De repente ele não sabe por onde começar. Todos ao mesmo tempo, centenas de vozes inquisidoras lançam perguntas em urdu e punjabi, vizinhos e parentes distantes amontoados à sua volta. As tias torcem as mãos, soluçando. A mãe está de pé a um canto, gemendo. Gul e Aadab, pálidas e agitadas, estão quase chorando.

— Não sei onde papai está — diz Khalid quando todos fazem silêncio. Descreve a seqüência dos acontecimentos o mais rápido possível, sem se dar o trabalho de mencionar a manifestação e as hordas de homens enfurecidos com as quais se deparou.

No momento em que Khalid conclui, deixando aquela gente tão desinformada quanto antes, todos começam a expressar as próprias idéias e a gesticular para o céu em busca de auxílio. Uma corrente de orações desesperadas flui das bocas crispadas. Ninguém percebe que Khalid escapou para pegar um copo d'água, lavar as mãos e o rosto empoeirados e se jogar no chão da cozinha.

Finalmente ele consegue ficar sozinho, num estado de total incredulidade por sua busca inútil.

A mente está esgotada e a cabeça gira devido a tantas horas sem descanso. O ventilador de teto parece se agigantar sobre Khalid, à medida que ele monta no chão um ninho de almofadas vermelhas com franjas douradas que balançam quando se deita. Logo dominado pela suave hipnose dos movimentos e dos estalos do ventilador, Khalid desfruta de um momento de paz até que as pessoas comecem a ir e vir, passando por cima dele. Batem xícaras, preparam café, cochicham, tentam não ser barulhentas, embora percebam que ele não está dormindo.

Afinal essas interrupções constantes o forçam a se levantar novamente. Ele volta para a sala, onde Gul e Aadab se entreolham com tristeza e se perguntam se alguém notaria caso elas comessem o resto dos torrões de açúcar do pote de vidro verde. Gul se estica para pegar um punhado deles e passa alguns para Aadab. Ambas se esforçam para apreciar aquela doçura nauseante, fingem não estar comendo coisa alguma e, junto com Khalid, olham tristemente para a mãe. Fatima e Roshan estão na janela, de costas para eles, olhando para fora. Tia Rehana escuta desatenta um vizinho que trouxe um pote de mel e algumas nozes para animá-los.

Todos estão no mesmo estado de sofrimento solitário, apenas os corpos na sala, as mentes ocupadas com histórias lidas nos jornais sobre pessoas que desapareceram e foram encontradas mortas por ataques de bombas, acidentes, assassinatos. Ali é fácil imaginar o pior.

Mais tarde, depois de horas se revirando na cama, Khalid se levanta. Mexe-se depressa, veste o jeans e corre para saber o que está acontecendo. Espia a sala, vê os mesmos rostos, sente a mesma desesperança e recua. Então corre para o computador, na esperança de um e-mail de alguém que possa lhe dizer o que aconteceu com seu pai.

Abre a porta e se surpreende ao ver Abdullah no computador.

— O que você está fazendo aqui?

— Como? — responde Abdullah clicando no canto da página, fechando-a. Vira-se rapidamente e encara Khalid com um sorriso calmo e sem demonstrar surpresa.

— Este computador é nosso — gagueja Khalid.

— Tenho permissão da família para usá-lo, mas já terminei e agora você pode continuar o seu jogo — diz Abdullah com o seu inglês irritante e formal, afastando a cadeira para trás.

Khalid não tinha contado a Abdullah sobre o jogo de Tariq, mas qualquer pessoa poderia ver o que ele estava fazendo no computador, pois esqueceu de sair da última vez em que o usou. De agora em diante ele sempre desconectaria e desligaria direito.

— Não se preocupe. Não estou interessado no que você faz na internet. Não sou espião — diz Abdullah, lendo-lhe a mente. — Eu... eu estou apenas lendo os jornais, como sempre fiz. O meu irmão e o marido da minha irmã também vêm aqui fazer o mesmo. Não temos vindo nos últimos dias porque a sua família está aqui. Eu estava procurando para ver se há alguma notícia do seu pai. — Pôs-se de pé e saiu, deixando Khalid ali parado, incapaz de retrucar.

Por um momento Khalid se sente culpado, mas logo se esquece e verifica as mensagens. Há três: uma de Tariq, sugerindo a hora para jogarem Bomber One naquela noite; uma de Nico, se gabando de ter baixado gratuitamente várias músicas para o seu mp3 player; e outra de Jamie, um colega que também está fazendo o trabalho final de história sobre Galileu.

— Ele pode ter tido um derrame — diz alguém no corredor, e as idéias se chocam com o cheiro gostoso de curry que paira no ar.

Depois de algum tempo, Khalid desliga o computador, sai do quarto e constata, surpreso, que Abdullah está de volta, com a esposa. Sorriem para todos, carregando fumegantes pratos de comida.

— Uma cumbuca de curry e *chapatis*. E também grão-de-bico! — diz Abdullah.

Alguém bate à porta, de um jeito calmo demais para serem notícias urgentes do pai. "Outro vizinho", pensa Khalid, indo à porta e abrindo-a para um rosto familiar.

— Olá, como vão as coisas? — sorri Jim. — Pensei em dar uma passadinha a caminho do aeroporto. Está tudo bem?

Khalid nega com a cabeça.

— Não, papai não está aqui.

A mãe e as tias desaparecem no corredor, constatando que não era alguém com uma notícia importante.

— Ainda não sabemos o que aconteceu — diz Khalid, agarrado ao portal. Ouvindo Abdullah e a esposa se oferecerem para levar a comida à cozinha, Khalid sente de repente o estômago revirar de fome.

— Vocês verificaram nos hospitais? — pergunta Jim.

— Os vizinhos verificaram. — E Khalid sacode a cabeça, de repente querendo mudar de assunto para não se irritar de novo. — Estávamos nos preparando para comer algo. Quer se juntar a nós? Aqui uma boca a mais não fará diferença.

— Não, eu preciso ir. Mas muito obrigado. Eu só queria saber como iam as coisas. Gostaria que as notícias fossem melhores — suspira Jim. — Bem, boa sorte, companheiro. Espero que você aproveite o resto das suas férias de Páscoa.

— Obrigado. — Khalid fecha a porta e Jim torna a entrar no táxi. A lembrança da Páscoa em casa, uma imagem de Rochdale, sua cidade natal, brilha na mente de Khalid. De repente, ele está andando com os amigos pela York Street, uma bela rua de paralelepípedos. As lojas estão cheias de ovos de chocolate, enquanto eles se encaminham para a galeria comercial. Khalid sente uma forte ligação com aquela velha cidade industrial e pela primeira vez na vida constata que a ama. Então Abdullah surge por trás dele, com um olhar suspeito.

— O que foi? — pergunta Khalid, novamente aborrecido.

— Quem é aquele sujeito? — indaga, esperando resposta imediata.

— Apenas um sujeito — Khalid se sente tentado a dizer que se tratava de um atirador de granadas, mas se detém por não achar que Abdullah entenderia como brincadeira. — Eu o conheci no mercado. É estudante em Londres e me ajudou a descobrir o endereço do apartamento que o papai foi visitar.

— E o que mais?

— Nada mais. O que você quer dizer? — indaga Khalid, pensando: "Não é da sua conta."

— O que ele disse? — pergunta Abdullah.

— Como? Nada. Ele é de Liverpool. É inglês. Olhe, estou morrendo de fome. Não como direito desde ontem. — Ao dizer isso, Khalid se afasta. Desconfia que Abdullah sabe mais do que revela sobre o desaparecimento do pai. Aquele olhar dúbio no rosto coberto de cicatrizes não é bom. E a sensação de enjôo que Khalid sente no estômago não passa. Por sorte, quando Abdullah volta para pegar mais comida, não menciona Jim diante dos outros.

Mais tarde à noite, com os vizinhos de volta às suas casas e as tias e a mãe tendo finalmente ido dormir, a casa fica em silêncio mais uma vez. A última decisão é ir à polícia na manhã seguinte. Um grupo de homens vizinhos está preparando uma lista de perguntas.

Havia algumas que Khalid queria fazer a Abdullah, porém a mãe o impediu, colocando-lhe um dedo na boca. Ela o advertiu para não falar fora da sua vez, mesmo que o nó ainda lhe apertasse o estômago. Com tudo isso em mente, Khalid liga o computador. O sinal familiar é o melhor som que ele ouviu o dia inteiro.

— Olá, primo — Tariq já está conectado, esperando-o com uma mensagem.

— O meu pai desapareceu — digita Khalid imediatamente. Conta a história toda, em que ele mesmo custa a acreditar.

— Eu soube pelo meu pai — responde Tariq. — Estão todos muito preocupados. Dizem que a guerra contra o terrorismo está piorando a cada dia. — Tariq envia a Khalid alguns links de artigos na internet, escritos em inglês, sabendo que desde a sua chegada ao Paquistão ele não havia lido jornal algum.

— Mas por que o meu pai? Ele não é um homem importante — questiona Khalid depois de dar uma olhada nas matérias.

— Mas é um homem, não é, seu bobalhão? — digita Tariq. — Para eles já é um bom motivo.

— Não compreendo — responde Khalid, cansado e de novo enjoado.

— Vamos, conecte-se logo no Bomber One. Talvez o seu pai esteja de volta quando terminarmos esta partida — diz Tariq. — Os outros estão prontos, esperando.

Khalid por fim clica no jogo, na expectativa de uma simples distração. Os outros jogadores rapidamente alinham os seus soldados, movendo-os em direção aos alvos. Os aviões de combate aparecem. Todos os pontos do último jogo são calculados em detalhes, antes do início da batalha.

Khalid entrega-se por completo ao desejo de ganhar e digita com fúria. Seus dedos começam a se movimentar ao ritmo das figuras da tela até o teclado parecer jogar sozinho. Espontaneamente abatem todos os aviões à vista, usando bombas para explodir os alvos sem o menor esforço. Dinamitando os barcos inimigos na água, o poder de Khalid aumenta a cada explosão. Ao final, ele não pensa em outra coisa a não ser no jogo, e logo a sua mente fica mais leve, apesar do complicado sistema de contagem de pontos.

Por fim, levantando-se para tomar ar, Khalid faz uma pausa e corre para o banheiro. Abre depressa o fecho da calça, decidido a voltar para o computador antes que chegue a sua vez de disparar os foguetes. Nesse instante alguém abre com força a porta da frente. Ansioso e distraído, Khalid dispara pelo corredor escuro rumo à porta. Àquela hora da noite, com certeza somente o pai poderia estar entrando sem bater.

Mas ele estava muito equivocado. Uma gangue de homens de aparência soturna, vestindo túnicas escuras, bloqueia o corredor. Panos negros em volta da cabeça. Luvas negras nas mãos. Dois olhos azuis enfurecidos, os demais castanhos, fulminam Khalid, e as figuras se movem na sua direção como gângsteres com corpos quadrados de desenho animado. Confuso com aquela visão, ele tropeça e bate na parede atrás. Ergue os braços para evitar que se aproximem, chocado e apavorado demais para reagir. Os homens o empurram para a cozinha e fecham a porta antes de colocá-lo de joelhos e apontarem-lhe uma arma, como se ele fosse um criminoso violento. Mãos firmes fecham-lhe a boca com força e vedam-na com fita adesiva. Nenhuma chance de perguntar o que acontecia e menos ainda de gritar.

Aturdido e tremendo, Khalid sente que a cada segundo o seu mundo começa a se transformar em um terrível pesadelo, quando lhe agarram os braços e os tornozelos, algemando-os com força, e jogam na sua cabeça um capuz esfarrapado. E então, sem perder o ritmo, um deles o chuta nas costas, derrubando-o no chão. Uma bota pesada apóia-se firmemente sobre a coluna de Khalid, forçando-o a gemer com uma dor abafada, enquanto a poeira do tapete penetra-lhe o nariz, fazendo-o espirrar sem controle dentro daquele capuz surrado. Essa simples reação faz os estranhos acrescentarem golpes de botas pelos lados e uma intensa agonia se desencadeia no corpo de Khalid, que, aturdido e tremendo em desespero, tenta respirar, procurando ar através da fita que lhe veda inteiramente a boca.

"Papai, papai", suplica Khalid em silêncio. Isso pode ter acontecido a ele. Khalid se revira e se contorce, incapaz de respirar, de gritar ou de impedir as batidas fortes do coração. Entrega-se ao terror quando o levantam como um caixote, de punhos unidos às pernas e aos ombros e, em silêncio, o carregam para fora. Colocado na traseira de um caminhão aberto, ele geme quando o rosto e o corpo batem com força no chão. O súbito movimento do caminhão sacode-o de um lado para outro, o veículo parte e os homens respiram pesadamente e se aglomeram em cima dele, com os seus cheiros de carne fresca e de tabaco.

Paralisado de terror, Khalid se desespera e se pergunta para onde o estão levando. Quem são? Por que ele? Para quê? Perguntas que nem sequer pode formular em voz alta.

Os sons da cidade somem à medida que o caminhão se move depressa por uma estrada esburacada, fazendo Khalid rolar lá dentro. Ele sente o cheiro de óleo e o fedor de animais, e bate a cabeça no piso metálico e irregular. Uma bota pesada chuta-o para o centro cada vez que ele escorrega para o lado. Imagens do seu seqüestro passam pela sua mente, uma após outra, e provocam-lhe um medo incontrolável de ser jogado à beira da estrada a qualquer momento e abandonado ali para morrer.

CAPÍTULO 6

Poder

À medida que o caminhão chacoalha ao passar por mais um buraco, o rosto encapuzado de Khalid é esfregado contra o pó e a sujeira que se erguem do chão duro e quente. Com a cabeça latejando, os braços presos às costas, terrivelmente doloridos, tudo o que ele consegue pensar é: "Por que apontar uma arma para minha cabeça? Foi isso mesmo o que aconteceu com papai?" A situação é tão distante da sua realidade cotidiana que Khalid não consegue sequer compreendê-la. Coisas desse tipo não acontecem no seu mundo. Coisas desse tipo não podem acontecer com ele. Mais parece um filme ou um jogo de computador. Muitas vezes ele se recorda de Abdullah, sempre rondando a casa. E daquilo que Nasir e Tariq haviam contado, sobre pessoas que mentem por dinheiro. E aqueles homens, seriam soldados americanos? Mas por que estariam interessados em um garoto inglês como ele? Deve ser engano. Se eles prenderam o seu pai, então logo tudo será esclarecido.

Khalid rola para um lado quando o caminhão vira a esquina, e uma grande bota o chuta de volta. Um dos homens na traseira do caminhão brada rispidamente, fazendo Khalid ter vontade de gritar. A mãe, as irmãs, as tias ficarão enlouquecidas ao perceber que ele desapareceu. Primeiro o pai, e agora ele.

Após algum tempo, o caminhão pára. Dois homens erguem Khalid e o carregam por um pátio de chão de concreto, onde se ouvem sons de passos e carros próximos.

Já no interior do prédio, o capuz de pano é removido. A forte luz do teto ofusca a vista de Khalid por um momento, enquanto ele tenta discernir as feições dos seus raptores, ocultas sob máscaras negras bem ajustadas. Apenas os olhos azuis hostis e os punhos cerrados dão alguma pista de que um deles deve ser ocidental, além das sardas na pele rosada das mãos. Subitamente, alguém atrás de Khalid puxa de uma só vez a fita adesiva que lhe cobria a boca, rasgando-lhe lábios e pele, arrancando tufos de pêlos do rosto, fazendo-o sentir como se fosse picado por abelhas descomunais. Ele urra de dor e os olhos se enchem d'água. Cerra os dentes, pois as algemas das mãos e dos tornozelos permanecem.

Enlouquecido de medo, dor e raiva, Khalid olha para baixo e nota o estado da sua calça jeans, coberta de poeira, totalmente rasgada, e se sente tão fraco e tonto que mal consegue respirar ou emitir qualquer som. Que diabos eles pretendem? Ninguém vai acreditar nisso — é absurdo demais para descrever com palavras. Ele quase sorri no delírio, ao pensar no que Holgy e Nico iam dizer se ele tentasse convencê-los.

— Quem são vocês? — pergunta em desespero, quase num sussurro, mas ninguém responde.

Todos permanecem sentados até que aparece um paquistanês gorducho, de cabelo impecável, vestindo uma túnica cuidadosamente passada e com um enorme anel de ouro na mão direita, e empurra Khalid para uma sala cinza, cuja porta é trancada assim que entram. O homem examina-o por um instante com uma expressão de espanto, o que prova que o rosto de Khalid está de fato muito ferido e inchado. Ele pode sentir o gosto do sangue que goteja dos seus lábios. O hematoma embaixo de um dos olhos lateja de tanta dor que Khalid precisa apertar a vista para vislumbrar a sala cinza, que recende a biscoito para cachorro. Está vazia, exceto por duas cadeiras, um tapete e uma pequena mesa preta com uma pilha desordenada de papéis.

O homem indica uma das cadeiras a Khalid e então se inclina para soltar as algemas de seus tornozelos, chutando-as para um canto da sala. Por alguns minutos, Khalid tem a impressão de que o seu sofrimento está prestes a terminar. Mas então o homem arranca do pulso de Khalid o relógio que ele tinha ganhado do pai no Natal, e fica claro que ele se enganara. O homem enfia o relógio no bolso e se senta na cadeira em frente.

— Nome e endereço — diz ele num inglês perfeito, de caneta em punho.

A pronúncia é tão boa que Khalid começa a duvidar de que ele seja mesmo paquistanês.

— Devolva o meu relógio — rosna Khalid.

— Depois — responde o homem.

— Isto aqui é uma delegacia policial, ou o quê? Por que aqueles imbecis me bateram?

— Limite-se a responder às perguntas — diz o homem, secamente. — O que você está fazendo no Paquistão?

— O que estou fazendo? Estou aqui de férias com a minha família. Depois voltarei ao meu colégio na Inglaterra, onde moro. O meu nome é Khalid Ahmed. Vocês estiveram na casa das minhas tias. Sabem o meu endereço.

Khalid não acredita que aquilo seja real.

— Inglaterra? Colégio? Seu nome é Khalid Ahmed?

— Estou em um colégio para crianças. Adolescentes. Acabo de dizer o meu nome — Khalid suspira. — Quem são vocês? Deixem-me sair daqui.

O homem inclina a cabeça para um lado, para observá-lo melhor.

— Onde você esteve desde que chegou a Karachi? — pergunta, como se soubesse de algo que Khalid não sabe.

— Em lugar nenhum. Aonde você quer chegar? — Khalid fica ainda mais confuso quando o homem tira do bolso uma pequena fotografia e lhe mostra.

— Quem é este homem? — pergunta, apontando raivosamente para a imagem desfocada de alguém vestindo um *shalwar kameez* marrom, saltando no ar com os braços abertos, cercado por centenas de homens de aparência semelhante. Aquele sujeito poderia ser qualquer um.

— Sei lá. Como vou saber?

— Qual é o nome dele?

— Eu não o conheço, cara. Você sabe onde está o meu pai? Qual é o objetivo de tudo isso? Por que estou aqui? E devolva o meu relógio.

O homem encara Khalid, impassível. Claramente, é uma conversa de mão única.

Khalid cruza os braços, irritado. Já viu muitos garotos do seu bairro serem parados e revistados pela polícia, o bastante para conhecer os seus direitos.

— Só falo na presença de um advogado. E esse relógio custou 35 libras ao meu pai. Devolva-o!

— Estamos em Karachi, não na Inglaterra — diz o homem. — Aqui você não tem direito algum. Conte-nos o que sabe e poderá ir para casa.

— Eu falei a verdade. Chame alguém da embaixada britânica. Eles me ajudarão a sair daqui. Não cometi crime nenhum.

— Você não entendeu. Está sendo procurado. Não podemos intervir, sinto muito. — Por um momento o homem parece lamentar sinceramente, para surpresa de Khalid.

— Eu, procurado? Não me venha com essa. Não fiz nada. Está maluco? — Tão confuso quanto nervoso, Khalid rapidamente conta ao homem sobre si mesmo, sobre a sua família e sobre o desaparecimento do pai. Tudo sobre Jim e sobre a busca do apartamento. E acrescenta: — Eu só tenho 15 anos.

— Vivemos tempos terríveis — é tudo o que o homem diz, como se as suas mãos estivessem atadas e a verdade fosse irrelevante. — Você parece ter bem mais de 15 anos. Já está tarde. Eu o verei de manhã. — E se levanta para sair.

— Você não pode me deixar assim algemado! — exclama Khalid. — Os meus braços estão doendo! — A porta se fecha. — Você roubou o meu relógio! — A fechadura estala.

Atônito e chocado, Khalid ainda não consegue entender por que foi seqüestrado, espancado e levado àquele lugar, e a cada momento a situação fica mais bizarra e ele se sente pior. A simples idéia da reação da mãe quando descobrirem de manhã que ele desapareceu o deixa arrasado. Sente-se culpado, embora nada daquilo seja culpa sua. A situação, somada ao desaparecimento do pai, é estranha e sinistra demais para ser entendida. Como é possível acontecer algo assim a uma família comum como a dele?

Uma dor terrível na lateral do corpo dá a Khalid a impressão de que uma de suas costelas está quebrada, e isso, mais a dor nos braços e no ombro, o latejamento no peito e nas pernas, a ardência no rosto e no olho machucado deixam-no tão exausto e desnorteado que ele mal consegue raciocinar.

Transtornado demais para dormir, Khalid caminha pela sala, gritando uma lista dos piores palavrões que consegue lembrar. Em sua mente as palavras se tornam ainda mais agressivas. Golpeia o ar com os seus gritos. Furioso consigo mesmo por não ter trazido o celular no bolso, se bem que certamente o teriam tomado também. Visualiza o celular que havia deixado sobre a mesa do computador e pensa se valeria a pena tentar chutar a porta com os pés descalços antes de se deitar no frio chão de concreto. Minutos depois adormece.

Algum tempo depois ele desperta por causa das dores insuportáveis em todas as partes do corpo. A luz do teto arde em seus olhos. Vira o rosto para a porta, vê as lúgubres sombras da mesa e das cadeiras, e chora convulsivamente.

De manhã, ainda sonolento, Khalid senta-se ereto, determinado a manter a cabeça lúcida o bastante para poder sair dali. Acredita que aquelas pessoas, quem quer que sejam, agora já devem saber que pegaram o sujeito errado. Khalid Ahmed não é um nome tão incomum assim, tranqüiliza-se.

Ao ouvir passos se aproximarem da porta, Khalid decide agir como Jim aconselhara, cooperar o máximo possível. Sabe que agiu sensatamente na noite anterior, mas considera que as coisas podem melhorar agora se ele se mostrar disposto a colaborar mais. Se chamar o gorducho de “tio”, demonstrará respeito. Khalid sorri confiante, sentindo que estará fora dali em questão de horas.

Quando a fechadura gira, Khalid está preparado e sorridente. Mas no lugar do gorducho da noite anterior surge um paquistanês mais jovem, trazendo chá e pão para tentá-lo.

— Onde está o outro homem? — Silêncio. Khalid tenta ser amistoso. — Qual é o seu nome? — Silêncio. Incapaz de falar inglês, o homem sai sem dizer uma palavra, levando o chá e o pão.

— Tchau — fala Khalid. Não há resposta. A porta se tranca novamente.

Minutos depois entra uma mulher de cabelos castanhos lisos, por volta dos 35 anos. Ela veste um terno cinza e uma blusa branca e segura uma prancheta. Acompanham-na dois homens de calça azul-marinho e camisa listrada de azul e branco. Parados junto à porta, eles permanecem em silêncio, enquanto ela puxa a outra cadeira. Então, outro homem, de terno preto, se esgueira por trás deles.

— Olá, Khalid — diz a mulher, com um amigável sotaque americano, como se desejasse ajudá-lo. — Eu sou Angela e este é Bruce. — E aponta para o homem de terno, sem se dar o trabalho de apresentar os outros. — Agora, o que exatamente você estava fazendo no Afeganistão na semana passada?

Khalid sente-se novamente confuso.

— O meu nome se pronuncia *Ralid* e eu nunca estive no Afeganistão!

Angela sorri docemente para ele.

— Ora, vamos, nós sabemos que você esteve lá. Temos o seu passaporte.

Aquilo estava ficando ridículo.

— Não pode ser verdade. Meu pai guarda todos os nossos passaportes. Como vocês podem estar com ele? Vocês pegaram o meu pai?

— O seu pai? Por que você fica perguntando por ele?

— O quê? Eu contei ao outro cara: meu pai está desaparecido.

— Ele trabalha para a Al-Qaeda?

— O quê? Não! Ele é cozinheiro em Manchester. Não seja boba. Pode telefonar para o restaurante. Vão confirmar. Pergunte às minhas tias, à minha mãe.

— Você não faz idéia de onde está o seu pai? — pergunta Angela, franzindo a testa.

— Vocês não sabem? — agora Khalid está ficando realmente confuso.

— Por que saberíamos? — Angela se recosta na cadeira, trocando olhares com os homens da porta como se dissesse "Vai demorar um pouco".

Khalid está completamente aturdido.

— Eu só tenho 15 anos — diz. — Vocês não podem fazer isso. Eu não fiz nada. Onde está o meu relógio?

O grandalhão de enorme nariz vermelho e cabelo espetado resolve intervir.

— O meu nome é James. Sou do MI-5. — O calado balança a cabeça, encarando Khalid com expressão severa.

— Então me tire daqui! — grita Khalid.

— Receio que não possamos fazer isso — diz o homem.

— Vocês têm que me tirar daqui! Eu sou apenas um garoto!

— É melhor cooperar com os americanos e contar o que estava fazendo no Afeganistão e por que estava na manifestação.

— Que manifestação? Aquela coisa, outro dia de manhã? Eu fui empurrado para o meio da multidão quando procurava meu pai. Vocês me confundiram com alguém. — Se os ingleses não o ajudarem, quem o fará? Khalid finalmente desmorona: — Por favor! — implora, com lágrimas jorrando dos olhos. Mas os homens permanecem impassíveis, imóveis.

Pouco depois a porta se abre e os homens saem. Outro homem vem juntar-se a Angela. Tem uns 40 anos, rosto redondo e sorridente. Khalid se anima por um segundo. Mas após cochichar com a mulher, tudo o que ele diz é:

— Pegamos os outros.

— Que outros? Vocês seqüestraram a minha mãe e as minhas irmãs?

Se ao menos dissessem por que ele era suspeito, Khalid poderia esclarecer as coisas. Mas toda vez que ele tenta encará-los se afastam e continuam conversando baixo, num tom que Khalid não consegue ouvir.

— QUE OUTROS? — berra Khalid.

Então o do rosto redondo começa a bater com o pé no chão. Na mesma hora, Angela se levanta e dois guardas paquistaneses agarram Khalid pelas algemas.

— Eu vou para casa? Aonde vocês estão me levando? — Khalid grita enquanto o conduzem à porta, seguem pelo corredor malcheiroso até o lado de fora do prédio, sob um sol escaldante, rumo a um caminhão marrom empoeirado estacionado à direita. Dessa vez não se dão o trabalho de colocar um capuz. Sabem que ele não faz idéia de onde está e que não tem para onde correr.

Só então ocorre a Khalid pela primeira vez que não vão levá-lo para casa. Jogado na parte de trás do caminhão, novamente com o rosto empurrado ao chão, ele pode ver apenas de relance outros quatro homens de túnica que sobem e se sentam na beira da carroceria. Segurando-se nas bordas, inclinam-se sobre Khalid, para impedi-lo caso tente fugir. Os hálitos de tabaco fazem-no ter o impulso de se levantar, mas ele mal tem espaço para se mexer, com as sandálias e os dedos peludos dos homens bem no seu rosto. Ninguém fala. O motorista acelera por uma estrada larga e movimentada, novamente lançando Khalid contra o fundo metálico e irregular do caminhão. Poeira no rosto, nos olhos e na boca. Ele sacoleja no chão como uma garrafa vazia, esforçando-se para evitar outra pancada nos ouvidos e na cabeça machucada.

De súbito, o caminhão pára e Khalid é rapidamente jogado para fora da traseira, escoltado de perto por homens suados de ambos os lados. Conduzem-no para um prédio grande, de janelas altas, e o empurram através de uma porta preta brilhante para o lugar mais luxuoso que ele já viu. Repleto de quadros com molduras douradas e imponentes cadeiras em dourado e vermelho, o hall de mármore recende a fluido de polir prata. Não fosse pelos homens em volta, com as mãos nos seus ombros Khalid pensaria que aquela mansão pertencia a algum paquistanês famoso, jogador de críquete.

Dois dos homens do caminhão desaparecem em outro aposento. Os demais permanecem junto a Khalid e o conduzem bruscamente para uma sala menor, na outra extremidade do hall.

Assim que ele entra, a porta se fecha às suas costas e a chave gira duas vezes com um forte estalido, dando-lhe a sensação de que não tornaria a ser aberta tão cedo. Khalid corre até a janela para ver se há como fugir. Porém vê mais dois homens do lado de fora num carro estacionado e, em todo caso, a janela está trancada. Naquela rua larga há outros prédios altos, alguns com portões negros. Bem em frente há um espaço aberto, delimitado por uma grade estreita. O bairro parece tranqüilo, seguro e rico. Na sua cidade, este seria o tipo de lugar por onde evitaria passar, ainda que precisasse mudar de caminho para não correr o risco de alguém confundi-lo com um vagabundo ou ladrão. O tipo de rua que o faz se sentir pobre e malvestido. Deslocado. Incômodo.

Por que eles simplesmente não pediram que os acompanhasse? Por que raptá-lo com uma arma e espancá-lo até o deixar inconsciente? Por que a estupidez do capuz e das algemas se tudo o que iam fazer, afinal, era levá-lo a um lugar impressionante como aquele?

Sem saber o que fazer ou pensar, Khalid senta-se no sofá amarelo-escuro, com os pés apoiados sobre a mesinha de centro, esfregando os pulsos feridos nas costas da camiseta, na tentativa de deslizar as algemas mais para cima nos braços. O ombro machucado dói mais do que nunca. A dor nos flancos o força a sentar-se inclinado para a frente, quase dobrado sobre si mesmo, encarando os tapetes ricamente ornamentados que cobrem o chão de madeira, imaginando o que pretendem fazer com ele a seguir.

Não precisa esperar muito até que dois homens de calças jeans e camisas azuis escancarem a porta. Khalid tira depressa os pés de cima da mesinha e se endireita, esforçando-se ao máximo para não parecer amedrontado. São outros americanos, que se apresentam como Dan e Bobby. Como na vez anterior, nada de sobrenomes.

— Estamos aqui para ajudá-lo — afirma Dan, não muito convincente, sentando-se na cadeira em frente a Khalid, com as mãos grandes crispadas no colo. Bobby, de aspecto mais amável, sacode a cabeça várias vezes, segurando uma foto ampliada de Khalid saltando no ar, de braços erguidos, na manifestação em Karachi.

— Este é você?

Khalid concorda, surpreso ao ver a fotografia. Será que eles têm fotos de todos os presentes na manifestação? Seria algum evento da Al-Qaeda, ou o quê? Ou eles o estavam seguindo?

Os dois homens se entreolham.

— Certo — diz Dan. — Muito bem. Agora, diga-nos o que está fazendo aqui e o liberaremos.

— Eu já disse! Fui apanhado no meio daquilo quando tentava encontrar o meu pai. Eu não sabia nem do que se tratava!

— E o que você estava fazendo na manifestação?

— Quem era o homem usando esse barrete, ao seu lado?

— Qual é o nome do homem à sua direita?

— Por que você voltou do Afeganistão para Karachi?

— Quem você encontrou no Afeganistão?

— O que trouxe de lá?

— Por que você foi à manifestação?

Aquilo começava a parecer uma cena de *Feitiço do tempo*. As mesmas perguntas repetidas eternamente. Com as mesmas respostas sendo ignoradas, por não se encaixarem no que os americanos queriam ouvir. Os rostos bem barbeados de Dan e Bobby e os cabelos cuidadosamente penteados, os sorrisos largos, cheios de dentes, e as perguntas estúpidas levam Khalid a suspeitar de que estejam totalmente fora do ar, drogados ou algo do gênero.

Ele se esforça para manter a calma. Pacientemente repete quem é e por que aparece na foto que os dois trouxeram. Lembra-lhes que jamais passou perto do Afeganistão. E imagina que vai acabar perdendo a cabeça se aquilo continuar por muito mais tempo.

— Tenho 15 anos — diz Khalid pela milionésima vez. — Ainda estou no colégio.

Dessa vez Dan se recosta na cadeira, balançando a cabeça com impaciência.

— Ora, vamos, responda às perguntas!

— Admita que tem 22 e é membro da Al-Qaeda. Anda logo — diz Bobby, com um sorriso asqueroso ao extremo.

— O quê? De jeito nenhum! De onde vocês tiraram essa idéia? — fala Khalid.

Finalmente Dan parece desistir.

— Muito bem, então é Kandahar para você — diz com maldade, sinalizando com um dedo para Bobby, que corre para a porta. — Você está desperdiçando o nosso tempo! — acrescenta, sorrindo afetado.

— Como assim "Kandahar"? — exclama Khalid, em parte sentindo-se grato ao pai por tê-lo obrigado a decorar o mapa da Ásia quando pequeno. — Isso fica no Afeganistão! Eu disse a vocês que nunca estive lá e agora vocês querem me levar para lá? Vocês estão loucos? Eu quero ver a minha família. Onde está a minha mãe? Alguém inventou mentiras a meu respeito... já entendi o que está acontecendo aqui. Não acreditem neles. Foi aquele doido do Abdullah?

— Você devia ter confiado em mim! — Dan se dirige à porta, ignorando o rompante de Khalid.

Cinco segundos depois, o guarda retorna e Khalid põe-se de pé num pulo, pronto para lutar, embora pouco possa fazer com as mãos presas às costas. Mas tudo o que acontece é o guarda empurrá-lo de modo brusco e depois postar-se ao lado da porta, aguardando Dan e Bobby deixarem a sala, para então segui-los depressa, trancando-a.

Sozinho de novo no sofá amarelo-escuro, Khalid começa a tomar consciência de que realmente vão mandá-lo para Kandahar. Relembra freneticamente as perguntas dos homens, numa tentativa desesperada de descobrir quem eles pensam que ele seja.

— Por acaso eu pareço terrorista? — Indaga em voz alta, totalmente perplexo com a situação. Esquadrinha em sua mente todas as possibilidades: "Será por causa de papai? Será que ele fez algo errado? A manifestação seria da Al-Qaeda? O que eles acham que eu fiz? Por que insistem em mencionar o Afeganistão?"

Só sabe que algo está terrivelmente errado e que, sem o pai por perto, é provável que a situação piore ainda mais.

Um guarda paquistanês armado entra trazendo uma garrafa d'água. Os seus modos e a sua expressão são gentis, ao contrário do antecessor. Khalid sente que pode conversar com esse rapaz e sinaliza que precisa ir ao banheiro. O guarda tira-lhe as algemas. Khalid pode enfim avaliar o estrago que a viagem de caminhão causou aos seus braços, cobertos de marcas vermelhas, cortes e hematomas que lhe provocam uma dor repentina e intensa no instante em que os solta ao lado do corpo.

O guarda observa os braços de Khalid e franze a testa com ar de desaprovação. Leva Khalid para fora da sala, onde outro guarda cobre-lhe a cabeça com uma toalha branca para impedi-lo de ver aonde está indo. O primeiro guarda o pega pelo cotovelo e o conduz lentamente até os banheiros, na outra extremidade do corredor.

Quando a toalha é removida, um murmúrio vindo de um dos dois cubículos indica a Khalid que ele não está só. Rapidamente a porta é fechada, e ele começa a enxergar os banheiros escuros e úmidos, que parecem saídos de um filme de terror. Nenhuma janela. Apenas uma torneira gotejando e dois mictórios de porcelana muito manchada. Uma casa tão suntuosa, com aqueles banheiros fétidos, dez vezes piores do que os do colégio!

— Olá? — sussurra Khalid na direção do cubículo cinza fechado, ciente de que o guarda lá fora está escutando. O murmúrio é interrompido de repente. A porta se abre e um indiano de olhar aparvalhado e expressão vazia passa por Khalid sem parecer tê-lo visto.

— Ei, cara! — diz Khalid, baixinho.

Surpreso com o cumprimento, o homem bate violentamente na porta do banheiro para que o deixem sair. Em segundos ele some, deixando Khalid ainda mais intrigado. Quantos outros estarão ali em iguais condições? Essa mansão será uma prisão disfarçada? A quem pertence? Pouco depois a porta torna a se abrir para Khalid sair. Ele é novamente algemado, a toalha é colocada sobre a sua cabeça e é levado a subir alguns degraus e tomar outro corredor até um aposento diferente, onde a toalha é retirada mais uma vez.

Khalid não pode mais suportar aquilo tudo.

— Preciso de ajuda. — Um som estranho, como de um animal ferido, escapa de sua boca. — Por favor! Por favor! — Os olhos cheios de lágrimas encontram os olhos do guarda, inexpressivos e submissos. O breve olhar trocado parece revelar que ambos estão impotentes naquela situação. O guarda de aparência gentil baixa a cabeça e olha para o chão quando Khalid implora por ajuda.

— Eu não fiz nada de errado. Sou apenas um estudante. Por favor, tire-me daqui! — Ele sabe que talvez seja a sua última chance de escapar.

— Não posso — suspira o guarda.

— Por que você está ajudando a eles e não a mim? Ao menos vá até a casa das minhas tias e diga-lhes onde estou. Por favor, por favor. Se não pode me ajudar, faça isso pela minha mãe.

— Temos ordens de não ajudar — responde o guarda, visivelmente contrariado.

— Quem vai saber? Eu não vou contar a ninguém! Por favor! Coitada da minha mãe!

Assaltado por uma montanha-russa de emoções, Khalid cogita que talvez se desse um chute no guarda e corresse até as escadas valeria o risco de levar um tiro nas costas. Qualquer coisa é melhor do que estar preso ali. Dessa vez o guarda fica em silêncio. Uma expressão de culpa passa-lhe pelo rosto preocupado quando sai apressado. Instantes depois a fechadura gira, estala e trava, deixando no ar um tipo de silêncio que parece durar para sempre.

Khalid se afasta da porta com um nó na garganta e uma tensão tão forte em cada músculo do corpo dolorido que corre o risco de desabar no chão a qualquer momento. Por algum motivo, a sala onde se encontra agora é menor e bem menos luxuosa, com seis cadeiras de madeira maciça, uma mesa lustrosa e vários tapetes. A janela está vedada com fita preta. "Sala de jantar", Khalid pensa. Subitamente percebe o som de uma furadeira elétrica vindo de algum prédio vizinho, e o ritmo de disparos aumenta a impressão estranha de estar envolvido no pesadelo de outra pessoa. Está preso numa armadilha, liquidado, sem ninguém para ajudá-lo nem chance de fugir.

Khalid jamais se sentiu alguém especial. Apenas um garoto comum de Rochdale. É um jogador de futebol mediano. Quando se esforça, tira notas razoáveis na escola. Não é feio, mas o seu físico não tem nenhum atrativo em particular. Diferentemente do seu colega Tony Banda, que parece um astro de cinema e namora a deslumbrante Lexy; de Holgy, que é um excelente goleiro; de Nico, famoso por ser o maior negociador de bebidas da área; de Mikael, que é inteligente e, ainda, ótimo no futebol. E, mesmo indo além dos amigos próximos, seria fácil encontrar em cada um dos colegas algo que os destaque. Já ele não é especial em coisa alguma... não é nada. Ninguém. E isso torna tudo aquilo ainda mais constrangedor. Todos vão achar que é piada quando ouvirem dizer que Khalid Ahmed foi seqüestrado.

Senta-se em uma das cadeiras de madeira, observando as outras cinco vazias que o cercam. Quem usa esta sala? Não parece muito utilizada. Por que ele? Por que está sentado ali, com os braços algemados às costas, sentindo-se totalmente arrasado e com dores por todo o corpo?

Algum tempo depois, Khalid vê pela última vez o guarda gentil abrir a porta e lhe atirar um fino cobertor marrom cheirando a rato. É a sua roupa de cama. Outro guarda traz um prato de curry de galinha frio para ele jantar e, depois de tirar as suas algemas, observa-o comer, apenas para agarrá-lo pelos cotovelos no instante exato em que Khalid acaba de levar à boca a última porção de arroz. Dessa vez o guarda faz a gentileza de prender as algemas um pouco menos apertadas, provavelmente, supõe Khalid, para tornar sua noite mais confortável.

Já deve fazer mais de 24 horas que é mantido ali sem motivo. Por quê? Khalid deita-se sobre um tapete oriental vermelho e se encolhe debaixo do cobertor malcheiroso. Por um instante, tenta imaginar como os tapeceiros conseguem tecer aqueles intrincados padrões geométricos, e deixa a mente vagar, fantasiando um tecelão solitário em um pequeno quarto escuro, decidindo onde colocar as figuras de diamantes e cruzes, a borda enfeitada com flores vermelhas.

Alguns anos antes seu pai insistira em levá-lo a um leilão de tapetes orientais na prefeitura de Rochdale. Khalid tinha resmungado durante todo o caminho, enquanto seu pai estava empolgado feito criança, esfregando as mãos ao imaginar os belos tapetes que iriam ver.

— Os desenhos dos tapetes orientais sempre agradam aos olhos — disse para Khalid. — Não importa o tipo do desenho, o efeito é sempre o mesmo: beleza. Está me ouvindo? Há uma espécie de magia nisso. Muitos desenhos, mas um só tapete. Unidade, é isso o que nos mostram.

Evidentemente eles não tinham dinheiro para comprar um tapete. O mais barato custava muitas centenas de libras. Não que Khalid se importasse. Profundamente entediado, não dera atenção a nada daquilo à época. Nem mesmo quando chegaram à prefeitura, lotada de pessoas ávidas para arrematar os tapetes oferecidos um a um pelo leiloeiro, que os exibia como se fossem as jóias da Coroa, Khalid conseguiu entender.

— Um tapete é um tapete, papai! Vai para o chão. — Agora Khalid gostaria de não ter dito isso. Sente-se culpado, imaginando o quanto seu pai deve ter se decepcionado com a sua falta de entusiasmo, mesmo que na ocasião tenha ficado calado. Mas, quando o pai falou, disse algo que Khalid jamais esqueceu.

— Dar graças por uma coisa bela é a melhor maneira de se encontrar a paz.

Agora, quanto mais Khalid examina o tapete no qual está deitado, mais profundos e gratificantes se tornam os desenhos. Não é curioso? Sentando-se num impulso, percebe-se algemado, naquele chão estranho, apavorado, e tudo o que consegue fazer é admirar aquele tapete. E quanto mais o observa, mais perfeita lhe parece aquela seqüência de diamantes. Uma espessa linha negra aqui e ali muda o desenho sem razão aparente, rompendo a ordem de modo estranho e surpreendente. Isso leva Khalid a se perguntar por que as formas se invertem de uma hora para outra e depois algumas continuam como antes. Num súbito lampejo, compreende por que o pai o levara para ver os tapetes.

Pouco depois Khalid agradece em silêncio aos milhares de tecelões que estão criando naquele momento coisas tão belas assim a partir de lã, algodão ou seda, sem saber que o seu trabalho significaria tanto para um garoto de 15 anos que normalmente passa os dias jogando no computador ou fazendo molecagem com os colegas.

E é verdade que ao dar graças Khalid se sente melhor por um momento... e até mesmo um pouco mais em paz, como o pai tinha dito. Em um segundo o sorriso largo do pai vem à mente de Khalid, e também a breve risada que ele solta quando vê algo especial. Coisas tolas, como uma pedra em formato de ovo.

— O mundo inteiro está contido nesse tipo de surpresa — o pai lhe disse certa vez.

De repente, a idéia de que o pai também possa estar admirando um tapete em algum lugar de Karachi, parece uma possibilidade real. Mas, na verdade, o tapete onde ele próprio está deitado é o seu único elo com o pai nesse momento. O cérebro de Khalid se apega desesperadamente a qualquer coisa que o impeça de perder toda a sanidade, agarrando-se às formas e cores do tapete como um bebê ao seu cobertor preferido.

Ergue a cabeça e olha para cima, desejando que o brilho amarelado da lâmpada nua pendente do teto rodopie e assuma a forma de um gênio. De um gênio gorducho e sorridente, como na história da lâmpada de Aladim. O gênio, ser imortal em forma humana, virá resgatá-lo. Já pode vê-lo bem ali, agora, levando-o de volta para casa em um tapete mágico, de volta para a mãe. Para a sua mãe.

— O seu desejo é uma ordem para mim — diz o gênio, e o coração de Khalid se agarra à imagem de estar sendo levado de volta à mesa do computador e, dessa vez, desligando a máquina. Vê-se pegando o celular, guardando-o em segurança no bolso da calça, com o relógio de volta no pulso, subindo as escadas para ir dormir. Acorda minutos depois com o cheiro de chá quente, com a mãe debruçada sobre ele, dizendo sorridente: — O seu pai ainda está dormindo.

Mas o gênio sumiu. Ninguém aparece e, depois de algum tempo, a lâmpada pisca até que se apaga, e os pensamentos de Khalid voltam para o sentimento desesperador de que jamais sairá dali. Deitado de lado, ouve os sons noturnos daquela mansão repleta de rangidos, passos ocasionais e ruídos de carros lá fora. O seu olhar se desloca dos belos tapetes e se perde na escuridão dos cantos sombrios da sala que cheira a mofo e lustra-móveis. A única claridade é um feixe de luz amarela que entra por debaixo da porta.

CAPÍTULO 7

Pão

Pela manhã, outro guarda armado, de ar tristonho e barba encaracolada, traz chá e pão para Khalid. Retira as algemas, como da outra vez, e fica observando-o até ele terminar de comer. Passos ecoam do lado de fora da porta enquanto Khalid toma o chá quente e doce, e o som de batidas e gritos enraivecidos, vindo do andar de cima, faz-lhe companhia à medida que ele mastiga com avidez o pão. Devorando-o em três grandes bocadas famintas. Cheiro de farinha azeda nos dedos.

— Alguma chance de banho? — pergunta Khalid, sem muita esperança. Por fim perde-a completamente, quando o guarda o ignora e se vira para a parede, com expressão vazia. O chá e o prato se espatifam no chão quando Khalid pula em cima do guarda. As suas mãos se fecham com firmeza em torno da pele macia e quente do pescoço do guarda, e a raiva cresce tão depressa que os dedos formigam enquanto o guarda luta para se libertar socando Khalid como um lutador de boxe e gritando desesperadamente por socorro.

Quatro guardas entram, apontando armas para a cabeça de Khalid. Postados a distância como um pelotão de fuzilamento, prontos para matá-lo no instante em que ele soltar o pescoço do guarda. Porém, exaurido pelo acesso de fúria nervosa, Khalid solta-o e se joga no chão, baixando a cabeça. O seu cabelo negro e espesso cai sobre a testa e ele começa a suar em bicas, à medida que um sentimento sobre-humano de puro desespero suga cada molécula de energia do seu corpo.

Assim que chega ao chão, uma bota o atinge no flanco, prostrando-o. Torcem-lhe os braços e o algemam bem apertado. Outra bota pisa-lhe o ombro.

Mais botas chutam-lhe o estômago, até ele não ter mais como se mexer na tentativa de se esquivar. Curvado sobre si mesmo de tanta dor, com sangue a lhe escorrer pelo nariz, ele vomita.

Permanece caído no chão por um tempo que parece durar horas e acaba pegando no sono. Ao acordar, constata que a sala está novamente às escuras. Quando se lembra do que aconteceu, entra em pânico. A barriga dói. Os braços doem. O rosto dói. Aliás, é difícil encontrar uma só parte do corpo que não esteja doendo. Apesar das lágrimas que lhe escorrem dos olhos, Khalid tenta vislumbrar o seu invisível futuro e não vê nada que mereça o esforço de continuar vivo, apenas um mundo pequeno e mesquinho, com pessoas ruins, que não ligam a mínima para ninguém.

Nesse momento a porta se abre e um retângulo de luz fluorescente inunda o aposento. Khalid se contorce para focar as silhuetas no vão da porta, incapaz de distinguir os rostos imprecisos. Um homem fala algo, talvez em urdu. Khalid reconhece uma palavra que lhe soa familiar.

Então um deles diz:

— Só inglês ele falar.

— Levanta daí! — ordena outra voz mais suave. Vendo ao seu lado a sombra de uma arma no chão de madeira, Khalid faz um grande esforço para se levantar. Uma dor penetrante no tornozelo faz os seus pés vibrarem, dificultando o equilíbrio. Mas ele persiste, sabendo que se tropeçar e cair eles vão recomeçar a chutá-lo.

Dois homens de aparência rude o escoltam e o levam para fora da sala. Parecem se divertir fazendo-o se apressar pelo corredor até um novo cômodo. Uma sala com luz no teto, uma pequena mesa e duas cadeiras de plástico preto.

"Que espécie de jogo esquisito estão fazendo comigo?", pensa Khalid. "Será que ficam me trocando de lugar para eu não me lembrar de onde estive?"

Três dos homens saem logo, deixando apenas o de ar bondoso. Quando os seus olhares se cruzam, Khalid nota que o homem parece envergonhado. O guarda baixa depressa o olhar e depois prende furtivamente uma das algemas de Khalid à cadeira. O outro braço, deixado livre, pende inerte no colo de Khalid. Então o guarda recua e Khalid examina a gravidade dos hematomas amarelados e roxos em sua pele morena. E também a mão, que está com um aspecto repulsivo, coberta de sujeira, empoeirada e ensangüentada, com fios de tapete grudados. As unhas parecem ter sido mergulhadas em tinta escura. Khalid ergue o braço para o guarda ver os ferimentos, aponta acusadoramente para o homem, como se ele fosse o responsável pelo seu estado. Mas o guarda não parece se importar. Sai da sala e retorna minutos depois, esboçando pela primeira vez um sorriso de dentes tortos e apodrecidos enquanto abre uma garrafa d'água.

— Obrigado. — Khalid desconfia daquele sorriso repentino, não quer a gentileza nem confia na atitude do guarda que lhe dá uma garrafa d'água de aparência suja. Khalid preferiria que o outro o encarasse de forma ameaçadora. Só assim, talvez, essa relação entre carcereiro e prisioneiro tivesse uma remota chance de ser honesta. Khalid abaixa a cabeça, evitando o olhar do guarda.

Bebe a água até a última gota e joga a garrafa vazia para o guarda. Observa-o com atenção enquanto ele troca algumas palavras com outro homem que espera junto à porta. Por fim, o carcereiro sai e, num último gesto de impaciência, sacode as mãos antes de bater a porta com força.

— É, e já vai tarde — Khalid fala alto e então se pergunta se aquela grosseria acaba de lhe custar o café-da-manhã. Mas, não: logo a porta torna a se abrir e outro homem, de aspecto muito mais bruto, estende-lhe uma fatia fina de pão quente, que Khalid enfia na boca depressa. Apostando mentalmente que aquele é o último pedaço de comida que verá o dia todo, tenta, ansioso, engolir tudo antes que o guarda volte à porta. Apenas para chocá-lo. Para mostrar que está faminto. Que todos eles são torpes.

E agora? No instante em que o guarda fecha a porta sem nem sequer olhar para ele, Khalid sente-se de certo modo derrotado. Algumas coisas a gente supera, outras não. Khalid percebe que aquele momento ficará gravado para o resto da vida.

A cada batida da porta, seguida do som de passos apressados se afastando, Khalid sente tanta pena de si mesmo que tem vontade de desmaiar. Esperar indefinidamente nessa sala fétida já é ruim, porém o que mais lhe dói é não entender o que está acontecendo.

CAPÍTULO 8

Masud

O ruído aflitivo de móveis sendo arrastados no andar de cima desperta Khalid. Por alguma razão as cortinas de veludo vermelho-escuro estão abertas. A estranha visão da luz do sol invadindo o ambiente leva alguns segundos para alcançar o seu cérebro. Alguém deve ter entrado e aberto as cortinas enquanto ele dormia.

Nada mais mudou na sala. A mesinha continua na mesma posição, no meio da sala, ladeada por duas cadeiras de plástico preto. Uma lâmpada nua pende do teto. O cheiro agora já familiar de sujeira está impregnado nas paredes.

Só então ele repara que dois pedaços da fita adesiva que recobre a janela se desprenderam. As cortinas estão no mesmo lugar.

Ele se lembra então de que o guarda de dentes tortos veio na noite anterior, lançou-lhe um olhar compadecido e tentou ajeitá-lo na cadeira onde ele dormia, quase caindo. O guarda havia soltado Khalid da cadeira e depois, gentilmente, tornara a algemar os seus pulsos às costas, para que ele pudesse se deitar no carpete rústico que cobre a maior parte do chão de madeira. E já à porta do corredor, jogara para Khalid um cobertor malcheiroso, antes de apagar a luz amarelada. Ele se lembra de tudo isso.

Khalid se pergunta se seria possível remover toda a fita adesiva. Se a janela abrir, talvez ele possa fugir. Essa idéia faz os seus braços começarem a doer. De qualquer jeito que ele tentasse dormir, era preciso compensar a posição antinatural em que os pulsos estavam atados. A melhor opção era deitar de barriga para baixo. Só assim a dor nos ombros aliviava um pouco.

Por algum motivo, a visão do céu azul e límpido traz a Khalid uma sensação de expectativa. Talvez hoje ele volte para casa, apesar de, pelas suas contas, já ser o quinto dia desde que foi capturado e nada ter acontecido para lhe dar qualquer esperança.

Tomado de uma súbita injeção de energia, Khalid se põe de pé num salto, corre até a janela e, de costas, começa a arranhar as pontas da fita adesiva coladas à esquadria. Depois de algum tempo, um dos cantos se descola. Fiapos de fita vão se soltando, mas a parte maior continua intacta, o que irrita Khalid a ponto de ele se ajoelhar de frente para a janela e atacar a fita com os dentes. Logo percebe que tudo o que consegue é encher a boca de pedaços daquela estranha fita adesiva, que esfiapa como algodão.

Então a porta se abre e mais um guarda desconhecido sorri para ele. E fala num inglês hesitante:

— Você querer ir banheiro, sim?

Khalid faz que sim e se levanta devagar, cuspindo raivosamente pedaços de fita.

— Diga-me o que eu estou fazendo aqui.

— Americanos, eles querer você. — O guarda lhe dirige um sorriso consternado.

— Que merda! — reage Khalid. — Eu não fiz nada a eles. O que foi que eu fiz?

O guarda arregala os olhos e ergue os ombros, como se dissesse que, após aquela pergunta, ele não tem outra opção a não ser ignorar Khalid. O sorriso rapidamente desaparece do seu rosto.

Como da outra vez, Khalid é levado ao banheiro com os olhos vendados e volta minutos depois à salinha de onde saiu. Novamente o bater da porta soa como uma espécie de insulto. Como uma pancada violenta nas suas costas.

— Como se atreve? — Khalid esmurra a porta com os punhos algemados e depois se vira e chuta até que ela se abra novamente. — Você não pode me deixar aqui sozinho! — grita para o mesmo guarda, e a este logo se junta outro.

Os dois olham para Khalid por um momento e então combinam algo trocando olhares e sussurros. Imediatamente cobrem-lhe a cabeça com o pano e o conduzem pelo mesmo corredor de antes.

Logo uma porta se abre e ele é empurrado. Removem o pano, fecham a porta e o deixam em outra saleta triste e cinzenta, com uma velha mesa, duas cadeiras e o estranho vulto de um homem maltrapilho algemado, sentado de pernas cruzadas no chão de concreto. O seu rosto pequeno está inchado e coberto de ferimentos. Os cabelos e a barba crespos, começando a ficar grisalhos, estão emaranhados e sujos, mas há uma estranha dignidade serena na sua expressão.

— Eu sou Masud al-Dossadi — apresenta-se, orgulhoso. — E você?

— Eles me raptaram. Me espancaram. Roubaram meu maldito relógio, aqueles ladrões! — desabafa Khalid.

Masud faz um gesto de compreensão resignada.

— Você tem nome?

— Khalid Ahmed. Sou inglês de Rochdale, perto de Manchester. Conhece?

— Rochdale? — Por um minuto Masud procura mentalmente algum registro desse lugar, mas nega com um movimento de cabeça.

— Tenho 15 anos. E isso é tudo — conclui Khalid. — Eles não podem fazer isso comigo.

— Eu tenho 48.

Trocam um meio sorriso e Khalid tenta encontrar uma posição confortável para descansar o corpo machucado, deixando-se cair no chão duro. A dor no flanco ressurge no instante em que ele endireita a coluna, mas, ansioso por ouvir a história de Masud, ignora o incômodo e inclina-se para não perder nenhuma palavra.

— O que houve com o seu rosto? — pergunta Khalid.

Masud suspira.

— Primeiro eles acham eu ser pessoa muito perigosa. Batem em mim com grande cano de ferro. Depois não me deixam dormir. Fazem eu ficar de pé a noite inteira. Batem com força na cabeça quando eu começar a cair. Depois usam cano de novo, no corpo todo.

— Quem? Quem fez isso? — Khalid pergunta, horrorizado.

— Os guardas paquistaneses. Eles fazem isso por ordem dos americanos — responde Masud. — Quem você acha?

Khalid fica gelado. Arrepios percorrem-lhe a espinha.

— Por quê?

— Eu sou egípcio — explica Masud. — Eles me pegaram na fronteira do Afeganistão com dois mil dólares que eu levava no bolso por não comprar muitas coisas porque vila foi destruída. Botam bomba lá e agora é minha culpa.

— Por causa do dinheiro? — Khalid então compreende por que eles suspeitaram.

— Por cinco anos eu comprar muitas coisas lá para vender na loja que tenho no Cairo. Colares de turquesa, potes de cerâmica azul, peças de madeira. Gaiolas de passarinho são muito, muito boas de comprar no Afeganistão. Eu trazer de tudo. — Sorri. — Eu conhecer aquele país há muito tempo. Muitas coisas bonitas para ver. Pessoas boas me convidam para comer toda hora. Pessoas boas, não como você pensa.

— Mas por que você foi lá, sabendo que havia uma guerra acontecendo? — Khalid acha-o amistoso e gentil, sem o menor traço de malícia no rosto, mas ainda assim não consegue entender por que ele foi ao Afeganistão, quando todo mundo sabia que era perigoso.

De cabeça erguida e olhar altivo, mesmo ferido e inchado, Masud começa a sua história.

— Você me perguntar por quê? As estradas são ruins e algumas cidades não são mesmo cidades, só casinhas em ruínas, mas Afeganistão ser país maravilhoso. Dessa vez meu erro ser sair de vilarejo na montanha, destruído por bomba, para visitar Cabul com bom amigo. Nós queremos saber o que está acontecendo.

Fazendo uma pausa para tomar fôlego, Masud se acomoda melhor no chão, antes de prosseguir.

— Americanos procuram o tempo todo, em toda parte, por Bin Laden. Isso acabar com meu negócio. Cabul muito triste neste tempo. Bombardeios todo dia. Mulheres, crianças morrendo nas ruas. Explosões o tempo todo. Eu tentar ir embora. Mas milhares de refugiados na mesma situação tentam também.

Khalid se lembra do noticiário, com imagens de caminhões repletos de gente. Homens abatidos, com panos cor de areia firmemente enrolados na cabeça. Fitando as câmeras ao longo da estrada poeirenta. O pai dizia: "Eles parecem terroristas? Ou refugiados?" Mas o repórter afirmava que eram membros do Talibã, e talvez fossem mesmo. De qualquer maneira, quem saberia? E naquela época Khalid pensara: "Que importância isso tem?" Aquelas pessoas não tinham nada a ver com ele. Até então.

— Depois eu pego febre tifóide — Masud prossegue. — Para minha sorte, meu amigo cuida de mim até eu estar bem o bastante para cruzar fronteira com Paquistão. Quando eles olham meu passaporte, perguntam por que eu ficar indo sempre do Cairo para Afeganistão. Por que eu ficar vários meses em Cabul. Por que eu ter tanto dinheiro no bolso. Eu conto para eles do meu negócio, mas eles não acreditam, e eu não levar nenhuma gaiola, só colares no bolso.

— E o seu amigo? — indaga Khalid. — O que aconteceu com ele?

— Eles dizem meu amigo não tem visto. O que acontecer com ele? Eu não sabe isso. Então eles dizem que meu passaporte estar vencido. Eu conto para eles que eu pegar febre tifóide. Muito doente eu fico meses, mas eles não escutam.

— Talvez só quisessem o seu dinheiro! — Khalid afirma. — Eles roubaram meu relógio.

— Pode ser. — Masud suspira. — Mas agora que eles têm dinheiro você pensar eles me soltam? Dizem americanos me querem. Eles me acusam de ser combatente inimigo.

— Incompetente? Por quê? — Khalid conhece bem aquela palavra. Lembra-se de o sr. Tagg ter chamado Nico de incompetente quando ele entregou o seu plano de trabalho sobre a Inquisição Espanhola com apenas três palavras na página e grandes espaços entre elas: início, meio, fim.

Masud lhe parece bem mais esperto do que Nico. Aquilo não faz sentido.

— Combatente. Combatente inimigo — exausto, Masud fecha os olhos.

— Ah, sim, desculpe! — diz Khalid.

— Olhar para mim! — Masud balança a cabeça.

— Estou olhando — garante Khalid, ansioso por ouvir mais.

— Eles pensam eu lutar contra América. Mas eu não ter arma. Nem balas. Nem faca. Só colares de turquesa e dinheiro no bolso.

— Eles não podem mantê-lo aqui para sempre — diz Khalid suavemente, tentando confortá-lo.

— Não, eles dizem pela manhã eu ir para Kandahar no Afeganistão para julgamento. Por que eles me trazem até aqui antes, eu não saber.

Por um momento, o silêncio toma conta de Masud.

— Kandahar — repetindo esse nome, Khalid pendura a cabeça sobre o peito. Lembra-se do que o tal Dan disse: será que ele ainda vai ser mandado para lá também? A lembrança do seu seqüestro volta a assombrá-lo, rodopiando em sua mente. Por que não tentou impedi-los? Por que não resistiu ou tentou correr? Por que não gritou? Não fez nada? E, embora ele e Masud se encontrem agora na mesma situação, nada têm em comum. Há duas semanas ele jogava futebol no parque em Rochdale. Rochdale, por Deus, de forma alguma perto de zonas de guerra ou fronteiras perigosas, bombardeios ou raptos. Masud é um adulto que foi encontrado cheio de dinheiro no bolso numa cidade perigosa, já ele, Khalid, estava apenas voltando do banheiro para o computador na casa das tias. Alguém o vendera às autoridades, inventara mentiras a seu respeito, agora ele tem certeza de que foi isso que aconteceu. Essa é a razão para que ninguém lhe dê ouvidos. Tem que ser. Mas o que ele pode fazer para mudarem de idéia e se convencerem de que ele é inocente?

O ruído abafado de passos ressoa no corredor. Khalid se vira para a porta, ainda conservando alguma esperança de que alguém entre e lhe diga que houve um engano.

— Em nome de Alá... — Masud responde ao chamado de prece vindo de uma mesquita próxima.

Khalid enrubesce e gagueja uma desculpa alegando cansaço, pois não tem a menor vontade de aderir à prece. O seu maior desejo seria poder mudar a religião em que nasceu.

CAPÍTULO 9

Rumo a Kandahar

Inspirado pela dignidade calma de Masud, Khalid encontra motivos suficientes para pensar quando o levam de volta ao seu cárcere e ele se deita sem conseguir dormir. Com um carro buzinando sem cessar do lado de fora, o chão duro e aquele carpete que coça, ninguém consegue se sentir confortável. Então ali há outros que perderam não apenas as famílias — Masud tinha mulher e quatro filhos no Cairo —, mas também os negócios. Masud perdera tudo. O que se passa no mundo para essas coisas acontecerem? Khalid não consegue tirar da cabeça esses fatos absurdos e a cada dia sente-se mais estranho do que no dia anterior.

Consegue adormecer apenas quando o primeiro raio de luz penetra pela fenda da janela e ele se deita de bruços.

Acordar horas depois com outra réstia de céu azul no topo da janela não lhe tira a sensação de uma desgraça iminente. As dores agudas nos braços, provocadas pela tentativa de dormir com os punhos amarrados para trás, são tão violentas que ele se sente zonzo e indisposto. Pior do que nunca.

Enrosca-se no chão como uma bola e chora. Ele sempre se considerou forte, porém agora constata que era porque tinha o pai e a mãe para consertar a situação quando algo dava errado. E o que deu errado no passado, cartas da escola, beber sendo menor de idade, coisas assim, em nada se compara com isso. Agora não há ninguém para fazer com que os seus braços doam menos. Ele não consegue sequer tocar a pele machucada embaixo do olho para saber se o inchaço está diminuindo. Precisa pedir permissão para ir ao banheiro, como se estivesse no colégio.

Cinco minutos agüentando o roçar do carpete no rosto molhado já bastam. Khalid pára de chorar, vira para o lado e logo sente a súbita pressão do chão duro no ombro. Senta-se, gemendo de dor. Deixa a cabeça cair e gira-a lentamente para esticar o pescoço enrijecido, mas isso não alivia a dor.

Jamais quisera vir para Karachi. Por que não argumentara com o pai? Poderia ter ficado com o vizinho Mac, ou na casa de Nico, ou na de algum dos amigos do pai, do restaurante. Não gosta do Paquistão. É totalmente britânico, então por que sorriu educadamente quando a tia lhe deu a túnica para vestir? Era tão quente, de uma horrível cor de areia, e se ele não a vestisse naquele dia em que tentou passar pela manifestação talvez não estivesse ali agora.

Tomado de pânico e pavor, preso a uma dor interminável, Khalid começa a imaginar que ainda está na Inglaterra, no aeroporto, acenando para a família que parte para Karachi sem ele. Excelente! Por um momento sente-se melhor, até que a porta se abre e recomeça o suplício do café-da-manhã. Dois guardas carrancudos. Água quente. Uma fatia fina de pão. Olhos escuros e atentos o vigiam. Olhares de culpa e desprezo enquanto ele come e bebe. E então a rotina se altera: ele é algemado com mais força e, depois de levado ao banheiro, é retirado da casa. O único som audível é o roçar da calça jeans de Khalid à medida que caminha descalço entre os guardas, com lágrimas escorrendo.

Empurram-no para dentro de um carro que cheira a graxa e gasolina. Um guarda de cada lado. Khalid nem se dá o trabalho de sonhar que o estejam levando para a casa das tias. Com aquelas algemas, parece improvável. Pelo menos dessa vez não há capuz e, apesar do ar quente e úmido, ele consegue entrever prédios altos pela janela suja do carro, quando dobram uma esquina e se misturam ao trânsito de uma larga estrada.

O motorista desmazelado mantém o olhar sombrio e vago na movimentada estrada à frente. O homem sério sentado a seu lado fala apenas para dar o que parecem ser instruções em rajadas curtas e raivosas. Junto de Khalid, o homem completamente coberto mantém a cabeça baixa durante todo o trajeto, as mãos cheias de veias pousadas no colo, e assim Khalid não consegue ver seu rosto. Não ousa desafiá-lo, nem alcançar a maçaneta da porta para tentar fugir. A atmosfera tensa e fria do interior do carro é tão desagradável que Khalid tem certeza de que aqueles homens o matariam satisfeitos se ele se atrevesse a mover um dedo.

Cerca de uma hora mais tarde, extremamente preocupado, Khalid percebe um aeroporto quando o carro sai da estrada principal. Consegue ouvir o som dos aviões sobrevoando. Turbinas zunindo. Quando se aproximam, ele vê filas de homens de túnica, cabeças baixas, algemados como ele, sendo conduzidos por uma rampa até um avião de carga. Khalid os examina rapidamente, procurando alguém que pudesse ser Masud. Outros homens de uniforme do exército bradam ordens com sotaque americano. Em seguida, alguns homens gritam em urdu ou em outra língua que Khalid jamais ouviu, talvez árabe. O mesmo tom áspero daquelas vozes provoca-lhe arrepios de medo. Medo que Khalid não consegue dominar quando o conduzem, tremendo, do carro para a rampa do avião. Um soldado agressivo berra ofensas e chuta Khalid nas costas, apressando-o a passar pela porta. Uma sensação sufocante de calor insuportável o domina como ferro em brasa ao entrar naquele avião tenebroso. Um avião apinhado de homens. Empurram Khalid pelas fileiras até chegar à do meio, onde se espreme em direção ao corredor, feliz por ter espaço de um lado, até que outro homem se estatela ali.

O avião taxia até o fim da pista e ele não tem mais dúvidas de que está indo para Kandahar. O som do potente motor lhe rasga o coração e o faz lembrar daquele dia, que agora parece tão distante, em que se sentou na poltrona confortável do vôo para Karachi, com pacotes de salgadinhos e refrigerantes bem guardados no bolso da poltrona. Então começa um barulho terrível e Khalid se sente dentro de uma secadora de roupas enquanto o avião ronca os motores, levando a carga de prisioneiros comprimidos como sardinhas em lata.

De repente um pânico insano se apodera de Khalid quando ele se dá conta de que está deixando a família para trás. Como o encontrarão agora? O caos, a loucura... parece que ele está sendo atingido por descargas elétricas de alta voltagem, que lhe destroem a capacidade de pensar com clareza.

Réstias de sol entram pelas janelas do avião, iluminando aqueles vultos recurvados e amontoados no chão. Khalid inspira o cheiro asqueroso do desespero e do desalento.

CAPÍTULO 10

O processo

Algum tempo mais tarde, sob um calor abominável e pegajoso, o avião aterrissa com um baque surdo na pista, guinchando até parar, quando um soldado berra:

— Bem-vindos a Kandahar, pessoal! — A voz estridente tem um tom de satisfação que aniquila Khalid e ao mesmo tempo é uma confirmação de onde está.

Ele está imprensado entre dois homens muito maiores, também algemados, que passaram a viagem inteira rezando. Cabeças baixas e olhos fechados agora são impossíveis de se ignorar quando os homens se aproximam. Um por vez, inclusive Khalid, vai sendo puxado e empurrado pela rampa larga e levado aos tropeções do avião para uma área de chão empoeirado, com muito barulho de motores, geradores e cachorros latindo furiosamente.

Khalid cai de joelhos depois de receber uma pancada nas costas. Enfiam em sua cabeça um capuz de plástico, e a poeira provoca-lhe espirros. Depois o derrubam de cara no chão para esperar.

Ali perto, um homem começa a gemer, pedindo socorro. Um homem que Khalid espera não ser Masud. Minutos depois, Khalid é impelido para dentro do que, pelos sons, parece ser um prédio grande e que produz eco. Um prédio onde se ouvem gritos de soldados e de homens se lamentando e gemendo à medida que vão sendo enfileirados a chutes de pesadas botas.

Um soldado dá uma rasteira em Khalid, derrubando-o no chão de concreto com um grito violento. Uma dor que ele já conhece rasga a lateral de seu corpo, dando-lhe a sensação de que os braços foram arrancados das juntas. Ele bate a cabeça com tanta força que perde a visão por uns segundos e quase desmaia.

Recupera-se apenas quando pisam em sua coluna dolorida para mantê-lo no chão, enquanto um cortador de metais zune nas algemas apertadas e lhe solta os braços, que caem ao chão como trapos.

Então rasgam sua calça jeans e camiseta e o põem de pé totalmente nu. Giram-no, e um deles arranca-lhe o capuz. Khalid aperta os olhos diante daquela visão extraordinária de soldados gritando e maltratando homens nus enfileirados contra as paredes brancas de uma sólida construção semelhante a um hangar com teto de metal. Os prisioneiros estão de cabeça baixa, envergonhados, como em uma cena de filme de terror, enquanto um homem fotografa um por um.

Homens enluvados começam a revistar o corpo de Khalid. Tocam-no por toda parte. Outros presos gritam de dor com a violência inconveniente dessas revistas. O pior constrangimento das suas vidas. Humilhados a cada passo pelas bárbaras investidas dos soldados, os homens nus são postos à parte e novamente fotografados. Chega a vez de Khalid e ele se recusa a andar. De pé, orgulhoso, não importa o que lhe façam. Com um murro, logo o empurram para a fila.

Tiram várias fotos do seu rosto, de frente e também de perfil. Um barbeiro raspa-lhe a barba adolescente e em seguida a cabeça, com a mesma gentileza de um tosquiador que tem milhares de ovelhas para tosquiar. Depois, tiram outra foto de Khalid com a cabeça raspada.

— Muito bem, mexa-se. Você está pronto! — o fotógrafo o dispensa. Aos palavrões, manda o próximo da fila se apressar. Esse homem, de meia-idade, aparência dócil, nu e vulnerável, lágrimas nos olhos, lança um olhar para Khalid como se dissesse que depois dessa experiência a sua vida acabaria. Isso inflama um ódio terrível em Khalid, pois ele sabe que, para aquele homem, raspar a barba, parte importante da sua identidade muçulmana, é o insulto derradeiro.

O homem nu senta-se e chora enquanto lhe raspam o rosto. O barbeiro continua a tarefa, mas a visão de homens adultos chorando e gemendo como crianças enquanto são maquinalmente humilhados corta o coração de Khalid.

Os dois mais próximos, nus como vieram ao mundo, fecham os olhos e rezam em silêncio. Nesse instante, Khalid vê dois garotos mais novos do que ele: um menino magricela, por volta dos 13 anos, aparentando danos cerebrais, com a língua pendente e os olhos revirados, e outro, com ar apavorado, no fim da fila, tão pequeno que poderia ter 11 anos ou menos. Khalid estica o pescoço para observá-los melhor, mas eles somem da vista enquanto os homens, um a um, são levados para outro edifício vizinho, de alvenaria.

Ladeado por soldados, Khalid é enfiado em um pequeno aposento em que outros soldados americanos tiram suas impressões digitais e uma amostra de saliva, e em seguida fazem-no passar por outra porta, onde dois homens vestindo calça jeans e camiseta branca estão sentados diante de uma escrivaninha de plástico verde.

O americano mais alto sorri. Estende uma das mãos, como se desse as boas-vindas ao Afeganistão para um Khalid trêmulo e nu.

— Olá, eu sou Anthony. Esse aqui é Sam. Somos da CIA — Khalid não sabe se ri ou chora. De pé, aguardando para conhecer seu destino, não tem certeza se deve responder à saudação ou não.

Com uma expressão provocadora no rosto rosado, Sam indaga:

— Quando você entrou para a Al-Qaeda?

A mesma história de novo, não!

— Escute... eu nunca entrei para a Al-Qaeda, nem tenho conhecido algum lá — Khalid diz de um só fôlego. Com medo das idéias que talvez se ocultem por trás da voz áspera de Sam, fica sem saber o que acrescentar.

Então Anthony ergue as sobrancelhas:

— Você fala inglês bem!

— Eu sou inglês!

— Ah, é? De onde?

— De Rochdale. — Khalid observa que Anthony se desinteressa, por não ter idéia de onde fica Rochdale. — É perto de Manchester! — Mas atrás dele a fila está aumentando e os americanos ficam olhando para quem vem depois de Khalid, dando a impressão de que as perguntas são mera formalidade.

— Quando foi a última vez que você viu Osama bin Laden? — indaga Sam com a sua voz esganiçada.

— O quê? — Khalid franze a testa. — Eu o vi pela TV, se é isso que você quer saber. Nunca o vi pessoalmente. Se vocês todos não o localizam, então como é que eu vou saber onde ele está? Deixem-me ir embora. Eu não fiz nada de errado.

— Fale-me das suas ligações com células terroristas na Inglaterra.

— O quê?! — De tão perplexo, Khalid nem consegue responder.

— Você se comunicava com outros terroristas pelo computador, em código.

— De jeito nenhum! Quem disse? — Khalid pergunta. — Que computador?

— E você conhece Al-Jaber? — pergunta Anthony.

— De quem se trata? De que computador vocês estão falando?

Sam bate com os dedos na escrivaninha verde.

— Como sempre, outra perda de tempo! — Faz sinal para os soldados levarem Khalid, dando a vez para o próximo homem nu ser inquirido com as mesmas perguntas.

Levam Khalid para um lado e entregam-lhe uma enorme camiseta branca e uma calça azul-marinho que parece de plástico, com um elástico na cintura. Não se dão o trabalho de fornecer cueca e quando ele se veste levam-no para outra sala, onde outro homem pergunta-lhe o nome e o endereço, se é casado ou não. Nome dos filhos.

— EU TENHO 15 ANOS! — Khalid grita a plenos pulmões. — VOCÊS AINDA NÃO PERCEBERAM?

Nesse instante Khalid perde os sentidos. Uma pancada nas costas o apaga. Acorda mais tarde no chão frio de uma cela improvisada com arame. Uma das muitas celas que dividem um prédio baixo e comprido em feios cubículos. Os prisioneiros vestem calças azuis idênticas, alguns com turbantes brancos ao estilo afegão. O ruído incômodo de um gerador próximo interrompe os pensamentos de todos com a mesma constância de uma escavadeira, e paira no ar um leve cheiro de urina. Além de um toque de óleo de cozinha.

— Nada de conversas aqui — avisa o policial militar que patrulha a área entre as celas.

Khalid olha em volta por entre os faróis ofuscantes que ficam nas extremidades da fileira de celas. Olha desconfiado na direção do balde em um canto. Uma garrafa de água em um dos lados. Um cobertor dobrado no chão, junto a um colchão fino. Por cima, um xale de lã.

O sujeito bochechudo e de sobrancelhas cerradas da cela vizinha observa-o atentamente com simpatia no olhar, balançando a cabeça de um lado para outro, como se dissesse: "Fique quieto. Não chame atenção. Vai dar tudo certo."

Ao lado das portas abertas em ambas as extremidades do prédio, soldados portam pesados rifles, metralhadoras ou pistolas, soltam gargalhadas e brincam entre si. Olhares vasculham as filas a cada segundo, para ver se não há alteração. Como se algum daqueles presos tivesse a mínima chance de fugir! Fugir como, se não podem sair das celas nem para ir ao banheiro sem pedir permissão?

Khalid não se admira muito quando o vizinho cobre a parte de baixo do corpo com um xale e vai fazer uso do balde de metal, mas será que há banheiros aqui para todos aqueles homens? Que espécie de lugar é este? Desesperado, Khalid examina os cubículos tentando ver Masud, ou o pai, ou qualquer rosto familiar em meio àquela loucura... ou pelo menos outros rapazes que pareçam ter a sua idade. Enquanto procura de cela em cela, rosto após rosto o encara com o mesmo olhar de deprimente resignação. Extrema humilhação naqueles olhos escuros. Furiosos, apavorados, perdidos e esquecidos... iguais a ele.

Um homem se ajoelha para rezar, de mãos cruzadas ao peito. O murmúrio das suas palavras se espalha gradualmente pelas celas e muitos o imitam. O volume das vozes aumenta a tal ponto que acrescenta um estranho eco aos barulhos que vêm de fora, de aviões e cachorros latindo.

Khalid torna a se sentar, encostado à divisória de arame, cheio de compaixão para com a fé daqueles homens, mas ao mesmo tempo furioso. Furioso com os americanos que os vêem apenas assim: muçulmanos. Estrangeiros perigosos que eles não conseguem sequer diferenciar. Furioso também com o islamismo que o meteu naquela encrenca. Uma vez ele ouviu um repórter dizer que a religião muçulmana era a que crescia mais rápido no mundo inteiro. Khalid lembra ter desejado que a mídia não dissesse uma coisa dessas. As pessoas não querem ouvir esses fatos, e ele, particularmente, não quer ser incluído na multidão, muçulmanos ou não. E os muçulmanos não são todos iguais, assim como os cristãos não o são. Ele é Khalid... uma pessoa, não um resultado de qualquer religião. Ainda nem chegou a fazer algo com a sua própria vida.

O tempo se arrasta. A impossibilidade de conversar faz as horas passarem lentamente. Nada a fazer, além de observar o soldado com a sua metralhadora caminhar para lá e para cá, vasculhando as celas com o olhar como se houvesse chance de algo acontecer.

Os soldados nos dois extremos do corredor conversam à toa. Dão gargalhadas. Entram e saem para tomar café ou fazer um lanche, trocando saudações depois de cada ausência de dez minutos como se não se vissem há anos. Agem como se vigiassem um armazém cheio de feijão enlatado, não um lugar com quarenta seqüestrados sem acesso a advogados nem possibilidade de contatar a família.

Khalid conclui que só viu prisões em filmes. Filmes americanos. Filmes emocionantes, em que o herói ganha o respeito dos mais perigosos prisioneiros antes de fugir. Mas depois se lembra de que nos Estados Unidos também há pena de morte.

O Corredor da Morte... sim, pessoas são eletrocutadas lá toda hora. Khalid se lembra de uma notícia sobre um rapaz que passou vinte anos no Corredor da Morte e depois descobriram que era inocente. E ainda aquele filme, como era mesmo o nome? Ele assistiu no computador de Nico, depois de baixar na internet. Eles viam um monte de filmes assim quando não tinham mais o que fazer. Em geral, se acomodavam nas camas e no chão, com o resto da turma, no quarto do irmão mais velho de Nico, Pete, até este chegar e gritar:

— Todo mundo pra fora! — E saíam todos correndo, como se tivessem cometido algum crime só por ter sentado ali.

Holgy era sempre o primeiro a alisar a manta listrada da cama de Pete, afofar o travesseiro e dizer:

— Desculpe, amigo.

— Não tornem a sentar aí! — Pete vociferava, enquanto Khalid e os outros mantinham os olhos fixos no computador, aborrecidos com a interrupção, mas sem querer reagir. Todos sabiam que Pete era confusão certa... sujeito destemperado como ele só. O oposto total de Nico, que quase sempre estava sorrindo.

De repente, concluindo que nada alivia o tédio a não ser relembrar os colegas e pequenos incidentes assim, Khalid imagina que talvez o cara de fuinha do Holgy tivesse razão quando disse: "Nós todos somos hologramas, sabiam?" Ele caiu na besteira de dizer isso quando estavam no sexto ano, com mais ou menos 11 anos. E repetia isso para todo mundo sempre que podia. Por isso o apelidaram de Holgy, embora seu nome verdadeiro, Eshan, seja muito mais bonito. Diminutivo de holograma, escolha óbvia. Invenção de Nico, quem mais?

— A vida real da gente está acontecendo em outro planeta — argumentava Holgy sempre que tinha chance. — Somos apenas um reflexo estúpido e bizarro.

— Nós não, VOCÊ que é — Mikael esclarecia. Afinal, ele é um crânio.

— Pare de falar em hologramas — Tony acrescentava. — Eu sou uma estrela imortal.

Então a conversa mudava depressa para incluir Darth Vader, a possibilidade de vida em Marte, e se as pernas de Lyn Howser eram mais bonitas do que as de Jancy King. Sim, a deslumbrante Lyn Howser, com a sua nova tatuagem de borboleta no tornozelo direito, deixava todos babando.

Na verdade, Khalid era o único que gostava de conversar com Holgy sobre hologramas. Holgy forçava-o a pensar em coisas que iam além da sua imaginação, e a idéia de que a realidade não passava de uma percepção projetada em terceira dimensão o deixava muito intrigado. Algo parecido com eletrodos faiscava no seu cérebro.

O problema é que não há ninguém ali para conversar. Nenhum computador. Nada para ler. Nada para fazer, só pensar. Os presos dispõem apenas de um exemplar do Alcorão. Os guardas passam-no de um preso a outro, à medida que vão lendo. Mas o problema é que está escrito em outra língua e, depois de dar uma olhada nas páginas, Khalid desiste de tentar entender o livro sagrado.

O que Holgy faria se estivesse enclausurado ali? Khalid aposta que ficaria sentado da mesma forma que ele. De pernas cruzadas, olhando para o vizinho adormecido, pensando em muitas coisas. Igual a ele, Khalid.

A mente de Khalid se dirige para o problema das aulas de história, por menos importante que possa parecer agora. Como a todos os seus colegas, o trabalho do colégio é algo que o preocupa permanentemente, porque os professores e os pais não param de pressionar. A maioria finge não se importar com o dever de casa e o colégio, mas todos se importam.

— O que vai fazer da vida se não obtiver uma qualificação? — o pai costuma dizer.

— Bem... que tal se eu me tornar um *chef*, como você? — certa vez Khalid gracejou.

— Como eu, não — retrucou o pai. — Agora a garotada precisa se graduar em culinária. Hoje em dia é preciso diploma até para ser eletricista. Todo mundo exige certificados.

Khalid sabe que o pai tem razão. A maioria dos colegas — pelo menos Nico, Mikael e ele próprio — tira ótimas notas na maior parte das matérias, e espera-se que obtenham conceitos A e B em sete ou mais matérias nos exames de conclusão. A pressão é constante. Fugir do estudo por estar ali não consola, porque infelizmente Khalid só pensa que se essa situação se prolongar muito ele não terá tempo de estudar as matérias durante as férias. Se não for solto antes de as aulas recomeçarem, acabará ficando para trás. Será que os professores levarão em conta o que está vivendo? Khalid duvida muito. Nenhuma "autoridade" daqui se incomoda com o que acontece a ele, então por que os professores agiriam diferente?

E se ele nunca sair e perder todos os exames finais? Será o último da turma. Talvez o obriguem a refazer tudo e o mandem repetir a série quase concluída. Ficará com cara de bobo! Freqüentar uma série abaixo da sua turma! Provavelmente terá que se sentar atrás daquele idiota do Derek Slater e do monte de puxa-sacos que o seguem por aí como se ele fosse Deus! Apesar do pavor crescente, Khalid decide impedir que isso aconteça. Nada o fará sofrer o vexame de ser um ano mais velho do que o resto da sua turma.

Se o pior acontecer, ele se recusará a freqüentar a escola de novo. Pedirá a Mac, o vizinho, que lhe arranje trabalho no supermercado como caixa, arrumador de prateleiras ou algo semelhante... em meio expediente. Algo que lhe dê dinheiro para pagar o ônibus até a escola do outro lado da cidade. Ele leu no jornal local que lá oferecem cursos noturnos com muitas matérias interessantes.

Agora que tem um plano, Khalid sente-se ligeiramente melhor. Mais preparado. Podem surrá-lo, mantê-lo acordado, tratá-lo como criminoso, mas não conseguirão arruinar-lhe as chances de uma vida melhor quando sair dali. E sair dali é uma certeza, não uma dúvida.

— Ninguém vai fazer isso comigo! — Khalid diz em voz alta, sem pensar. Fica envergonhado no momento em que essas palavras lhe saem da boca.

O soldado que estava na metade do corredor volta-se para olhá-lo. Duas celas depois da de Khalid, o preso pousa a garrafa d'água e sussurra algo que parece inglês, mas Khalid não pode ter certeza.

Khalid fecha os olhos para se concentrar no plano. Resmunga para si mesmo, tentando fazer o soldado que se aproxima pensar que ele está louco. Funciona. O soldado passa, as botas marrons de usar no deserto param diante da cela de Khalid por um instante e em seguida continuam andando.

Khalid se imagina de calça jeans frouxa e camiseta branca de mangas compridas, o cabelo cuidadosamente armado com gel, esperando na parada o ônibus 23 que o levará à escola. Estampa esse quadro na mente e uma sensação esquisita o domina, como se a sua vida real estivesse acontecendo em algum outro lugar. Talvez Holgy esteja certo. Nós somos todos hologramas.

Imaginar que espera o ônibus agora mesmo, em vez de estar sentado na cela de arame no Afeganistão, evoca-lhe como num relâmpago a figura de Niamh com aquele estranho chapéu peruano de tricô vermelho e marrom, com pompons pendurados na lateral, que ela às vezes usa. Ela está esperando o ônibus, de braços cruzados.

— Oi, Kal, tudo bem? — Sorri para ele, com os lábios pintados de rosa.

— Mais ou menos — responde ele.

— O seu cabelo está ótimo! — diz ela.

— É? Obrigado. Eu... hum... bonito chapéu! — Não, não, não dá certo. Khalid não pode dizer para Niamh que gosta daquele chapéu horroroso. Ela vai ter que tirar aquilo. É melhor.

Niamh ainda está sorrindo para ele em uma imagem em terceira dimensão, colorida, enquanto a sua realidade é o arame que o cerca. Ela só desaparece quando vozes no fim do corredor trazem Khalid de volta ao presente.

O barulho de rodas rangendo forçam-no a olhar para dois homens de avental branco empurrando um carrinho de comida para dentro do prédio. Alguns presos se põem de pé, ansiosos, agarrando a cerca de arame, observando com atenção os guardas tirarem caixas de papelão do carrinho e jogá-las por cima de cada cela.

— Um bom curry para o almoço! — grita um dos homens do carrinho num estranho sotaque não exatamente americano. — Está aí, pessoal!

Imitando os animais no zoológico, Khalid agarra depressa a sua parte, mas se depara com uma caixa tão fechada que é impossível abri-la com os dedos. Então, sem outra opção, morde um dos cantos. Puxa o papelão com os dentes e vislumbra o conteúdo: um pouco de arroz branco e um curry ralo.

O curry está longe de parecer com os que Khalid já tinha visto ou comido. Os pequenos quadrados de carne fibrosa, que ele espera serem de frango e não de porco, estão rodeados por brócolis amarelados e passas. Passas? Quem põe passas no curry?

Seja lá quem preparou aquele arroz branco pegajoso, deveria desistir de cozinhar. A mãe de Khalid teria um ataque se visse o filho comendo assim, sem colher, garfo, faca, pimenta, sal, nada. Em casa, ninguém comia com as mãos, porque ela insistia que eles eram em primeiro lugar britânicos, embora em Karachi, na casa das tias, servir-se assim fosse um costume. Ali, Khalid não tem outra opção a não ser enfiar a cabeça naquela gosma, como um cachorro. O vizinho lambe a comida, faminto. Outro chupa o conteúdo por um buraco que fez no meio da caixa. Cada qual improvisa o melhor que pode para enfiar pela garganta aquela comida nojenta o mais depressa possível. Pior ainda do que aquele grude da cantina do colégio que chamam de curry, este negócio tem cheiro e sabor de alface podre.

Depois lhes atiram embalagens plásticas com cream-crackers e queijo. Embrulhados firmemente como comida de avião, é preciso esforço para abri-los. Infelizmente, os biscoitos de Khalid caem no balde sanitário, a um canto da cela, que não é esvaziado desde a manhã, portanto ele prefere não os comer. Depois do almoço, os soldados designam alguns presos para esvaziar os baldes. Os dois primeiros se recusam. Afinal, os guardas pedem voluntários, e três homens da outra extremidade da fileira são retirados das suas celas.

Os voluntários esticam braços e pernas por um momento. Um homem, parecendo um Tony Blair muçulmano, com o mesmo sorriso forçado, cutuca o outro mais baixo que está a seu lado e faz um movimento de cabeça como quem diz: "Qualquer coisa é melhor do que ficar enfurnado ali o dia inteiro."

Ao observá-los mais de perto, Khalid muda um pouco de opinião. Talvez ele devesse ter se apresentado como voluntário, apesar de não suportar a idéia de cumprir a horrível tarefa daqueles presos. Mas há visíveis vantagens: para começar, os soldados se mantêm bem longe à medida que eles vão entrando nas celas, uma a uma, para coletar o balde. Quer dizer que cada qual tem a chance de trocar palavras com os ocupantes e descobrir quem são e o que lhes aconteceu. Chegam a ter a oportunidade de cochichar uns com os outros quando se dirigem aos fundos do prédio para despejar os baldes.

Quando o sósia do Tony Blair chega à cela de Khalid, este está preparado para recebê-lo.

— Só tenho 15 anos. Sou inglês. E inocente — apela Khalid depressa.

O homem sorri. Diz alguma coisa simpática numa língua que parece pachto e confunde Khalid. Depois desaparece na cela seguinte. Khalid observa atentamente o vizinho se levantar e saudar aquele homem como se fosse um filho que ele não vê há muito tempo. Khalid sente-se excluído. Ali ele não tem com quem conversar. Não se parece com nenhum daqueles homens. É melhor conversar com os guardas.

Cada vez mais frustrado. Aquele foi o golpe final. Além de seqüestrado e preso nesse lugar absurdo, não consegue conversar com ninguém e ainda deve ser o mais jovem do prédio. Alguns aparentam ter cerca de 20 anos de idade, mas nenhum parece tão jovem quanto ele. Onde estarão os dois meninos que ele viu quando chegou?

Khalid fica pouco à vontade quando se dirige a pessoas mais velhas. O respeito aos mais velhos tem sido martelado nos seus ouvidos desde sempre e ele acha difícil se portar naturalmente em tais circunstâncias. Lembra-se de que alguns colegas da sua turma tinham um relacionamento fácil e brincalhão com os professores, porém ele sempre corava quando tentava dizer algo amigável. Até com o sr. Tagg, que é o melhor de todos.

A mente de Khalid gira, descontrolada. Será que aqueles dois garotos estão presos em outro lugar? Terão tratamento especial pela sua idade? Quando ele os viu, a situação não parecia ser essa, mas agora talvez as coisas tenham mudado.

Os pensamentos exaurem Khalid. Totalmente só, deslocado e esquecido, deita-se no colchão e chora. Esconde a cabeça com os braços para ninguém ver.

CAPÍTULO 11

Cruz Vermelha

Um calor forte, insuportável, se abate sobre o prédio quando o ronco do motor de um avião em movimento interrompe o sono intermitente de Khalid. Numa tentativa de impedir que o barulho o desperte inteiramente, ele se vira e sonha com batatas fritas e queijo cheddar espalhados no campo de futebol da sua terra, Rochdale. Depois abre os olhos, logo se acalma e tenta voltar a dormir, porém retoma o sonho exatamente do ponto em que parou, revivendo todo o pesadelo de tentar impedir que a sujeira arruíne o campo.

Os caminhões barulhentos, os gritos dos homens e o incessante zumbido do gerador de eletricidade o incomodam. Ele se senta de pernas cruzadas na esteira e, por um momento, tenta se recompor. Todo o tempo se indagando a respeito dos homens ali perto, sombras azuis e brancas que ele mal consegue perceber através das camadas de arame. Quem serão?

Khalid demora algum tempo para ver o homem ao seu lado.

— *As-salaamu alaikum* — ele o cumprimenta todas as manhãs.

Logo Khalid responde com as palavras:

— *Wa alaikum as-salaam* — como se fosse um velho amigo.

Um dia, o homem o surpreende.

— O meu nome é Abdul Al-Farran.

— Você fala inglês! — diz Khalid, ofegante. Não consegue acreditar que o homem não tenha lhe dirigido a palavra até aquele instante; com certeza deve ter ouvido quando ele gritou com os guardas. Mas não quer desperdiçar a oportunidade se aborrecendo.

Abdul acaba sendo o sujeito mais esquisito que ele já conheceu. Pressionando o rosto contra o arame, Khalid percebe que o homem está ligeiramente acima do peso, a boca mole e o rosto rechonchudo. Sempre que ele fala, as suas sobrancelhas espessas parecem adquirir vida própria, erguendo-se, caindo e enroscando-se como lagartas.

Decidido a confiar em Khalid, Abdul lhe conta que nasceu no Líbano. Mudou-se há alguns anos para o Paquistão, onde vive o irmão, para arranjar emprego como professor de matemática. O seu inglês é bastante bom, e isso ajuda.

— O meu erro foi viajar para todos os lugares, o tempo todo. Procuro... uma esposa. Quando voltei a Islamabad, conheci homem muito mau. Grande confusão. Ele mentiu. Disse à polícia que eu tinha uma fábrica de bombas em casa. A minha esposa disse para eu fugir, então fui para o Afeganistão. Hora errada para ir para aquele lugar — Khalid acha difícil acompanhar o raciocínio de Abdul, que tem a tendência irritante de pular de um assunto para outro bruscamente e nem sempre compreende aonde ele quer chegar. Além disso, há o problema das sobrancelhas saltitantes, que dificultam a concentração; mas ele gosta de ter alguém com quem conversar, afinal faz com que se sinta parte do grupo.

— Quantos anos você tem? — interrompe Khalid, aproximando-se da divisória de arame que compartilham.

Abdul sorri e ergue os dedos, mostrando para ele contar três vezes dez e mais cinco.

— Trinta e cinco?

— Sim — confirma Abdul, suspirando.

— Eu só tenho 15!

— Quinze? Por que trouxeram você para cá? — pergunta Abdul, chocado.

— Não sei. Será que alguém sabe? Eu deveria estar na escola.

— Então deve aproveitar a chance de aprender. Eu lhe ensino tudo o que sei — diz Abdul, com um sorriso. — Sabe, Hezbollah significa Partido de Deus!

— Partido de Deus? — Khalid pisca, surpreso. Pelas notícias que ouvira no seu país, o Hezbollah era um grupo perigoso. Não saíam por aí seqüestrando ocidentais? Mas talvez Abdul tivesse razão. Talvez o verdadeiro significado da palavra fosse bem mais simples. Mesmo assim, ele olha em torno para se certificar de que ninguém está escutando. Apavorado de que essa palavra possa de algum modo ser usada contra ele, pensando que de fato signifique terrorista ou algo pior e que Abdul Al-Farran o esteja enganando.

Mas Abdul prossegue, dizendo:

— Faquir significa homem pobre — sem o menor indício de preocupação pela maneira como mencionara Hezbollah.

— É mesmo? Legal! — Khalid faz um esforço para se acalmar. Incapaz de julgar quem seja Abdul verdadeiramente. Talvez a palavra Hezbollah seja algum tipo de senha secreta.

— Mas... — apreciando ser professor novamente, o rosto de Abdul se torce num enorme sorriso. De repente as sobrancelhas se afastam. — Imame significa líder. Muitas palavras vêm do árabe. Gênio, que quer dizer espírito. Sofá. Almofada. Xeque-mate, o rei está morto. Álgebra. Laranja. Monção. Algodão. Zero. Tudo isso é árabe.

Abdul não consegue parar. Agora há público e Khalid tem que esperar e ouvir. O problema é que a sua mente continua vagueando. Abdul não tem culpa de lhe fazer lembrar o sr. Giles, professor de geografia, que fala sempre num tom monótono e faz a turma inteira dormir, mesmo quando o assunto é interessante.

— A palavra xarope também é árabe! —Abdul sorri. — E sultão também.

— É mesmo? — murmura Khalid, sem muita esperança de que ele pare de lhe encher os ouvidos com informações infindáveis. Com certeza Abdul Al-Farran passara a vida lendo o dicionário.

— Ah! Está bem. Por hoje é só! — Obviamente um pouco magoado por Khalid ter afastado o rosto da divisória, Abdul faz uma careta e pára de falar, pelo menos por hoje.

Um policial militar circula pelo corredor sem se dar o trabalho de censurá-los por terem passado a última meia hora conversando. Parece que se cochicharem por alguns minutos de cada vez, ninguém dirá nada. Pelo menos no turno desse guarda. O turno seguinte é formado por dois soldados sórdidos, que parecem se divertir ao transformar a vida dos prisioneiros em um inferno. Mas esses dois — um deles se chama Wade e nasceu em Atlanta — são quase humanos pelo modo como os tratam.

Khalid sente uma vergonha visceral por ter ofendido Abdul Al-Farran. Principalmente depois que sonhou ter alguém com quem conversar.

— Não consigo captar tudo — tenta explicar mais tarde. Porém, na outra extremidade ouve-se o chamado para as preces do meio-dia, e Abdul fica feliz em se afastar da divisória e se voltar para Meca.

As preces enchem aquele hangar enferrujado, se elevam e refletem no telhado, ecoando no ar úmido como o canto de um pássaro exótico. Transformam os sons costumeiros do prédio em pura conexão com o divino.

Com o tempo, os olhos de Khalid se adaptam ao arame grosso que separa as celas. Aos poucos, ele consegue focalizar o olhar e ver Abdul com bastante nitidez sem precisar se levantar da esteira. Apesar de a porta de arame ser suficientemente fina para deixar ver os soldados que, de minutos em minutos, caminham de um lado para outro, Khalid não tem vontade de olhá-los.

Wade, o soldado amigável, passa novamente. Dessa vez pára diante de Khalid e ajeita a metralhadora pendurada no peito.

— Você não gosta de rezar? — indaga com um risinho falso e sem graça.

— Agora não — diz Khalid.

— Mas você é muçulmano!

— Sim, mas nós não rezamos todos ao mesmo tempo — responde Khalid, irritado, sem ver motivo para explicar por que não tem vontade de fazer isso naquele instante.

— Talvez você fosse melhor cristão do que muçulmano. Posso lhe trazer uns folhetos que mamãe me mandou de Atlanta no qual vocês podem aprender algo a respeito de Jesus.

Então era isso! É esse o motivo dos modos amigáveis de Wade! Os presos eram almas perdidas, precisando de salvação. A mãe de Wade, em Atlanta, se preocupava com eles.

— Está bem, obrigado. — Khalid o vê se afastar com um débil sorriso. E esconde a raiva e a frustração cerrando os punhos às costas.

Pouco mais tarde, três soldados de expressão carrancuda se enfileiram, os dois primeiros com armas apontadas para todos. O mais alto começa a abrir uma cela de cada vez, enquanto o último soldado o acompanha com um punhado de algemas. Alguns homens são algemados e empurrados para fora. Amarrados a uma enorme corda e levados embora. Khalid estica o pescoço para ver aonde vão e não demora muito para que a sua pergunta seja respondida, quando eles retornam com água pingando dos rostos aturdidos e o cabelo encharcado, além de enormes manchas de umidade nas camisetas brancas e limpas.

— Banho? — indaga Khalid, inquieto e esperançoso. O soldado concorda com a cabeça, algemando-o com força. A idéia de água corrente e do doce perfume de sabonete domina a mente de Khalid quando é amarrado a dez outros homens. Os soldados junto à fila seguem atentos e armados.

O sol quente e brilhante atinge o rosto de Khalid, ele baixa as pálpebras e sai do hangar cinzento para um pátio vazio. Todos são logo empurrados para atravessar um trecho de sombra fresca, e uma pequena caminhada os conduz à porta de um prédio vizinho, com o piso de concreto molhado e frio. No interior, de paredes cinzentas, existe um lugar horrível cheirando a banheiro, com manchas de ferrugem nas paredes escorrendo dos chuveiros e o som de água corrente. Um som que vem desacompanhado de qualquer sensação de prazer.

O medo de um banho comunitário é tão grande que o homem atrás de Khalid começa a gritar, sacudindo a cabeça de pavor. Dois outros aderem, berrando em protesto, enquanto Khalid, submisso, permite que lhe desamarrem e tirem as algemas. Caminha depressa para um lado para se despir, sob olhares severos e uma arma a poucos centímetros da testa. Os homens que gritavam são empurrados para um lado e despidos. As suas roupas são jogadas numa pilha. Um dos homens nus tropeça e cai de joelhos, a cabeça entre as mãos. Logo o forçam a se levantar e o empurram para o chuveiro.

Chocado com aquela cena, Khalid põe-se de frente para a parede e espreme a pequena barra de sabão de cheiro esquisito, quase chutando alguma coisa. Por um momento tenta relaxar na água e desfrutar daquela sensação. Mas o barulho dos gritos impede qualquer prazer. Aquilo para Khalid era normal, ele está acostumado a tomar banho com os colegas depois da ginástica na escola e das partidas de futebol. Não fica envergonhado de ser visto nu. Mas para aqueles homens isso era pior que a morte.

Quando Khalid volta à cela, relembrando os maus-tratos que acabara de testemunhar, não tem disposição de conversar com o louro de jeans e jaqueta vermelha que perambula pelo hangar com um enorme saco plástico branco debaixo do braço. Acompanhado de um policial militar, o sujeito é a expressão da felicidade. Saudando um prisioneiro de cada vez com uma ou duas frases em árabe, distribuindo papel e caneta e uma pequena caneca plástica com uma cruz vermelha. Quando chega à cela de Khalid, dirige-lhe um sorriso educado e diz com um elegante sotaque americano:

— Sou da Cruz Vermelha. Quer escrever uma carta para alguém?

— Carta? — É a primeira vez que Khalid pensa nisso. — Só uma carta? Não posso escrever mais?

— Quantas quiser! — O soldado abre a cela e entrega a Khalid três folhas de papel e uma caneta preta, além de uma caneca que tem um cartão numerado. O dele é 256.

— Volto mais tarde — diz o sujeito, sorrindo.

— Espere aí — Khalid agarra a porta da cela que está sendo trancada novamente. — Eu não devia estar aqui. Cometeram um erro. Ainda estou na escola.

O homem o examina por um instante.

— Está bem, acho que você não parece tão velho — diz-lhe, depois de examiná-lo rapidamente. — Mas você não é prisioneiro de guerra; é um "combatente inimigo", como os militares gostam de dizer. Receio que essa seja a sua situação neste momento — e balança a cabeça.

Para Khalid, a última gota de esperança se esvai no momento em que o sujeito de sorriso consolador desaparece.

— As cartas não vão chegar lá, vão? — Khalid grita, observando-o caminhar rápido e se dirigir a Abdul em árabe. — De que adianta isso? — sussurra para o amigo no momento em que o homem some.

Abdul sacode a cabeça e diz:

— Fazer o trabalho. Cruz Vermelha. Ele não tem poder para nada. Os Estados Unidos fazer todas as regras. Para nós acabou.

— Combatente inimigo! Eu? — Khalid solta uma risada. — Até que ponto chega a loucura deles? — No entanto, ele se senta a um canto, com papel e caneta no colo para escrever uma carta para a mãe e o pai. Mesmo que não saiba ao certo onde eles estão, vale a pena tentar alcançá-los. Desconfia que a mãe não voltará à Inglaterra sem o marido e o filho. E o pai também não, caso tenha voltado para a casa das tias. Ele não partirá de Karachi sem saber o que aconteceu com o filho. Ou talvez esteja ali mesmo em Kandahar, em outro prédio. Quem sabe onde ele está?

Em todo caso, é difícil saber para onde enviar a carta. Carta que talvez jamais chegue, porque é bem provável que a Cruz Vermelha a entregue aos americanos. Então Khalid tem a idéia de escrever para o sr. Tagg. E talvez para Mac, o vizinho. O homem da Cruz Vermelha lhe dera três folhas de papel. Talvez uma chegasse à sua família. Se isso não acontecer, haverá a chance de alguém ler a verdade.

"Foi isso que aconteceu quando eu desapareci", escreve Khalid. Descreve os maus-tratos em Karachi e acrescenta detalhes sobre a ida ao apartamento em busca do pai. E descobre que as palavras jorram à medida que começa a se lembrar.

Khalid é dominado pela sensação de ser outra pessoa analisando a sua própria vida enquanto escreve o mais rápido que consegue. A primeira página se enche antes que ele mencione qualquer coisa a respeito de Kandahar, e ele não tem outra escolha a não ser desenhar uma seta na extremidade da página, onde se lê: A HISTÓRIA CONTINUA.

Infelizmente, o papel de carta aérea azul é fino demais para receber o forte traço de caneta que ele acaba de fazer, e as palavras no verso da folha se confundem com as da primeira página. Tanto que Khalid desiste e acrescenta beijos para Aadab e Gul.

Relê as últimas palavras: "Como isso pôde acontecer? Eu não fiz nada de errado!", e recosta-se para ler o que escreveu. Pouco importa se descreveu bem a situação. É urgente.

De repente, o seu peito se enche de pânico ao constatar que não deixou espaço para o endereço. A menos que caiba no fim da primeira página, sob a seta que ele desenhou. Morde o lábio inferior e faz uma careta, tentando espremer o endereço, e estranhamente as palavras "Oswestry Road 9, Rochdale, Lancashire, Inglaterra" se encaixam no fim da página. Ele teme que não percebam o endereço ali embaixo e por isso aviva-o com a caneta várias vezes, para destacá-lo. Faz o mesmo com o número 9, para ninguém pensar que é um zero.

Khalid fica tentado a parar de se preocupar e inicia a página seguinte. Mas só dispõe de três folhas de papel e talvez não lhe forneçam mais. Por enquanto, procura não desanimar ou se afligir pensando que a carta não chegará ao destino. Porém, na hora de escrever para o sr. Tagg, a ponta da caneta paira como uma mosca sobre a página em branco.

Afinal, o sr. Tagg é professor e vai notar as frases ruins e os erros de ortografia, não vai? Tudo isso limita o estilo de Khalid. Depois de vários rabiscos, ele decide parar um pouco e retomar a carta quando souber bem o que quer dizer.

Olha para as celas e vê um preso jogar a sua caneca no balde sanitário e outro pular sobre a sua para quebrá-la. A caneca tem aspecto e cheiro de espuma de embalagem, mas Khalid decide guardar a sua.

Finalmente, o homem da Cruz Vermelha vem pegar as cartas. Khalid ainda não decidira o que contar ao sr. Tagg e a Mac. E assim entrega a carta dirigida à família. No íntimo uma sensação horrível o adverte de que ela jamais chegará ao destino, e numa fração de segundos imagina a mãe chorando na mesa da cozinha, com os braços de Gul em torno do pescoço, e a cena lhe traz lágrimas aos olhos.

CAPÍTULO 12

Wade

Os dias insuportavelmente quentes se passam iguais, um após outro, sem ser notados. Uma vez por semana Khalid é levado para tomar banho de chuveiro. Uma vez por semana escreve outra carta e a entrega a um soldado, que, por sua vez, a transfere ao rapaz da Cruz Vermelha, e assim os meses vão passando.

— Setembro de 2002 — Khalid ouviu há pouco um guarda berrar em resposta à indagação de um preso, e nenhum sinal de que algum dia ele seja mandado de volta para casa. Os sons familiares — caminhões e máquinas girando, botas de couro rangendo, o gerador zumbindo — se fixam no fundo da sua mente como um aparelho de TV ligado constantemente na sala ao lado. Hoje, o cheiro de gasolina misturado a um bafo de sopa de legumes lembra a Khalid de que ele acordou de novo no lugar errado.

De vez em quando um preso é levado a um interrogatório. A mesma rotina de sempre. Primeiro os policiais militares chamam um número, que o preso sabe ser a sua vez. Depois os soldados aparecem trazendo algemas para prender o homem ao próprio corpo.

Hoje é a vez de Abdul Al-Farran.

— Boa sorte — sussurra Khalid. O soldado de rosto impassível força Abdul a se ajoelhar, cruzar as pernas e pôr as mãos para trás, enquanto coloca as algemas. Abdul reza em silêncio enquanto é preso e amarrado às correntes.

Duas horas depois, ele ainda não voltou. Chega a hora do almoço, e mais caixas de comida são atiradas aos presos. Sanduíches de pasta de peixe embrulhados em papel-alumínio e um pacote de amendoim salgado. A quantidade de calorias está escrita claramente na embalagem. Khalid lê que os amendoins são provenientes do Texas.

Os quadrados de luz do dia, em ambos os lados do prédio, começam a adquirir um tom azul-marinho. O ruído de aeronaves e caminhões do lado de fora afinal começa a diminuir. Só o incômodo ronco do gerador de eletricidade enche o ar noturno, quando por fim trazem Abdul de volta. Ele vem curvado, a cabeça quase no peito, enquanto o conduzem pelo corredor entre as celas. Khalid chuta a divisória de arame, fazendo-a balançar. Ansioso, observa o amigo caminhar devagar. Aborrecido porque não consegue ver bem o rosto de Abdul até ele ser empurrado para dentro da cela. Os soldados acabam de desatar as amarras e saem.

Assim que as botas de deserto somem, marchando furiosamente, Khalid se aproxima da grade de arame que o separa da cela de Abdul. Este permanece na mesma posição em que o largaram: no chão, joelhos dobrados, pernas cruzadas, mãos à cabeça. Olha para cima e encara Khalid como se visse um estranho, não alguém com quem passa horas conversando. Lágrimas rolam pelo seu rosto, e Khalid recua.

Já passou a hora do jantar, mas uma caixa de comida é atirada para Abdul, aterrissando ao seu lado. Ele a apanha cauteloso, examinando-a por todos os lados como se não a reconhecesse. Khalid percebe que ele lê todas as palavras escritas na caixa antes de abri-la com os dentes. Depois Khalid se afasta, tentando dar privacidade para o amigo mastigar atum, massa fria e feijão. Abdul pára de chorar, mas ainda leva uma hora ou duas para se aproximar da grade e sussurrar para Khalid:

— Eles dizer eu ser espião. Eles me interrogar. Um homem, ele disse: "Admita você ser espião. Você espião. Diga você ser espião." Isso acontecendo comigo não ser direito. Eles me dizer que eu estar procurando segredos. Como eles saber?

Khalid só consegue balançar a cabeça. Abdul não pára de se repetir. Reproduz a acusação, sem poder acreditar que alguém o considere um espião. Khalid deixa escapar palavras de solidariedade. O que se pode dizer a alguém que parece tão arrasado que mal consegue erguer a cabeça?

Uma tempestade de ódio começa a se formar no íntimo de Khalid enquanto ele se põe a andar na cela. Anda sem parar, para impedir que as palavras do amigo atinjam seu coração. Move-se a passos curtos, lentos e hipnóticos, querendo se livrar da horrível certeza de que ele e Abdul morrerão ali.

Minutos depois de Khalid rondar a esmo, o mesmo policial militar pára de novo diante da sua cela. Ao ver Abdul na cela vizinha, sentado de pernas cruzadas, com a cabeça entre as mãos e murmurando para si mesmo, parece irritar-se e observa-o preocupado.

Nesse instante, Abdul percebe a presença do rapaz de pé ali, sorrindo para ele. Abdul ergue a cabeça, exibindo no rosto uma confusão de emoções conflitantes, e endireita bem o corpo. Então algo se rompe no seu íntimo e ele começa a bater no arame da cela, gritando: "Morte aos Estados Unidos!"

"Ponto para ele", Khalid pensa a princípio.

Um bando de vozes furiosas logo adere. O som dos arames batendo começa a tomar conta de todo o prédio. Aquela grande extensão de arame estala ao peso de punhos cerrados. O coro de "Morte aos Estados Unidos!" torna-se cada vez mais alto.

Khalid é tentado a aderir, mas pensa: "Como se pode matar um país inteiro? E por que eles odeiam os Estados Unidos? Deveriam odiar George Bush e sua turma, não o país que produz os filmes de ação, o rap, os programas de TV e os tênis que todos adoram."

Wade aparece correndo, vindo de um dos lados do corredor. Apesar de sua gentileza, ele realmente está tremendo. Suas mãos pouco firmes apontam a metralhadora na direção de Abdul. Num instante, Wade é rodeado por um bando de soldados que observam, ansiosos, as grades de arame sacudirem como se fossem se partir.

Khalid entende, então, que Wade é apenas outro ser humano. Como todos. Khalid se afasta da grade, recua para o fundo da cela e senta na esteira. Protege a cabeça com o xale para não ver o nervosismo estampado no rosto de Wade. Então, ouve Abdul sendo arrastado para fora da cela aos berros.

Um soldado grita:

— Calem a boca!

Afinal a barulheira e a gritaria cessam. Os dedos se desgrudam das frias grades de arame e o ruído do gerador de eletricidade volta a dominar o prédio.

Na manhã seguinte, Wade surge trazendo outro soldado. Um rapaz alto aparentando cerca de 20 anos, que sorri timidamente.

— Este aqui é o meu colega Michael!

— Onde está Abdul? — pergunta Khalid, desinteressado.

— Ele está bem. Vai voltar assim que se acalmar — responde Wade.

— Como vocês podem fazer isso? — Khalid questiona Michael. — Ele não foi considerado culpado de coisa alguma!

— Escute, eu não sou soldado de carreira. Sou reservista — diz Michael. — Recebi uns meses de treinamento, e foi tudo. Eu só sirvo durante seis finais de semana e mais alguns dias no ano. Pensei que desta vez fosse me divertir, que me mandariam para a Alemanha ou algum outro lugar durante as minhas duas semanas, entende?

— Você vai passar duas semanas aqui? — Khalid custa a acreditar no que ouve. — Recrutam vocês para tomar conta de nós? Não somos suspeitos de ser terroristas perigosos?

— Eu nem sabia que estava vindo para cá — diz Michael, concordando com a surpresa de Khalid. Ele encolhe os ombros, para mostrar que a tarefa que lhe impuseram também não é o seu ideal de diversão. A essa altura o seu rádio soa e ele se afasta para atender. Fala em linguagem cifrada, confundindo Khalid.

— Oitenta e quatro, dois-um... em cinco. Certo, Bob. Entendi. Sol, certo. — Wade volta-se para Khalid e explica: — É hora de passear lá fora.

— Por quê? — a expressão do rosto de Michael sugere que o passeio é uma coisa boa, porém Khalid não tem motivo para confiar nesse soldado de fim de semana e, como ele não responde, Khalid tem certeza de que “sol” significa algum código para levá-lo a um interrogatório, como fizeram com Abdul Al-Farran.

Então, no outro extremo do corredor, alguém começa a gritar. Ouve-se um ruído de passos e Khalid vê, surpreso, uma fileira de homens no meio do corredor. Pergunta a razão daquilo a outro soldado próximo.

— Vocês todos precisam parar de se queixar da falta de banho de sol.

Khalid fica intrigado com o fato de que alguém tenha se atrevido a se queixar, e ainda mais pasmo de ver algo acontecer como resultado.

Entusiasmado diante da simples idéia de ver o céu, imagina se Wade teria algo a ver com o fato de ele ter sido incluído. Diz a si mesmo para não deixar de lhe agradecer na próxima vez em que o vir, porque "vocês todos" não vão tomar banho de sol, na verdade, apenas 12 presos que estão sendo algemados e atados a uma corda que cheira a gatos.

A cena é triste de se ver: prisioneiros em fila, amarrados um atrás do outro. Cabeças baixas. Estão prontos para serem levados para trabalhar em alguma ferrovia?

Depois da demorada preparação para a saída, a fila afinal se arrasta rumo ao lado de fora do prédio. Pela primeira vez Khalid tem permissão para desfrutar do ar livre, desde que chegou, há seis meses. Além de ser empurrado às pressas pelas áreas sombrias do prédio para ir às duchas e de lá ao barbeiro, Khalid nunca teve licença para sequer tomar sol. Por algum motivo a animação com a saída faz com que se lembre de uma foto digital que Tariq lhe enviou, em que ele próprio está sentado em uma pedra, no jardim da sua casa em Lahore. A imagem era muito brilhante; a janela da casa de alvenaria, por trás de Tariq, faiscava como água e tinha uma estranha força interior. Tariq amava aquela foto. Dizia que o vidro havia se transformado num rio de energia, graças à força do sol do meio-dia. Khalid sorri revendo a imagem na memória. E Tariq? Por onde anda? Terá sido também seqüestrado para longe de seu computador? Neste momento estará sendo levado de uma cela de prisão para ir tomar sol, como Khalid? Olhando o sol como se fosse a primeira vez, Khalid sente-se embriagado pela luz abrasadora. Tão maravilhosa e perfeita que ele quase sente o infinito que ela transmite. Todos os demais arrastam os pés acorrentados, piscando atordoados, de olhos turvos e semicerrados, passando por caminhões marrons e prédios de concreto e por outros homens enjaulados no depósito em frente. Khalid tem a impressão de que apenas ele pode ver um filete de nuvem em forma de pétala. Apenas ele pode ouvir um pássaro ao longe, batendo asas e cantando.

É muito bom estar ali cambaleando, mas o calor do sol na cabeça de Khalid, pela primeira vez desde que rasparam seus cabelos, faz a sua pele arder. O que restou de cabelo pede para ser coçado, mas ele não pode mexer as mãos. Khalid acha que o crânio nu parece uma cabeça de peru, e essa imagem feia destrói o sentimento agradável que experimentou ao olhar o céu.

A sensação estranha logo passa quando uma voz grita "Mexam-se!", trazendo Khalid de volta à realidade daquele bando acorrentado, arrastando-se lentamente e sendo reconduzido ao prédio, depois da menor e mais curta dose de sol e ar livre concedida a um prisioneiro nos dias de hoje. Khalid não consegue acreditar que tenham tido todo aquele trabalho para algemá-los e amarrá-los só para deixá-los uns quatro minutos e meio fora do prédio.

No dia seguinte, quando os soldados perguntam "Alguém quer dar uma volta lá fora?", Khalid recusa, sacudindo a cabeça com firmeza. Toda aquela estúpida trabalheira para quê? Não, muito obrigado. Prefere ficar sentado ali, sendo devorado pelos insetos, a se submeter de novo a toda aquela porcaria.

Abdul Al-Farran ainda não voltou. Por mais que Khalid questione, nunca obtém uma resposta direta. Ele foi embora para sempre, Khalid sente isso no íntimo, e confirma a sua suposição quando trazem outro homem para a cela de Abdul.

O novo vizinho é pequeno e magro, porém resistente, e lança olhares nervosos aqui e ali como se esperasse ver uma abertura na grade. Pára apenas um momento para examinar Khalid antes de se ajoelhar na esteira para rezar. O que ele faz sem cessar, enlouquecendo Khalid. Principalmente porque a voz do vizinho é lamurienta e desagradável, mas, na verdade, porque ele preferiria encontrar Abdul, ou mesmo Masud, de Karachi, ou alguém que lhe fizesse companhia para passar o tempo. Talvez alguém como aquele sujeito algumas celas adiante, que Khalid acaba de notar e que os militares pareceram respeitar mais do que aos outros.

Khalid não sabe o nome desse homem, mas ele sabe falar vários idiomas, inclusive inglês. Olham para ele de maneira diferente. Trazem-lhe bananas e às vezes uma caixa de suco de laranja, coisa que ninguém jamais recebeu.

Khalid nunca saberia de quem se trata, até que no dia seguinte Wade anuncia:

— É melhor você desembuchar logo o que sabe, garotão, caso contrário o seu nome será acrescentado à lista para Cuba.

— O que há em Cuba? — Khalid indaga em pânico.

Wade olha-o de modo estranho.

— Kandahar é uma estação temporária, uma casa de detenção, um estágio antes da baía de Guantánamo. O Campo Raios X agora está fechado, e a nova instalação para onde você deverá ir é o Campo Delta.

Ele entrega a Khalid um pedaço de chiclete desembrulhado:

— Vou tirar a minha folga... em casa. Boa sorte.

Khalid murmura um agradecimento, ainda absorvendo as informações. Baía de Guantánamo? Com certeza não podem mandar um inocente como ele para lá. Coloca o chiclete na boca e vai mascando devagar. O gosto familiar é uma bela surpresa. Tão bela que ele continua mascando até o chiclete ficar parecendo um pedaço de couro e até que todos os pensamentos a respeito de ser enviado a Cuba sejam armazenados em uma parte inatingível do seu cérebro.

Mais tarde, depois de um repugnante jantar de carne acinzentada e batatas lamacentas, Khalid viaja mentalmente para um local onde nunca esteve. Começa a cantar em um idioma que não conhece. Um idioma que ninguém conhece. O mesmo murmúrio sem sentido que os bebês inventam como que por encanto.

— Ei, guardas de merda! — Khalid berra para os três soldados que vêm vê-lo, altas horas da noite. — Seus bostas!

— Cala a boca, idiota! — berra um dos três. — Você vai direto para o inferno!

— De joelhos! — grita outro guarda. — Mãos para o alto!

O que farão agora? "Por que não esperam amanhecer?", é tudo o que Khalid pensa quando algemam seus punhos. Forçam-no a se curvar e o levam para fora do depósito, atravessam o pátio aberto... não em direção a um avião, mas a um edifício de alvenaria onde ele esteve várias vezes para ser interrogado.

Um farol incrivelmente brilhante cega Khalid por alguns segundos e depois ele entra no edifício. Dessa vez é levado a um aposento de aço com uma fenda ondulada ao longo do piso de concreto.

Um lugar que Khalid acabará conhecendo muito bem. Durante os três dias seguintes, de meia em meia hora, soldados entrarão ali para acordá-lo. Dorme e acorda, no sono mais perturbado que se possa imaginar, enquanto vagueiam pela sua mente pensamentos e imagens que ele nem imaginava que pudesse guardar.

CAPÍTULO 13

Luzes

As luzes estão acesas...

...Além da esteira azul, não há mais nada na cela, que é do tamanho do banheiro da casa de Rochdale.

Nada,

além de uma latrina de aço em um canto.

Nenhuma janela.

Apenas paredes cinzentas, cheiro de poeira queimada e suor...

...Arrastam-no para fora. Empurram-no de volta.

Agora ele torna a fitar o ar-condicionado.

Respirando o cheiro da própria carne.

Sozinho.

Desta

vez

por

quanto

tempo...?

...Se
por um momento
ele conseguisse fazer o cérebro parar,
seria possível esquecer?
Se os guardas mantivessem distância, talvez ele
pudesse dormir um sono longo, eterno, em vez
desses intervalos de meia hora interrompidos por amargos
despertares...

...Khalid muda de posição

na esteira

e deita de costas,

ouvindo

as batidas

do seu coração.

Imagina vagamente

se tem

energia

para se levantar

para urinar.

Ele se dará o trabalho?

Na verdade,

não...

Na verdade, não...

Hoje é o terceiro dia seguido que eles o perturbam:
Hoje é o terceiro dia seguido que eles o perturbam:
Hoje é o terceiro dia seguido que eles o perturbam:

Hoje é
o terceiro dia seguido
dia seguido

Hoje é o terceiro dia seguido que eles o perturbam:
Hoje é o terceiro dia seguido que eles o perturbam:
Hoje é o terceiro dia seguido que eles o perturbam:
Hoje é o terceiro dia seguido que eles o perturbam:

Hoje é o terceiro dia seguido que eles o perturbam
Hoje é o terceiro dia seguido que eles o perturbam
Hoje é o terceiro dia seguido que eles o perturbam
Hoje é o terceiro dia seguido que eles o perturbam
Hoje é o terceiro dia
Hoje é o terceiro dia
Hoje é o terceiro dia
Hoje é o terceiro dia
Hoje é o terceiro dia
Hoje é o terceiro dia
Hoje é o terceiro dia
Hoje é o terceiro dia
Hoje é o terceiro dia
Hoje é o terceiro dia

Hoje é o terceiro dia
Hoje é o terceiro dia
Hoje é o terceiro dia
Hoje é o terceiro dia

o terceiro dia

o terceiro dia
o terceiro dia

Hoje é o terceiro dia
Hoje é o terceiro dia
Hoje é o terceiro dia

Hoje é o terceiro dia
Hoje é o terceiro dia
Hoje é o terceiro dia
Hoje é o terceiro dia
Hoje é o terceiro dia
Hoje é o terceiro dia
Hoje é o terceiro dia
Hoje é o terceiro dia
Hoje é o terceiro dia
Hoje é o terceiro dia
Hoje é o terceiro dia
Hoje é o terceiro dia
Hoje é o terceiro dia
Hoje é o terceiro dia
Hoje é o terceiro dia
Hoje é o terceiro dia
Hoje é o terceiro dia
Hoje é o terceiro dia

...Hoje é o terceiro dia seguido que eles o perturbam. Ciente de que talvez jamais volte a dormir, Khalid decide não tentar de novo. Especialmente depois de ter feito de tudo para fugir da luz. Puxando a esteira sobre a cabeça. Enterrando o rosto nos braços, na parede. Nada funciona. Até mesmo a tentativa de dormir com as mãos no rosto só faz os olhos coçarem mais... Hoje é o terceiro dia seguido que eles o perturbam.

...Hoje é o terceiro dia seguido que eles o perturbam.

Khalid jamais dormirá novamente, então por que tentar? Principalmente depois de ter feito de tudo para fugir da luz. Puxando a esteira sobre a cabeça. Enterrando o rosto nos braços. Nada funciona. Até mesmo a tentativa de dormir com as mãos no rosto só faz as pálpebras DOEREM...
Puxando a esteira sobre a cabeça, sem cessar.
Mais uma vez enterrando o rosto na parede.

nnnnnnN

NA

N

A A A

[illegible]E...

[illegible]AREDE...

[illegible]E...O rosto na parede.

Vendo apenas as próprias mãos sobre os olhos.

O vermelho de dedos sobre dedos.
Cheiro de suor.

Passos no corredor soam no interior de uma mente de sombras tão tenebrosas, que ele não consegue mais lembrar que dia é hoje...

CAPÍTULO 14

Torturas com água

Afinal destrancam a porta do aposento vizinho e levam Khalid para um cômodo menor, com uma mesa preta e um enorme refletor. Três cadeiras.

Os mesmos interrogadores de antes entram para questioná-lo. Os mesmos rostos entediados e aborrecidos o encaram. Um deles mostra fotografias de vítimas do 11 de Setembro. Um refletor escaldante sobre o rosto frágil e derrotado de Khalid.

— Está vendo esta mulher? Seus quatro filhos agora são órfãos. Está vendo este homem fugindo das chamas? A mãe havia falecido na véspera e agora a filha sofre de câncer. Está vendo esta jovem? Era a faxineira. Era o seu segundo dia de trabalho lá. Está vendo este sujeito? Está vendo...?

A luz escaldante continua focando Khalid, que delira completamente. A sua mente vagueia por sua vida. As lembranças mudam de forma à medida que ele olha para as fotos. Ampliam-se, encolhem, misturam-se a histórias, acrescentam cenas de filmes e episódios de partidas de futebol, até que todos os detalhes da sua vida anterior se tornam dolorosos demais para serem revividos.

Diante de tanta dor aos poucos Khalid perde a esperança. Tanto sofrimento. Pessoas comuns. Mortas. Vidas cruelmente abreviadas. Quando Khalid é arrastado de volta para a cela vizinha, só consegue pensar nas coisas erradas que fez na vida. A dor que causou, como na ocasião em que roubou aquele jeans preto do garotinho polonês no mercado. Correu como um louco, com o jeans debaixo do braço. Nico ia atrás, gargalhando. Acharam-se muito espertos. Muito valentes.

Khalid se lembra de todos a quem ofendeu e traiu. Como quando pediu doações para a Bósnia na rua e, em vez de entregar todo o dinheiro, guardou as moedas mais valiosas no bolso e deixou apenas as menores na lata. Recorda-se do dia em que ele e Tony Banda fugiram da escola para ir à casa de Renzo fumar e beber o gim do pai dele. De ter dito ao professor que a mãe escreveria uma carta para justificar sua ausência e depois ele próprio tê-la escrito. Daquela vez, na rua principal, em que fugira ao ver o pai vindo na sua direção, envergonhado pelas suas roupas antiquadas. E da mãe, de quem reclamara tantas vezes só porque não o deixava usar o computador antes de terminar o dever de casa.

A lista continua indefinidamente enquanto o arrastam de volta à sua cela, acrescida das fotos horríveis que lampejam em sua mente. Aquela pobre mulher. Os seus pobres filhos. Agora sem ninguém.

No dia seguinte, o inferno começa com o ruído monótono de passos no corredor. Khalid se afasta da parede e se deita de costas na esteira, fitando a luz verde do ar-condicionado até esta começar a piscar. De repente, o seu olfato capta um desagradável chulé, enquanto ele sente a mesma dor cortante de frustração e isolamento de ontem, anteontem e de dois dias antes.

Depois de mais uma noite interminável sem dormir, ele não pode sequer tentar imaginar que perguntas lhe farão hoje. A falta de sono despedaça sonhos. Os gritos lancinantes dos guardas, despertando-o de vez em quando durante a noite, embaralham seu cérebro. Entram abruptamente para impedi-lo de dormir, sempre que o sono começa a dominá-lo, e com rudeza o fazem voltar àquelas quatro paredes. Quando vêm buscá-lo, Khalid está quase inconsciente.

A súbita dor de ser firmemente acorrentado e arrastado daquele aposento o faz gritar como um bebê.

"Não há motivo para preocupação", pensa num lampejo. "Ontem me interrogaram e depois me deixaram no chão congelando, mas eu consegui dormir direto durante três horas."

Quando o empurram para uma sala escura, tão fria que o homem de terno preto a um canto abraça a si mesmo tentando se aquecer, Khalid sabe que algo está por vir. O aposento é tão escuro e sombrio que ele mal consegue distinguir a tábua inclinada, logo ali atrás, o velho pano amarrado no topo, e muito menos a torneira na parede.

O homem de terno olha para Khalid como se ele pertencesse à escória. Khalid ergue a cabeça para encará-lo, mas logo fecha os olhos, a boca fica seca e ele não consegue parar de tremer. Então, sente um embrulho no estômago: "Que diabos vão tentar agora?"

O som de água pingando da torneira ecoa pela sala. No chão, uma jarra de vidro suja ao lado de um esgoto fedorento. Estão sem baldes sanitários, supõe Khalid.

"Andem logo com isso", pensa, quando tiram suas algemas e arrancam de seu corpo a camiseta amassada e a calça azul que vestia, deixando-o nu. A violência do frio congelante provoca nele um acesso de tremor e faz com que mal consiga se cobrir com as mãos.

Agora, totalmente acordado, Khalid se assusta com o olhar de aço do homem de terno, um sinal claro de que alguma barbaridade estava por vir.

— Vocês falavam em código secreto quando estavam conectados? — indaga ele.

— Não, era uma conversa normal no computador — responde Khalid. — Nós jogávamos um jogo imbecil.

— Ah, então se comunicavam por meio de código!

A mente de Khalid está tão confusa que as palavras saem devagar e exageradas de sua boca.

— A gente conversava do jeito que se faz na internet. Por favor, parem com isso. Não agüento mais. — Khalid estremece, lembrando as muitas conversas anteriores, exatamente iguais. — Por favor! — E fita o homem, os olhos vermelhos por não ter dormido.

— Quem são "a gente"? — continua o homem, ignorando o apelo.

— Nós, os jogadores — gagueja Khalid. — Deixe-me ir. Por favor, por favor!

— Você insiste em fazer com que isso se prolongue — diz o homem, a mão gorda projetando uma sombra no rosto feio. — Se você não começar logo a falar, não teremos outra escolha a não ser adotar medidas mais rigorosas para soltar a sua língua.

— Socorro! — protesta Khalid.

Três guardas se aproximam. Naquele estado ele mal consegue ficar de pé, mas sabe que os guardas o atormentam na esperança de que ele dê um ataque para poderem se divertir um pouco "reprimindo-o". Um inesperado fedor corporal faz Khalid querer se levantar, ao mesmo tempo que algo pior do que o medo se aloja no seu peito. Acelera o seu coração. Esmaga-o. Sua mente se esvazia, ele bate os dentes num ruído incessante.

— Não faça isso! Não faça isso!

Mas o resultado é um muxoxo, e os guardas se encaminham na sua direção. Os seus hálitos quentes fazem estremecer os pêlos do pescoço de Khalid, enquanto o empurram para a tábua, endireitando-a com um chute. Depois tiram o pano. Pegam Khalid pelos braços e pelas pernas, erguem-no e o prendem, esticando-lhe os pés, o pescoço e as mãos.

Ofegante, Khalid grita:

— O que vocês estão fazendo? Não me machuquem. Não... — Um guarda sorri e o esbofeteia no rosto com as costas da mão.

Não precisam usar cordas para manter Khalid na tábua, graças às tiras embutidas embaixo. Desamarram-nas como cintos de couro e jogam-nas sobre o corpo de Khalid para atar a testa, o peito e os pés dele com toda a força.

Quando reposicionam a tábua, Khalid vira de cabeça para baixo, com um baque ensurdecedor. O sangue corre para a sua cabeça, pés frios no ar.

— É a sua última chance — diz o homem ao seu lado, segurando-o pelos tornozelos. — Conte-nos o que sabe e o deixamos voltar para casa.

— Por favor. Não há nada... Não...

De olhos fechados, as mãos dos guardas pressionando-lhe os ombros, Khalid escuta encherem a jarra de água a toda velocidade. Um pano aterrissa no seu rosto. Outras mãos o prendem fazendo-o inalar um cheiro de curativo de gaze à medida que um gotejar de água fria flui através do pano, atingindo seu nariz e sua boca.

A princípio, Khalid tosse e cospe, tem ânsia de vômito e cheira o pano com o nariz e com a boca a ponto de sufocar. Debatendo-se, sacode as mãos e treme para se livrar das tiras e tenta vomitar, gemendo. Porém as mãos ásperas apertam-no para baixo com mais força. Numa fração de segundos a lembrança do rosto fantasmagórico do pai lhe vem à mente agonizante e a água lhe inunda o rosto.

"Papai, me ajude, me ajude. Não deixe que me matem."

Resta-lhe um fio de fôlego... mas inatingível. Ele abre a boca para pegá-lo, para disputá-lo. Cospe. Engasgando com a torrente de água, o pescoço enrijece com o esforço de respirar... com o esforço de tossir. Um jorro de água atinge os seus ouvidos.

— Conte-nos o que sabe! — berra o homem, enlouquecido.

"Papai, estão me matando. Me ajude." E a água continua. Afogando-o em câmara lenta. Asfixiando-o. Sufocando-o. Os pulmões inchados, prestes a se romper, forçam os músculos do pescoço a se afrouxarem e ele engole, engole...

— Está disposto a admitir o seu envolvimento com a Al-Qaeda? Que você e outros planejaram bombardear Londres? — A voz do homem soa a quilômetros de distância.

Com um estalo, a tábua se endireita. A água pára e Khalid vomita violentamente, ofegando, louco por um pouco de ar, abrindo os olhos machucados e turvos. Através da gaze, ele percebe que o homem de terno o observa atentamente.

Ele se inclina sobre o rosto de Khalid, inundando-o com o seu hálito quente e fétido:

— Admita a sua parte no atentado e nós o soltaremos.

Khalid uiva, sufocando-se com violência. Murmura algo irrelevante que nem ele consegue entender. Logo a tábua torna a ser inclinada. Ele luta para respirar sob o pano e, embora veja mentalmente o rosto do pai, não consegue alcançá-lo.

Segundos depois, uma nova onda de gotas de água escorre pelo nariz de Khalid até a sua garganta. Bloqueando o ar. Boca fechada até cuspir. Sufocando. Khalid vomita antes de perder a consciência. Um cheiro de esgoto aberto emana do chão quando endireitam a tábua. Ouve-se um som abafado. O choque de um cotovelo pontiagudo no estômago faz Khalid vomitar de novo.

— Já está pronto?

A pergunta estúpida não espera resposta. Uma gosma cinza e fina jorra da boca e do nariz de Khalid, e ele sente uma forte dor na barriga. Esforçando-se para respirar, agarrando o ar, tentando armazenar oxigênio suficiente ele geme e tosse, constatando que sufocará até morrer, sentindo o tempo parar e aqueles homens o dominarem.

O latido de um cachorro lá fora circunda aquele aposento escuro, enquanto os homens tornam a afogar Khalid. Ele treme mais do que nunca quando seus carrascos tornam a mover a tábua, colocando-o mais uma vez de pernas para o ar e fazendo o sangue fluir para a cabeça, em outro impulso doloroso.

— Vamos continuar até você confessar a sua participação na campanha de atentados a bomba em escala mundial que planejou com cúmplices perigosos — diz o homem, resoluto.

A água gelada inunda novamente o rosto de Khalid. O sufocamento em câmera lenta recomeça. Mas dessa vez ele se prepara, fecha a garganta e cospe a água borbulhante que invade seus pulmões. Um golpe de ar atinge a garganta e por um longo momento ele fica em suspenso entre a vida e a morte antes de vomitar, lutando pelo ar que nem quer mais. A vida passa como um filme rápido em sua mente. Afundando. Caindo. Morrendo.

"Está bem, papai. Eu não me importo."

Sacodem-no no momento em que ele sucumbe, e o movimento súbito recoloca seu corpo na posição correta com um violento baque no peito. O sangue corre da cabeça para o coração. Punhos esmurram sua barriga e ele torna a vomitar a água, com uma lancinante dor de cabeça que o pressiona por dentro. Uma repentina onda de ar rasga-lhe o peito quando a tábua oscila.

O inferno continua e Khalid arfa buscando ar, mas dessa vez começa a recuperar os sentidos, entrega os pontos e ergue os dedos para mostrar que já foi suficiente.

— Admito — murmura, com voz rouca de tanto tossir.

Com uma dor aguda no nariz, o corpo nu cai no chão escorregadio no instante em que os guardas soltam as amarras. O homem de terno se agiganta sobre ele, com um sorriso malicioso no rosto feio. Sorriso que Khalid tenta atingir com um punho vacilante e trêmulo. Agita a mão com a séria intenção de esmurrar aquele sorriso e aqueles dentes. Mas então ele cai, arrebentando a testa no piso molhado.

— Tentem reanimá-lo — o homem diz para os guardas, sem prestar atenção ao corpo contorcido, se debatendo e chorando, ensopado e nauseado, perto do fosso. Khalid treme, o sangue escorre pelo rosto à medida que ele arfa em busca de ar. A dor é tão profunda e aguda que tudo o que ele consegue fazer é enxugar os olhos lacrimejantes com o punho úmido e desistir de tudo, da vida e de toda a humanidade.

Os guardas tentam vestir Khalid segurando seu corpo trêmulo. Um agarra-o pela cintura estreita enquanto o outro veste nele o uniforme de prisioneiro.

— Você só agüentou dez segundos. O último sujeito agüentou vinte. — Caçoa um deles.

Não há toalha para secá-lo, limpar o sangue da testa ou enxugar os ouvidos cheios de água. Que animal merece uma toalha, se é considerado um perigoso terrorista?

Com as algemas no devido lugar, os homens arrastam Khalid para perto da porta, jogam-no em uma cadeira, amarram seus pés a argolas presas no chão. Sentado em frente, do outro lado da mesa preta, o torturador retorce os lábios finos.

— Agora deixe-me ir embora — implora Khalid, porém o homem sorri.

"Ele está sorrindo", pensa Khalid. "Como pode sorrir?" Expelindo mais água dos pulmões, respirando depressa e fazendo o máximo para não sufocar, tenta engolir normalmente, mesmo que a garganta esteja ferida, o nariz doendo, os olhos ardidos, e que ele não se importe de morrer.

— São estes os crimes que você confessou na presença de quatro testemunhas. Leia antes de assinar e faça as mudanças que quiser. — O homem empurra as páginas na direção de Khalid, junto com uma caneta.

Khalid procura respirar, mas a garganta está cerrada, a mente gira e os olhos parecem cobertos de areia. Então, arranjando uma última gotícula de dignidade e orgulho, em vez de chorar ele se endireita e diz ofegante e em estado de choque:

— Como isto já está impresso?

Apertando os olhos, o homem faz uma pausa antes de colocar o polegar gorducho no lábio inferior. Um novo olhar de aço começa a se formar no seu rosto, e Khalid entende a mensagem.

— Assine aqui e então poderá ir para casa.

Ir para casa. Finalmente as palavras que ele tanto esperou ouvir. Depressa, Khalid assina as oito folhas e os seus olhos doloridos e lacrimejantes mal conseguem se concentrar nas palavras à sua frente.

De volta à cela, parece que os homens ainda não se contentaram em tê-lo feito assinar a confissão depois de sufocá-lo na água. As luzes continuam acesas, brilhantes como sempre, e está mais frio do que nunca, com o ar-condicionado no máximo. Como sempre, a luz verde acende e apaga sem qualquer motivo. Então é isto que eles chamam de casa? Esta cela?

Khalid só consegue pensar em matar aquele sujeito horroroso. A raiva ferve em seu peito crescendo até superar todos os outros desejos, até o de rever a família. A mente está mais aguçada do que nunca. Quantos segundos ele agüentou? O sujeito disse dez. Dez curtos segundos e tudo acabou, mas pareceu meia hora. Nesse período Khalid rememorou toda a sua vida. Viu Niamh na biblioteca, viu-se jogando futebol no parque, marcando um gol e discutindo estratégias para a nova partida contra Heywood. Viu-se discutindo com a mãe, andando atrás do pai na estrada e fingindo que não o conhecia porque tinha vergonha dele. Como é possível alguém ver tudo isso em apenas dez segundos e decidir morrer, dizer adeus à vida e se entregar nesse período mínimo de tempo? Reviver tudo o que fez de errado. Ver os rostos de todos os que ofendeu. Como?

E agora eles possuem uma confissão definitiva, comprovando que Khalid é um terrorista perigoso, um inimigo do mundo, e ninguém se importa.

Por que ele permitiu que lhe fizessem isso? Até que ponto é digno de pena? Tony Banda os teria impedido de alguma forma. É só lembrar o que aconteceu quando aquele meia quase o derrubou no primeiro jogo contra o Bolton. Tony berrou como louco por um minuto, mas depois continuou atacando no campo e marcou o único gol do time. Só mais tarde todos ficaram sabendo que ele havia quebrado o dedão do pé. Khalid não sabe como Tony teria impedido estes maníacos, mas com certeza resistiria mais do que dez curtos segundos. Muito mais. Khalid abriu mão da vida por um sopro de ar que nem mais queria. Sente-se envergonhado por ter cedido tão depressa. Totalmente fraco e imprestável, incapaz de agüentar mais de dez segundos, enquanto o sujeito anterior resistiu o dobro do tempo.

De repente a estranheza desse pensamento faz Khalid voltar a si. O sujeito era um idiota, um imbecil por suportar vinte segundos. Não era um herói ou alguém digno de admiração. Era apenas outro rapaz, muçulmano como Khalid, sendo sufocado. Simplesmente conseguiu sofrer por mais tempo. E por que o guarda lhe contou que o outro agüentou vinte segundos? Para fazer Khalid se sentir covarde, é isso. E por que Khalid acreditaria nele? Se Khalid contasse que tentaram sufocá-lo, as pessoas acreditariam nele? Além do corte e do baque na testa, não há marcas em seu corpo. Nada para provar que alguém tentou matá-lo.

Por um instante o aparelho de ar-condicionado faz um barulho de chocalho e depois continua zunindo. Khalid se enrosca feito bola na esteira, protege os olhos enterrando a cabeça entre os braços, pensando que não apenas o sufocaram mas também o deixaram explodir com uma raiva reprimida. Tudo o que pode fazer é ranger os dentes com ódio. Volta a delirar. Pinturas da sua irmã caçula lhe aparecem num lampejo e logo em seguida ele adormece. Lá no alto a lâmpada brilha. Implacável como sempre. A presença constante do cheiro de pó queimado e da lembrança de um inferno de água.

CAPÍTULO 15

Sono

Ficar parado, levantar-se... nenhuma opção é boa quando cada parte do corpo magro de Khalid dói. Raiva e culpa martelam em sua cabeça. Culpa ao pensar na sua estupidez. Se ao menos não tivesse feito aquilo! A mente exausta vasculha a sua vida de outrora à procura de alguma lembrança que possa lhe trazer conforto.

Alguma razão para continuar a viver.

Por toda a noite, sob a claridade constante das luzes, a imagem que domina a mente de Khalid é a da pintura de Gul. Um desenho preso à geladeira de casa, em Rochdale. O seu estômago revira quando ele se lembra daquele sol verde, do mar laranja e da insólita grama vermelha. Tudo pintado com as cores erradas, inclusive o cachorro azul, mas é precisamente isso que faz a imagem continuar girando na sua cabeça. A lembrança das cores bizarras soma-se à sensação de estar apartado de qualquer normalidade. O desenho da pequena Gul é um lembrete de algo normal a que se agarrar... ainda que o mar laranja se torne mais brilhante e estranho cada vez que a imagem passa por sua mente. Qualquer coisa é melhor do que se lembrar daquele momento... da mão segurando a caneta...

Se ele pudesse desligar o cérebro por algum tempo, talvez conseguisse esquecer. Talvez se os guardas se afastassem por alguns momentos...

Uma hora insone mais tarde, eles tornam a invadir a cela para mantê-lo acordado. Arrancam-no da esteira e o atormentam até ele abrir os olhos. Gritam palavrões nos seus ouvidos para impedi-lo de adormecer. Como se a essa altura já não tivessem conseguido o que queriam. Então, ao inalar o aroma de limão de uma loção pós-barba, Khalid sente a garganta apertar.

Um gato cor-de-rosa começa a roçar seu rosto com as patas. Ou será o homem das mãos rosadas apertando-lhe as bochechas para se divertir? Eles venceram. Khalid encara o soldado e os seus óculos escuros, gravando na memória cada detalhe daquele rosto claro e reluzente para a posteridade, pois, assim que se certificarem de que ele está completamente acordado, o deixarão em paz. E o deixam... por um instante. Deixam-no apenas com o som das batidas do seu coração, mais alto do que o ruído do ar-condicionado.

Khalid afunda na esteira e apaga. Em segundos, dorme profundamente. Dorme até que um caos total irrompe lá fora: cachorros latindo, motores de avião roncando, homens gritando ordens a plenos pulmões. Será que planejam novas torturas com água agora? Mas esses barulhos... são novos, não são?

Khalid se concentra, escutando atentamente enquanto o barulho se transforma em leves batidas.

— NÃO. NÃO. — Dois guardas irrompem na cela, correntes balançando nos braços do mais baixo. Khalid pisca, sem acreditar inteiramente no que vê. Reconhece-os vagamente como dois dos cinco que o mantiveram acordado durante a noite.

O sujeito com forte cheiro de loção pós-barba de limão grita:

— Levante-se! — E arranca Khalid da esteira.

O psicótico de olhinhos de peixe diz:

— Você tem trinta segundos para comer isto.

Um sanduíche de pasta de amendoim é empurrado diante do rosto de Khalid, junto com uma garrafa plástica com água. Mal fazem isso, Khalid cambaleia. Suspendem-no por baixo dos braços e o atiram brutalmente contra a parede da cela, pressionando seus ombros com os punhos. Pela violência dos guardas, até parece que Khalid pode resistir. Depois de dias sem dormir, ele mal consegue ficar de pé, muito menos fugir. Está praticamente inconsciente. O absurdo é os guardas tratarem-no daquele jeito... são realmente loucos. Sem sentir gosto algum, Khalid ataca vorazmente o sanduíche, que parece feito de papelão. A pasta de amendoim gruda nos dentes e ele baba, engasgando-se com a água, que está morna e tem gosto de plástico.

Mal conseguindo engolir uma colher de chá de cada vez, Khalid diz, com um sorriso irônico:

— Como assim? Não tem Coca-Cola?

— É só isso. — O soldado baixinho arranca a garrafa de sua mão. — Babaca! — A garrafa azul quica duas vezes antes de rolar pelo chão metálico. A água escorre entre os dedos dos pés de Khalid, e o cheiro da loção pós-barba do outro soldado paira sobre ele como um limoeiro inteiro espremido, e tudo o que Khalid deseja é se jogar ao chão e fechar os olhos para sempre.

Primeiro enfiam Khalid numa roupa cor de laranja, depois torcem seus braços até uni-los. Um deles caçoa dos braços e punhos finos de Khalid, enquanto o algema bem apertado. Em seguida prendem as algemas a uma corrente central e passam-na ao redor da cintura do garoto. Nesse momento, a cabeça pende sobre o peito e ele cai no sono. Movendo-se com destreza, os guardas prendem seus tornozelos à corrente da cintura. O metal pesado e frio atinge seus cortes e machucados, fazendo-o acordar por um instante, temendo ser afogado outra vez.

— Está frouxo demais, cara! — Khalid resmunga, novamente desperto. Mas os guardas não riem. Eles nunca riem.

— Adeus! — Um dos guardas enfia um capuz preto na cabeça de Khalid. A escuridão inesperada é um choque. Após dias de claridade ofuscante, sente um estranho alívio até que uma nauseante perda de equilíbrio o acomete enquanto o conduzem pelo corredor, cambaleando o tempo todo. Pés descalços atropelam-se nas unhas pontiagudas.

— Guantánamo! — sussurra alguém quando eles passam. Khalid fica alerta novamente por um breve instante, mas torna a fechar os olhos. Está tudo bem, ele vai para casa. Disseram que poderia ir para casa. Assinou os papéis para voltar para casa.

O ruído de pés e correntes se arrastando corta o calor da tarde. O sol castiga Khalid como se fosse óleo fervente sobre sua cabeça coberta. Ele pode sentir a presença de outras pessoas por perto. Três? Ou talvez cem? Vão mandá-lo para bem longe. Inglaterra? Sim. Que outro motivo haveria para toda aquela movimentação e o horrível cheiro de combustível?

— Ei, cara, traga-os para cá! — grita um soldado.

Alguém enfia protetores auriculares nos ouvidos de Khalid. De repente o mundo fica silencioso. Deixam-no curvado e arquejante, de joelhos ao sol abrasador, como um cachorro capturado e semimorto, respirando o fedor de meias e botas de deserto dos soldados.

Talvez ele esteja indo para Guantánamo. Mas disseram que poderia ir para casa se assinasse a confissão.

Minutos depois, Khalid é mais uma vez sacudido para acordar. Passo a passo, fazem-no subir aos trancos a rampa do avião... caminho de metal quente e áspero, que parece durar para sempre e que queima seus dedos entrevados enquanto as algemas lhe cortam os tornozelos.

No instante em que os seus ossos doloridos atingem o piso do avião, Khalid sente que vai vomitar. Mas nada acontece. Apenas a mesma sensação de tontura e náusea que o incomoda há horas. Parte do seu cérebro observa-o desmoronar, outra parte já não se importa mais com coisa alguma e só deseja adormecer.

O barulho das turbinas do avião aumenta.

Khalid tenta afastar os protetores auriculares das orelhas doloridas. As algemas deixam seus pulsos em carne viva à medida que ele empurra e empurra, com os cotovelos no ar. O forte cheiro de plástico da máscara revira-lhe novamente o estômago. Um desespero terrível o domina enquanto ele se contorce tentando se livrar dos protetores. Mas eles voltam para o lugar, e Khalid precisa fazer uma pausa antes de curvar a cabeça e tentar novamente. Dessa vez consegue liberar por alguns momentos os lóbulos machucados. Agora está melhor. Agora que as orelhas já não doem tanto, ele pode fechar os olhos e dormir.

— Alá tudo ouve e tudo sabe — um prisioneiro repete sem parar.

"Cale a boca." Khalid gostaria que o homem ficasse quieto, que todos parassem de rezar e resmungar, pois não se importa com nenhum deles. Não sente mais o menor resquício de preocupação ou compaixão. É impossível que todos esses encapuzados estejam indo para a Inglaterra.

"Campo Delta, que nome idiota!" Khalid lembra-se de ter rido quando Wade lhe falou a esse respeito. Ele realmente riu. Sem imaginar que iriam treiná-lo para essa viagem, deixando-o sozinho numa cela ofuscantemente iluminada durante dias. Dias em que não lhe permitiram dormir nem falar com ninguém até tentarem afogá-lo. E ele se lembra de tudo aquilo.

Rende-se à lembrança de algo que o homem de terno disse antes que o amarrassem à tábua:

— Vocês falavam em código secreto quando estavam conectados?

— Não, era uma conversa normal no computador — Khalid respondeu. — A gente jogava um jogo imbecil.

— Quem são "a gente"?

— Nós, os jogadores.

Khalid resmunga: "Jogadores. Jogadores."

Obriga-se a lembrar de ter sido totalmente despido e jogado de costas na tábua. De cabeça para baixo. Pés para cima.

— Vamos continuar até você confessar a sua participação na campanha de atentados a bomba em escala mundial que você planejou com cúmplices perigosos.

"Cúmplices perigosos." Essa expressão assombra Khalid a cada minuto em que está desperto.

Lembra-se de todos os detalhes. O pano cheirando a bandagens velhas esmagando seu rosto. Água entupindo o nariz e a garganta até ele engasgar. Tossir e arquejar em busca de ar. E o tempo todo alguém gritando: "Conte-nos quais eram os seus planos e nós paramos." Mas não paravam e ele não podia atendê-los, pois não fazia a menor idéia do que estavam falando. Khalid fecha os olhos, mas o homem ao seu lado continua a rezar e sua mente ainda está rodando. Passa e repassa pergunta após pergunta.

A que planos se referiam? Khalid desperta num susto. O que de fato estaria passando pela cabeça daquele sujeito? E então a suspeita que há tempos ele evita vem à tona.

Será que Tariq tinha algo a ver com tudo aquilo?

Como poderiam saber tanto sobre as suas conversas no computador? Será que Tariq realmente o traiu? Seu próprio primo? Será que ele andou falando com Abdullah, o vizinho das tias em Karachi? Khalid encontrou Abdullah no computador. Abdullah sabia que ele estivera jogando. Será que sabia que era o jogo de Tariq? Será que se conheciam? Haveria outras pessoas envolvidas na história, em quem Khalid não pensou? Abdullah disse que seu irmão e o marido da sua irmã usavam o computador das tias. Teriam algo a ver com os acontecimentos? Em todo caso, os pensamentos de Khalid sempre voltam para o primo. Tariq é o elo. Os outros jogadores não sabiam onde Khalid estava, mas Tariq sabia. Essa idéia fica atravessada na garganta de Khalid. É evidente: ele confiou demais no primo, desde que começaram a trocar mensagens. Afinal de contas, o que Khalid sabe realmente sobre Tariq? Nunca sequer se encontraram, então por que Khalid deveria esperar algo dele? Além do fato de serem parentes, nada mais tinham em comum.

Uma após outra, Khalid assinou todas aquelas páginas, tudo por causa de Tariq. Assinou-as com uma bela caneta dessa vez. Preta e brilhante. No entanto, ao olhar por alto os nomes nas páginas, não reconheceu nenhum. Não que os tenha lido com cuidado: naquele momento ainda estava em estado de choque. Semimorto. Aterrorizado.

Agora gostaria de ter prestado mais atenção. Talvez o nome de Tariq estivesse lá, de algum modo.

Todos os jogadores usavam pseudônimos, que trocavam de tempos em tempos. Apelidos como Tariq Van Dam, ou TVD, para abreviar. Um sujeito se autodenominava Pizza Roxa e logo depois mudou de nome para Monte de Bosta. Outro era Verminoso, apelido que depois trocou para Chefão X. Khalid não tem a menor idéia dos seus verdadeiros nomes, exceto o de Tariq.

Recordando o instante em que tiraram a caneta preta da sua mão, Khalid se lembra de ter sido dominado por uma sensação de paz absoluta. Foi quando constatou que não teriam mais motivo para machucá-lo, nunca mais. Valeu a pena mentir. Valeu por aquele momento de paz. Agora percebe que não fez uma boa troca.

Mais do que nunca o arrependimento o enlouquece. Por que não consegue dormir? Por que não consegue parar de pensar e repensar?

Chacoalhando para a frente e para trás, com o incansável barulho do motor do avião penetrando em sua mente, Khalid só pensa em arrancar a verdade de Tariq de uma vez por todas. Apaziguar por algumas horas o estômago revolto, forçando-o a admitir o seu papel no seqüestro. Mas e aquela conversa sobre o Afeganistão, quando o interrogaram em Karachi? Onde estaria o seu passaporte? O vizinho Abdullah e outros freqüentadores ocasionais da casa, como Nasir, o lojista de Rochdale, seriam membros da Al-Qaeda? E Jim, que o ajudou a procurar o pai? E o pai? E todos os outros conhecidos?

Khalid sente raiva. Muita raiva. Há muitas pessoas que gostaria de destruir, cujos rostos giram na sua imaginação, e o ódio aumenta à medida que essas imagens circulam no seu cérebro.

Grita "COMO OUSAM ME AFOGAR?", mas o som sai mais fraco do que o miado de um gatinho abandonado pedindo comida.

Exausto, o coração de Khalid desacelera até atingir o ritmo normal, permitindo que ele respire com mais facilidade, desencadeando a vontade de dormir novamente. Seus olhos abrem e fecham, revirando de sono.

Agarrando-se à esperança, Khalid imagina que está voltando para casa, na Inglaterra, para a mãe, o pai e as irmãzinhas, e para uma vida de compras, leite e jornais. Chocolate e bilhetes de loteria. Coisas banais. Mas o ensurdecedor motor do avião entra em ação e não parece que vai levá-lo para casa. Nem a qualquer lugar bom.

Um cheiro quente e denso de combustível domina o ar seco aprisionado no interior do avião. Khalid não consegue parar de ofegar. Desde que tentaram afogá-lo ele está sempre assim, buscando ar. Sem ter certeza de que o ar existe, puxa-o avidamente, como se fosse o seu último suspiro.

O interior do capuz está empapado do suor que escorre da sua testa, um líquido salgado que faz os lábios inchados arderem. Tudo que Khalid pode fazer é sacudir a cabeça para afastar as gotas dos olhos. Os protetores de ouvido, quentes e desconfortáveis, colam-se ao capuz grudento. As opções disponíveis são simples: ou aturar o barulho do avião ou sofrer com a pressão dos abafadores de ruído para conseguir alguma paz. Nenhuma delas lhe permite dormir. Os olhos não conseguem ficar fechados.

Khalid usa um dos ombros para recolocar os protetores. Por acidente, desloca ligeiramente o capuz, revelando um furo no plástico, pelo qual pode enxergar com clareza.

Seus olhos pousam num soldado de braços gorduchos e sardentos. Mãos grandes seguram uma câmera prateada e ele tira fotografias por diversão. Clique. Clique. A raiva volta a queimar Khalid por dentro. Não pode acreditar que alguém faça isso por brincadeira. Talvez ele queira fotos para vender aos jornais no seu país. De qualquer maneira, cada clique é mais um golpe no coração de Khalid.

"Quem esses sujeitos pensam que são?", pensa Khalid, enfurecido.

Isso desencadeia uma lembrança de quando estudava a Inquisição Espanhola no colégio, e o sr. Tagg deixou todos agitados ao falar sobre a tortura. Todos começaram a discutir. Muitos alunos argumentavam que a tortura era uma boa maneira de obter informações de pessoas más, porém, depois, Jacinda Parker, que morava em cima da loja de música, fez com que todos pensassem diferente:

— É um jeito estúpido de se descobrir seja lá o que for. Sempre que o meu irmão torce o meu braço para trás, nas costas, dói tanto que eu digo qualquer coisa que ele queira só para ele parar. Então, qual é o sentido de se torturar alguém? Conseguir mentiras?

Nesse momento nada serve de consolo para Khalid. Se ao menos ele pudesse parar todas as coisas que giram em sua cabeça! Sua memória abandona a imagem de Jacinda Parker, do seu terrível irmão Josh e do seu confortável apartamento de dois andares em cima da loja de música de fachada amarela, e retorna aos braços machucados e à cabeça dolorida. Volta-se para a sensação de garganta arranhada e a coceira nos olhos. Para a idéia de que Tariq o delatou.

Khalid pensa mais uma vez na baía de Guantánamo. Se é que vai mesmo para lá. Esse lugar não era destinado a membros da Al-Qaeda?

Alguém disse que Guantánamo era o pior dos piores, mas Khalid não deu ouvidos. Achava que estavam inventando histórias. Não sabia sequer por que ficava em Cuba, e não nos Estados Unidos.

"Claro que não vão levar um garoto como eu para lá, certo?"

Esse pensamento o faz prender a respiração e, quando volta a respirar, torna a sufocar. Derrotado. Totalmente despedaçado. Sua mente começa a procurar aquele lugar, bem lá no fundo, onde a paz se encontra. Onde ficam guardadas as boas lembranças. De olhos bem abertos, começa a sentir falta. Sente falta da mãe, do pai, das irmãzinhas irritantes. Sente falta dos amigos, Mikael, Holgy, Nico e Tony, e de um bom jogo de bola no parque.

Vagando de novo em Rochdale, caminha pelo centro da cidade, imaginando como devia ser o velho moinho antes de terem coberto a maior parte do rio Roch, que corre sob a rua principal. Os simpáticos prédios antigos que ainda estão lá, bem como a mais bela prefeitura do mundo. Um edifício majestoso, com uma linda escadaria de madeira e papéis de parede de William Morris, que, segundo a sra. Dowling, a professora de artes plásticas, era um gênio.

E, além disso, há também os almoços baratos que oferecem na prefeitura para os aposentados. No ano passado, junto com mais dois amigos da escola, Khalid havia trabalhado na Semana de Auxílio ao Idoso. Por 3 libras, os velhinhos recebiam uma refeição caseira completa, num belo ambiente decorado com papel de parede de William Morris. É ou não uma beleza?

Rochdale é um bom lugar para se viver. E ainda por cima a casa de Khalid fica a apenas dez minutos a pé do cinema Odeon.

Agora a sua mente está nas arquibancadas dos estádios de futebol, gritando para incentivar o time de Rochdale, sobretudo nas partidas fora de casa.

Ele vê a cidade com as suas mesquitas (ele não sabe ao certo quantas são, mas com certeza há mais de seis). Cada uma passa diante dos seus olhos. Elas aparecem misturadas a muçulmanos, hinduístas, cristãos, judeus, budistas, rastafáris. E mais um monte de gente sem crença alguma. E outras pessoas que podem até ter fé, mas nunca chegam perto de mesquitas, templos, igrejas ou sinagogas. E muitas outras que acreditam em tudo que as faz se sentir bem. E depois há as que detestam tudo. Que só fazem se irritar e cuspir alguma velha bobagem. Em Rochdale todas essas pessoas convivem lado a lado. Na sua Rochdale. Khalid gosta dessa idéia.

O avião começa a deslizar na pista e Khalid ainda está em Rochdale. No parque, jogando futebol. Correndo na grama. Tentando ser mais rápido que o seu marcador. Esquivando-se de Adnan, que se parece com Jesus e marca duro. Fazendo um cruzamento perfeito e recebendo elogios de Mac.

As palavras do pai ressoam no fundo da sua mente: "Aos 16 anos, filho, você tem de decidir que tipo de homem quer se tornar."

E agora o seu melhor amigo é a raiva que não quer deixá-lo.

Khalid contou aos guardas a mesma história inúmeras vezes. Deu a eles o seu endereço. O nome do seu médico. Os nomes dos professores do colégio em Rochdale, inclusive o do seu preferido, sr. Tagg. Além de detalhes da sua poupança, com 61 libras e 18 centavos que levou cinco meses para economizar.

Incontáveis vezes repetiram as mesmas perguntas.

Talvez o tenham confundido com outra pessoa. Depois de ter achado mais de dois milhões de ocorrências ao buscar o seu nome, Khalid Ahmed, na internet, ele sabe que os seus captores pegaram a pessoa errada, embora desconheçam o fato.

O que mais poderia fazer para provar sua inocência? Não querem acreditar nele. Khalid lhes falou até mesmo sobre o dinheiro que o pai e os amigos arrecadaram para ajudar os refugiados da Albânia. Dois aviões carregados de comida, além de medicamentos, roupas, cobertores e barracas. O jornal local disse que o prefeito estava "imensamente impressionado com os esforços da comunidade muçulmana para angariar fundos substanciais para os refugiados".

— Chega! — O soldado chutou a cadeira a fim de fazer Khalid parar de falar sobre o prefeito. Como se ele tivesse inventado a história. Dá-lhe um soco no estômago sem motivo. O desesperador era não se importarem com a verdade. Por que mais o deixariam quase inconsciente, agonizando no chão?

Khalid se lembra da sensação de absoluto espanto e pensa: "Que ironia! Eu nem me interesso tanto por religião. Por nenhuma religião. Nem mesmo pela minha religião muçulmana." Sua família é bem tranqüila quanto a isso. O pai vive dizendo que mais cedo ou mais tarde Khalid acabará se decidindo a esse respeito. Que Alá, o generoso, o aguardará alegremente.

"Papai, volte para mim, papai."

De repente Khalid torna a perceber a realidade da confusão em que se meteu. Outra vez uma fúria inimaginável entra em ebulição no seu íntimo e ele sorri com a idéia de se vingar. Há oito meses o raptaram por ter cometido o terrível crime de estar no lugar errado na hora errada. Mas um dia ele ainda haveria de pegar todos aqueles loucos, virá-los de cabeça para baixo e enfiar água pelo nariz até se afogarem. E a diferença é que vai deixá-los se afogar de verdade. Sim, fará um favor para o mundo inteiro acabando com eles.

Com esse pensamento reconfortante, Khalid afinal relaxa, fecha os olhos e adormece.

CAPÍTULO 16

Guantánamo

Desta vez ninguém perturba Khalid até o avião aterrissar e outro tipo de inferno começar.

No desembarque, um estranho cheiro de mar saúda Khalid, finalmente livre do capuz e dos protetores de ouvido. Mas com certeza aquilo não é um lar. O sol brilhante lança sombras escuras sobre a rampa enquanto Khalid desce, com uma brisa quente no rosto. Um inesperado canto de pássaros anuncia um calor pegajoso que cobre seu corpo com um suor abundante, relembrando-o de uma excursão da escola a Blackpool, no dia mais quente do ano. Khalid se entusiasmou com a idéia do passeio de ônibus com Niamh por perto.

E aquele dia relampeja de novo em sua mente...

Khalid estava se sentindo ótimo com a vitória do Rochdale no sábado e se atreveu a dizer "olá", na esperança de pôr o braço em torno dos ombros de Niamh. Tentou fazer o tropeço parecer acidental. Se tudo desse errado, estava pronto para lançar um olhar acusador para Holgy e dizer que ele o tinha empurrado para cima de Niamh.

Então, de repente, a idiota da Gilly se intrometeu. Agarrou a mão de Khalid, apertou-a com força por um segundo com aqueles dedos frios, começou a lamber os lábios e a balançar os cílios, aborrecendo-o ainda mais. Holgy fingiu não notar a expressão zangada e envergonhada do amigo quando Niamh, de rosto vermelho, mudou-se para a fileira de trás.

Pelo som dos gritinhos de Niamh e das amigas, Khalid soube que elas haviam caído na gargalhada. Felizmente Holgy e Nico estavam por perto para consolá-lo.

— Boa, Kal! — cutucou Holgy.

— Da próxima vez chegue mais perto — disse Nico piscando.

Como se Khalid fosse ter outra chance depois dessa.

Porém, mais tarde, Niamh acenou para ele, com um garfo coberto de chocolate, quando almoçavam em um café perto do cais. Fez sinal e abriu espaço para Khalid se sentar ao seu lado. As colegas de Niamh se apertaram em uma das pontas do banco para que Mikael também pudesse se juntar a eles.

— Ui! — gritou Niamh quando Mikael pisou em seu pé na pressa de pegar o lugar vazio perto dela. Ele jogou o prato fumegante de macarrão sobre a mesa envernizada e enfiou o rosto nele, como quem não comia há uma semana.

— Não leve a mal. — Khalid pediu desculpas por Mikael e ficou ali parado feito bobo, na ponta da mesa, mais envergonhado do que nunca. Nico balançou a cabeça em direção a Mikael, censurando-o por ter arruinado um momento que poderia ter sido verdadeiramente romântico.

— O que é? O que foi que eu fiz? — indagou Mikael, arregalando os olhos, com a boca cheia de pedaços de macarrão escorrendo molho de tomate.

— Você roubou o lugar dele, seu idiota! — Niamh riu e fez todos rirem.

— Não faz mal — disse Khalid.

— Não faz mal! — repetiu Gilly.

Khalid ainda está sorrindo com a lembrança, quando uma voz estrondosa o traz de volta à realidade e ele é empurrado até ficar de joelhos.

— Bem-vindos à prisão da baía de Guantánamo. Agora vocês são propriedade da Marinha dos Estados Unidos. Baixem as cabeças! — Soldados segurando cachorros negros caminham ao longo das filas de homens ajoelhados. Khalid baixa a cabeça, não sem antes dar uma olhada no pesadelo que é a baía de Guantánamo. "Aqueles mentirosos miseráveis!" Uma enorme área caiada, rodeada de cercas altas. No topo, espirais de arame farpado de 2 metros de altura, com torres de vigia guarnecidas de bandeiras norte-americanas nas duas extremidades.

À direita, tudo o que Khalid consegue ver é um terreno árido e pobre, com faixas de grama rala e um amontoado de construções de alvenaria delimitadas por fileiras de pedra e areia. Ao longe, mais cercas. Das enormes espirais de arame enferrujado começa a subir aos céus um som tilintante. Khalid olha para aquela terra quente e pensa: "Aqui se pode ouvir o vento? Como é possível?"

Depois, como numa cena de filme, uma iguana corre diante do marinheiro de rosto inexpressivo que grita ordens e berra com os homens — eles se limitam a ouvir enquanto cozinham naquele sol abrasador.

Khalid imagina como seria delicioso abrir um pacote de salgadinhos. Ouvir um pouco de hip-hop. Pesquisar no *Google* a palavra "maníaco". Assistir aos *Simpsons* na televisão. O tipo de coisa que ele faz quando chega em casa, vindo da escola, e que os seus companheiros provavelmente estarão fazendo neste instante. Enquanto isso, o sol quente faz cócegas em sua cabeça e um abutre ronda pelo céu. Uma luz prateada e estonteante torna difícil a concentração naquelas botas de deserto empoeiradas por mais tempo.

Pelo tom da voz do marinheiro, é óbvio que aqui não se toleram distraídos. Esse local, bem mais sombrio do que Kandahar, foi construído para abrigar assassinos altamente treinados, ameaças à segurança nacional, inimigos dos Estados Unidos. A atmosfera vai ficando mais ameaçadora à medida que os soldados marcham de um lado para outro, olhando furiosos para os presos.

Nem sempre Khalid enxerga a própria vida em perspectiva. Porém, pela primeira vez consegue se ver com clareza. Ele é apenas mais um vulto cor de laranja, curvado e insignificante, metido em um estranho jogo mundial, com o sol abrasador prendendo-o ao asfalto como se fosse um dardo encrustado nas costas. Ele não passa de uma massa laranja para os soldados arremessarem de um lado para o outro, porque o consideram um terrorista que pretende explodir cidades. Acham que ele odeia o Ocidente, embora viva lá e nada entenda de armas de destruição em massa, bombas ou explosão de prédios em Nova York.

— Onde estão as provas? — Khalid resmunga. Fecha os olhos e chora como um bebê. — Onde? Vocês arrancaram tudo de um bobo como eu, foi isso.

Logo o conduzem para o interior de um prédio semelhante às prisões que ele viu em filmes, com fileiras de grades trancadas. Um letreiro anuncia:

CAMPO DELTA. Os soldados param e forçam-no a entrar em um dos pequenos nichos.

— Fique aí, 256 — diz a fala arrastada de um homem com forte sotaque do sul dos Estados Unidos.

Khalid cruza a porta que tem dois buracos arredondados com abas em cima e embaixo. Buracos do tamanho de três caixas de refeição, colocadas lado a lado.

— Mais perto das abas — grita novamente o homem de voz arrastada.

— Coloque os punhos e os tornozelos junto aos buracos em forma de feijão — grita outro.

Khalid obedece, e o guarda, com toda a cautela, através dos buracos da porta, solta as algemas dos seus pulsos e tornozelos. Khalid sorri do total absurdo da situação. Por que não soltam as algemas fora da cela? Por que esse estúpido e exagerado arranjo de buracos na porta? Será que acham que ele poderia fugir se tirassem as algemas antes de trancafiá-lo? Khalid se imagina fugindo e desviando-se das balas, saindo do prédio e atravessando o terreno quente enquanto os guardas das torres de vigia testam suas armas nele, que, num esforço sobre-humano, escala a cerca de 10 metros de arame farpado, mergulha no mar e nada em busca de segurança. Seus colegas de Rochdale ficariam boquiabertos se vissem aqueles soldados soltarem as algemas através dos estúpidos buracos da porta.

Depois que as abas de metal cobrem os buracos, os estalidos ecoam pelas fileiras de celas até todos os prisioneiros serem desamarrados e as botas trovejantes se afastarem.

Quando Khalid se vira, é saudado por um pequeno aposento com uma cama de plástico de cantos arredondados embutida na parede. Coberta por um fino colchonete de espuma. Duas mantas azuis nas extremidades. Um exemplar do Alcorão em inglês. Um par de chinelos brancos. Duas toalhas brancas. Toalhinhas para higiene. Sabonete. Xampu. Pasta de dente. Garrafa d'água. E, dessa vez, dois baldes.

E assim começa outra rotina. Café-da-manhã numa bandeja de plástico: uma caixa de cereais, pão branco e uma garrafa d'água. Às vezes, ovos mexidos malfeitos e ervilhas cozidas demais. Eventualmente, uma laranja.

No almoço, um pedaço de carne dura, algum tipo de batata, em geral enlatada e meio amassada, milho verde ou nabo. Amendoins. Água. Às vezes um pacote de passas.

O cardápio do jantar permanece inalterado nos dois dias seguintes: arroz branco sem gosto, feijão vermelho duro e um peixe cinzento repugnante. Pão. Água. Na sexta-feira, uma banana.

Khalid não compreende como a comida pode ser tão ruim e sem graça. Sabe que devem ter feito um esforço patético para obedecer às normas alimentares muçulmanas, mas alguém com um mínimo de inteligência teria produzido algo melhor do que aquilo.

Depois de dois dias, ele decide não comer mais aqueles horríveis pãezinhos. Se tivesse escolha. Aqui a palavra de ordem é "Coma ou morra de fome", e ele mastiga a fatia de pão branco com a satisfação de alguém prestes a vomitar, convencido de que em breve as coisas mudarão. Ou pelo menos é o que espera, porque não podem piorar. Já quase morreu e agora, aos poucos, está enlouquecendo.

Desde que chegou a Guantánamo, Khalid não viu ninguém. Apenas o homem do carrinho de comida e os soldados. Dos únicos sons que lhe fazem companhia dia e noite ele não sabe qual é o pior: os gritos apavorantes vindos da outra extremidade do prédio ou o som de alguém tossindo sem parar. Além disso, o constante bater das portinholas de metal lhe dá dor de cabeça, como se ele tivesse uma britadeira dentro do crânio.

O único alívio é que tem dormido a maior parte do tempo desde que chegou. Depois de tanta humilhação e dor, está se acostumando a esvaziar a mente e a deixá-la vaguear em direções estranhas. A sensação de afogamento ainda o domina quando ele percebe que se engasga sem motivo ou quando às vezes respira com dificuldade, mas agora já está se acostumando e não se assusta como antes.

No entanto, o que Khalid mais faz ultimamente é imaginar seu rosto no noticiário. A foto de um terrorista convicto, odiado por todos, até pelos seus colegas. Vê Niamh censurando a si mesma por ter sorrido e flertado com ele em certa época, enquanto a amiga Gilly diz: "Eu jamais gostei daquele idiota."

Por outro lado, a menos que esteja ocupado se odiando, Khalid não se sente inteiramente ali. Imaginar cenas assim é o único meio de parar de pensar no que fizeram a ele. De evitar enlouquecer, culpando-se por ter sido tão imbecil. É muito mais fácil evocar filmes de terror em que faz o papel do protagonista do que se deparar fitando paredes vazias, cansado demais para manter a cabeça erguida. Pelo menos era o que ele pensava até começar a confundir os sonhos com a realidade e a crer que os seus dramas mentais estão acontecendo de verdade.

Várias vezes acordou e se surpreendeu ao ver David Beckham, Niamh ou Nico bem à sua frente. Chocou-se por vê-los ali, em vez da pequena cama, das toalhas brancas e do balde sanitário no chão. O conhecido som de alguém gritando nas proximidades parece fazer os seus visitantes sorrirem.

Khalid tem a sensação pavorosa de que pode também sorrir com eles. Aos poucos acredita que o barulho de botas se aproximando também seja uma fantasia e que na realidade ele está em outro lugar, um lugar desconhecido, e a sensação de ausência, inútil e irregular, só diminui quando o soldado berra algo ridículo:

— Vocês, adeptos do Talibã, não sabem que sorte têm! Se estivessem no Afeganistão agora, estariam mortos. Agradeçam a Deus pela Marinha dos Estados Unidos.

Assim, deixam claro para Khalid que não têm idéia de como seria bom morrer. O tom ofensivo daquela voz animada despedaça-o pouco a pouco.

Ninguém se importa. Ninguém se importa com ele. Ninguém. Se ao menos não tivesse assinado aqueles papéis! Disseram que ele poderia voltar para casa. Mentirosos! Se o deixassem dormir, as coisas teriam sido diferentes. Então talvez não houvesse assinado a sua própria condenação. De nada vale se lembrar de que estava quase morto física e mentalmente quando pegou a caneta. Não consegue se perdoar. Nem Nico nem o resto dos colegas o perdoarão. Agora Niamh o odeia, ele sabe disso. A mãe e o pai. Aadab e Gul. E todo mundo.

Ele jamais tornará a confiar em si mesmo. Depois de tudo isso, como saberá quem é?

Na véspera de tentarem afogá-lo, mostraram a ele muitas e muitas vezes aquelas imagens de crianças mortas no 11 de Setembro. Fotos de mulheres pulando das torres. Exibem-nas como se aquelas mortes fossem culpa de Khalid, exaurindo-o até os nervos se despedaçarem totalmente. Até ele começar a crer que talvez tudo aquilo fosse culpa sua. Afinal assinou os papéis, e o que aconteceu? Trancaram-no ali.

Será que alguém sabe onde ele está? Ele duvida. Cruza os braços, senta-se na cama e fita a parede. O espaço vazio com manchas e moscas mortas que ele conhece tão bem. O cheiro de seu corpo naquele aposento quente, o som da própria respiração e o barulho das botas levam-no a pensar que toda a sua vida tem sido um erro enorme.

Então, certo dia...

— Você aí, levante-se! — diz o guarda. — Você nunca se levanta!

O mau hálito se soma ao fedor de carne empanada fria que chega na bandeja de plástico que o guarda distribui.

— Sinto muito estragar o seu dia, mas a Inglaterra tomou coragem e brigou com a ONU. Blair está conosco. A Europa é um bando de bebês chorões. — O guarda ri, depois faz uma pausa para descobrir qual é o preso que está recitando um verso do Alcorão. A voz melancólica clama por Meca.

Depois ignora-o e se volta para Khalid exultante e malévolo, dizendo:

— Vocês vão apanhar muito. Não há mais saída, cara! A decisão de Tony Blair acabou definitivamente com todos vocês.

— Que decisão? — Khalid pousa a bandeja na cama, olha para aquele rosto zombeteiro pressionado contra a grade e se surpreende ao notar que as narinas enormes e projetadas do guarda brilham de excitação.

— A Inglaterra está conosco... na guerra do Iraque! — ele grita tão alto que alguém do acampamento reage, traduzindo a notícia em várias línguas diferentes. Logo é divulgada até que todos saibam o que está acontecendo. Os presos correm para as portas das celas, chutando e batendo para mostrar como se sentem, gritando e berrando nas próprias línguas. O ódio viaja pelas celas como uma inundação avassaladora e incontrolável. A sensação mais próxima de tumulto que Khalid já experimentou.

Os guardas reagem correndo e apontando metralhadoras automáticas para os detentos, prontos para disparar num piscar de olhos. Khalid está estupefato com a notícia de que a Inglaterra, junto com os Estados Unidos, está em guerra contra o Iraque e não apenas contra o Afeganistão. Por quê? Ninguém está mais surpreso do que ele. E se agora ele nunca mais sair? O guarda disse isso, não foi? O que mais terá mudado lá fora que ele não sabe?

Khalid afrouxa as mãos que apertavam a porta e as deixa caírem ao lado do corpo como se fossem de chumbo. Emocionalmente frágil, dá alguns passos em direção à cama e cai como um fardo leve. Os baques e os gritos constantes derrubaram a fina camada protetora que ele esperava que mantivesse sua mente intacta naquele dia.

A violência é tão real que Khalid não consegue parar de se preocupar com o ódio crescente no mundo e com os problemas que a guerra trará à sua família e aos muçulmanos em geral. Sabe que o pai fará o possível para cumprir o dever muçulmano do *zakat*, os atos de caridade para ajudar os necessitados durante a guerra do Iraque. Mas onde ele estará agora?

Afinal, o barulho e os chutes diminuem e ao longe se ouve um lamento de dar pena. O som vem lá de fora. Fora deste campo de certos e errados. O grito familiar, agudo e sofrido de alguém que Khalid sabe que está sendo machucado lhe traz tudo de volta à lembrança.

CAPÍTULO 17

Suor

Dia após dia. Passam-se semanas, meses, e nada muda. Para Khalid o tempo se estende. Às vezes as horas entre o café-da-manhã e o almoço parecem mais longas do que um dia no colégio. Lembra-se de que na escola o dia passava muito devagar. Freqüentemente, quando o sinal tocava, ele não conseguia se recordar do que acontecera de manhã, parecia muito distante no tempo. Outras vezes os minutos encolhiam. Ele acaba de comer aqueles cereais sem graça e dois segundos depois a bandeja do almoço ressoa com estardalhaço na portinhola da cela. Khalid só pensa no programa de TV que viu certo dia, sobre um mergulhador olímpico. O rapaz explicou que levava dois segundos e meio para saltar do trampolim, fazer dois parafusos perfeitos e chegar à água, devendo nesse curto período de tempo corrigir qualquer posição errada do corpo. Decidia durante a queda se endireitava as costas ou abaixava os braços.

Como alguém consegue fazer isso em dois segundos e meio, o tempo que Khalid leva para dizer o seu nome?

Acorda coberto de suor, a transpiração escorrendo pelo pescoço, ainda refletindo sobre o mergulho de dois segundos e meio. Como alguém pode planejar algo nesse curtíssimo espaço de tempo? Com uma leve dor de cabeça e a boca seca, ele olha para o ar-condicionado no alto da parede às suas costas, perguntando-se por que a luz verde está apagada.

Nesse momento vê uma aranha, as pernas finas e trêmulas entrando pela grade do aparelho. Talvez por isso não esteja funcionando. Será que não fazem manutenção? Com que se ocupam esses soldados o dia inteiro?

Leva ao peito uma das mãos grudentas e percebe que o uniforme laranja está encharcado. Poças quentes de suor formam-se na sua pele úmida.

Sem chance de aliviar o calor intenso, Khalid deita-se de lado. Fica o mais quieto possível e respira suavemente, tentando diminuir a temperatura do corpo. Concentra-se em cada aspiração até se atrever a pegar a garrafa com água pela metade, no chão ao pé da cama.

Então, quando tenta se sentar, sente uma estranha tontura. A dor de cabeça piorou e agora está muito forte. Ao tentar desenroscar a firme tampa azul da garrafa, sente os dedos mais moles do que gelatina.

Depois de um gole daquela água morna, tem a sensação de que a testa está sendo apertada por uma braçadeira de metal. É preciso um esforço sobre-humano para se concentrar e repor a garrafa no lugar sem derrubá-la. Mas quando ergue o queixo, a cela cinzenta gira ameaçadoramente. Crescendo, dando guinadas e se transformando em colinas diante de seus olhos. Emitindo raios de luz que lhe roçam a nuca. Depois pulsando, pulsando, até voltar numa velocidade alucinada.

De olhos esbugalhados, um monstro que parece um bicho-papão salta das paredes cinzentas. E agarra o pescoço de Khalid, como no auge de um pesadelo. De braços abertos.

Um estrondo de partir o coração sai da boca de Khalid. Mãos agarram seu rosto contorcido e ele bate a parte de trás da cabeça na parede. O cérebro entorpece. A dor dessas pancadas na cabeça representa um alívio bem-vindo, e ele sofre o tipo de tormento que só um prisioneiro conhece. Trancado por fora e não por dentro. Nem aqui nem lá. Absolutamente desumano. A única lembrança de ser uma pessoa real é essa dor aguda que se repete indefinidamente. As paredes prendem tudo o que existe, enquanto a dor lateja sem cessar. Mas serão mesmo paredes?

Quando a luz verde do ar-condicionado pisca, as paredes recuam e tornam a cela estável. Khalid arregala os olhos, gotejando suor por todos os poros. Testa latejando. Será que enlouqueceu por alguns minutos, horas, dias ou semanas? Em que mês estamos? Será que ouviu alguém dizendo “Feliz Natal"? Ou imaginou? Sem relógio nem calendário, não pode afirmar. As luzes do teto terão ficado mais brilhantes? Ou ele estará imaginando um aumento da claridade?

Gemendo de dor, começa a folhear as páginas do Alcorão à procura de passagens que ele já conhece bem, e chega depressa à bênção de Moisés, na esperança de descobrir meios para enfrentar a dor que devora suas entranhas. O livro sagrado é o seu único vínculo com algum tipo de ajuda exterior. Rezando ele aprenderá a se tornar uma pessoa melhor, não aquele rapaz amargo e revoltado em que se transforma sempre que pensa no primo. Tariq não lhe sai do pensamento. Ele só falava em si mesmo, nas suas viagens e naquele estúpido jogo. Na hora em que o carrinho do jantar chega fazendo barulho no corredor, Khalid já está quase louco, lembrando-se de quão devotado foi ao primo.

"Sim, primo. Não, primo. Duas grandes sacadas, você é tão inteligente, primo!" Por que não o mandou plantar batatas? Tantas vezes desceu sorrateiramente, quando todos já estavam dormindo! Noites perdidas dizendo para Tariq que o Bomber One seria a maior maravilha! E não era, de jeito nenhum, era só bom. Mas por que Khalid se importava se o Bomber One faria sucesso ou não? Por que ele se importava tanto em saber o que Tariq pensava a seu respeito?

Furioso ao imaginar o rosto sorridente de Tariq debruçado sobre ele, Khalid arranja outros meios de afastá-lo da mente. No instante em que o carrinho pára diante da cela, Khalid percebe, chocado, marcas de dentes perfeitamente delineadas no seu braço. Ele se mordera. Não sabe por que o trauma se revela dessa maneira, porém ultimamente tem sido assim.

Khalid não percebe as marcas de dor no braço porque hoje sua mente fraturada só pode visualizar as inúmeras fotos que Tariq lhe enviou por e-mail. Todas as fotos digitais de Tariq com amigos fazendo caretas. Uma com o pai e três irmãos, ele todo feliz, sorrindo para a máquina como se tudo na família deles fosse perfeito.

Por um segundo, Khalid pensa ouvir uma porta de carro abrindo e fechando, mas era só a bandeja do jantar sendo empurrada para dentro da cela.

Khalid olha de relance para aquela carne cheia de nervos, tomates aferventados e uma bola de arroz malcozido. Decide-se primeiro pela banana pequena, depois esfrega o braço com força, tentando fazer desaparecer as marcas vermelhas dos dentes.

Uma súbita onda de energia passa então pelo seu corpo.

O estômago está melhor, sim. O coração bate mais devagar. Mas a passagem do Alcorão que ele tenta ler ainda flutua diante dos seus olhos. As palavras imutáveis giram em grupos de três ou quatro. As formas pulam confundindo-o, unidas sem fazer sentido algum para o seu cérebro, que antes era menos sombrio.

Khalid pega a colher de plástico e espalha arroz branco sobre aqueles montículos de carne cinzenta, para disfarçar os nervos, embora estivesse tentado a atirar tudo ao chão.

Mergulhando numa espécie de torpor durante uma ou duas horas depois do jantar, Khalid junta pontos na parede para formar o desenho de uma girafa com orelha de coelho. Em seguida observa oito manchas de gordura no chão para ver se a distância entre duas é menor ou maior do que entre outras duas. Às vezes conta os passos de lá para cá no corredor. Repetidamente. De vez em quando perde a conta. Será de noite? Ou de manhã? Será que ele tomou café-da-manhã hoje? Ou se esqueceram de trazer?

Acordando para tatear os arranhões vermelhos no rosto, Khalid vê a aranha correndo para a porta e dá um suspiro de alívio.

Talvez ele tenha dormido demais. Semanas, pelo que sabe. Só se dá conta de que é de manhã cedo quando a chamada para a oração o desperta. Por um instante, Khalid imagina o dia nascendo lá fora.

Uma inesperada sensação de paz o invade ao se lembrar de como é estar ao ar livre, ao sol. Concentra-se nessa idéia, na esperança de que o resto de tontura desapareça. Quando foi a sua última saída? Não consegue lembrar.

Mas ele não há de ficar aqui para sempre...

Agarrando-se às paredes, Khalid cambaleia até a porta, bate e chuta. Alguém grita o seu número:

— 256!

A portinhola de metal é destravada e aberta, provocando um estrondo contra a grade. Khalid esmurra o corredor pelo buraco em forma de feijão, berrando e xingando.

Dois minutos depois, guardas entram em sua cela e, com mãos ágeis, logo o prendem com as algemas. Khalid ergue a cabeça contundida.

— Obrigado! — diz. Sentindo um estranho prazer ao ver seres humanos comuns, em vez dos monstros sombrios que povoam sua mente. Mesmo que sejam apenas os guardas, de repente Khalid se sente grato a eles.

— Levante-se! — diz um dos guardas, sacudindo-o com força. A ordem "levante-se" adquire um significado positivo, embora essa não tenha sido a intenção. E por quê? Para onde ele irá agora?

Para Khalid a caminhada é agradável. Ao longo do corredor, ele se dá conta de que está bem. Só teve umas alucinações. Algumas até boas. Sabe que os pesadelos, as estranhas fantasias com Niamh e David Beckham devem ter danificado a sua capacidade de distinguir o real do imaginário. Porém, ao criar sentimentos ruins, ele se impediu de morrer por dentro e, embora esses sentimentos o tenham ajudado na longa espera, quando ele acordou, a pressão no cérebro ainda era intensa demais para agüentar. Por isso que tentou se livrar dela, batendo a cabeça contra a parede.

"Pelo menos agora eu sei que não vou deixar que me vençam", pensa Khalid.

Ao mesmo tempo, percebe que essa consciência poderá salvar sua vida. Faz um esforço para reconhecer o ambiente. Fixa bem o olhar nas botas pretas dos soldados amarradas até em cima, muito bem engraxadas, embora com vincos empoeirados. Os canos, bem acima dos tornozelos, dão a elas um aspecto um tanto feminino. Aquelas botas grandes usadas com calças de combate na selva são parecidas com as que Niamh costuma usar.

Outro motivo para se concentrar no aqui e agora é que esse esforço afasta os demônios e pode impedir o retorno dos pesadelos. David Beckham pode cair fora. Há muita coisa em jogo. Em primeiro lugar, a loucura.

Khalid percebe o chão forrado com linóleo cinza, quando chegam ao fim de um longo corredor branco, passando por celas de grades tão cerradas que é impossível vislumbrar os rostos dos ocupantes. "Aqui deve haver gente bem pior do que eu", pensa Khalid, vendo um homem desesperado batendo com a cabeça ensangüentada na grade da cela. A ferida fétida é do tamanho de uma xícara.

Levam-no para fora e os seus sentidos são assaltados pelo assobio rápido de um pássaro próximo, um sol estonteante e inúmeras sombras. A súbita claridade quase o cega. Ele esteve aqui há alguns dias. Não esteve? Com o coração batendo forte, Khalid é levado por um chão irregular até um abrigo de madeira. Vê a sua própria sombra se alongar à frente, sente um leve cheiro de desinfetante, seguido pelo ruído de água corrente. O odor faz com que se recorde da rotina. Sua sombra o ultrapassa quando dobram uma esquina e chegam à fileira de chuveiros simples. Agora Khalid gosta dos chuveiros. No início os odiava, mas agora gosta.

Tantas algemas e correntes só para levá-lo para tomar banho de chuveiro? Sim, Khalid sempre ri disso.

Dois presos tentam ocultar a nudez, como fazem toda vez que os guardas os conduzem para baixo daqueles chuveiros tão enferrujados que só deixam escorrer um filete de água. Khalid se despe depressa, acostumado, enquanto outros escondem a vergonha protegendo o rosto com um braço. Esforça-se ao máximo para não olhar para ninguém.

O canto do pássaro é interrompido quando Khalid enfia a cabeça debaixo da água fria. Fecha os olhos por um instante para captar a sensação do sol ardendo na pele nua. O pedaço de sabonete grosseiro cheira a sorvete de baunilha e é quase inútil, mas a sensação estimulante e refrescante de esfregar o rosto úmido faz Khalid se sentir alerta e limpo. Bem diferente do maníaco suarento de ainda há pouco e mais parecido com o garoto que uma vez marcou dois gols nas quartas-de-final da Liga Júnior de Rochdale.

Quando Khalid abre os olhos, depara-se com o rosto amável de Masud, o vendedor de colares do Cairo, em quem bateram com um cano, e que ele encontrara num aposento escuro em Karachi, há muito tempo.

Mas Khalid não irá para lá de novo. Não, agora não. Pelo menos enquanto estiver ali, desfrutando daquele chuveiro ao ar livre. Apesar de ser bom imaginar Masud no chuveiro ao lado, Khalid sabe que também poderia ser David Beckham.

— Khalid, você por aqui? Por quê? — sussurra aquela aparição.

"Por quê?" Estas palavras ferem o cérebro de Khalid por um instante e o instigam a pensar numa resposta. Mas ele não consegue, porque também não sabe. Não sabe de coisa alguma. Especialmente porque a água está chamando pelo seu nome.

— Khalid, Khalid — e a água goteja seu nome.

"Estarei de cabeça para baixo? A ponto de me afogar?"

Khalid tropeça e bate com força o dedão do pé em uma pedra.

— Khalid! Tire as mãos do rosto. Olhe para mim. Olhe.

Instantaneamente Khalid abre os olhos, equilibrando-se para fitar aquele rosto.

— Masud! É você mesmo? — Surpreso ao reconhecer que é mesmo o seu amigo de Karachi que está ali, limpando as grandes orelhas com um resto de sabonete amarelo.

— Isto eu estou aprendendo... estão trazendo jovens para Guantánamo? Não estou entendendo. Você consegue me ver agora?

Sacudindo a cabeça afirmativamente, Khalid prende o fôlego, decidido a acreditar nos próprios olhos enquanto examina o rosto macilento e barbeado de Masud. Então, vê os soldados se encaminhando devagar para o fim da fileira de chuveiros para bisbilhotar, certos de que os prisioneiros ficam envergonhados demais no banho comunitário para conversarem.

— Eu tenho tido umas alucinações na minha cela — conta Khalid a Masud. — Tempo demais para pensar. Eu também senti isso em Kand... Kand... Kandahar.

— Kandahar? Você? — Masud está chocado. — Mim, eles me levar de Karachi para o Marrocos. Me penduraram na parede por longo tempo.

Khalid empalidece enquanto Masud vai explicando que, em vez de baterem nele com um cano, utilizaram uma correia presa a um cabo de madeira. Quebraram suas costelas. Prenderam Masud no porão de uma casa toda vedada por persianas, num lugar ermo. E um sujeito encostou uma arma em seu peito durante uma hora, ameaçando matá-lo e afirmando que a sua esposa já estava morta.

— Aquele homem que você está vendo ali — Masud aponta para um homem magro que está sendo levado para fora —, ele foi para a Jordânia. Cegaram um de seus olhos. Os americanos têm muitas prisões como esta mundo afora.

Tomando cuidado para esconder o seu espanto de um guarda que passava, Khalid sussurra:

— Como eles escapam impunes? Onde está a polícia?

Khalid estremece diante da lembrança do abuso sofrido. Teme que venham buscá-lo de novo se falar do afogamento: o som da própria voz, misturado ao barulho das gotas d'água, martela em seu cérebro de forma incômoda, perto da superfície do seu outro "eu".

Enxugando os grandes olhos escuros, Masud prossegue:

— Isso, tenho certeza, é contra a lei que estabeleceram em Genebra. Com certeza. Ninguém aqui foi julgado. Não podem prender uma criança como você. Isso é tortura cruel. Em que campo você está?

— Delta Skelta — Khalid aponta para o prédio cinza ao lado.

— Eles tiram você do acampamento e levam para fazer exercícios? O que houve aí na sua cabeça? Você tem contusões aí. E o seu braço? Você deve parar de ferir seu braço. Pare de morder.

— Não consigo!

— Khalid, não fazer isso para machucar você. Pare. Peça advogados, ajuda. Grite para lhe darem papel para escrever cartas. — Masud diz rapidamente antes que o soldado se apresse na direção deles, desconfiado da gesticulação amigável de ambos.

Khalid desvia o rosto e pisca, tentando misturar as lágrimas com o fio de água fria que escorre pelo seu rosto.

— E assine tudo. Diga "Sim, Bin Laden ser muito bom amigo". Concorde com todas as sugestões. Não deixe isso acontecer, Khalid. Não se orgulhe de enfrentar as ameaças. Reze, Khalid. Reze e aprenda. Eu estou aprendendo melhor inglês. Eu praticar muito — Masud grita enquanto é arrancado dali para se vestir, a água ainda pingando de seu corpo. — Lembre-se, um dia eles terão que prestar contas a Deus por isso.

Um soldado força Khalid a sair da água lamacenta para dar lugar a outro homem que, de cabeça baixa, segura um trapo com o qual se lavará.

Ao se abaixar para vestir o macacão laranja, Khalid nota que o rapaz precisa cortar as unhas dos pés. Mas de repente aquela cor vibrante atinge o rosto de Khalid. É brilho demais à luz do sol para ser absorvido pelos seus olhos tristes e chorosos. Os dedos não param de tremer, o corpo sacode e Khalid não consegue respirar.

"Eu assinei tudo, Masud, e agora veja onde estou", pensa.

— Você assistiu ao jogo de beisebol na TV ontem à noite? — um soldado pergunta a um colega, de arma apontada para qualquer movimento estranho de Khalid, até este estar firmemente algemado.

E tudo o que Khalid consegue pensar é: "Quantos segundos isso durou mesmo?"

CAPÍTULO 18

Em frangalhos

Certa manhã Khalid acorda com um novo som. Som de música. Um rap invade seus ouvidos, abafando a chamada para a oração e os barulhos matinais da base, que já haviam se tornado tão familiares.

Faíscam em sua memória os retumbantes sons de house, techno e hip-hop dos velhos alto-falantes do quarto de Nico, com as telas de espuma preta descascando nos cantos. De repente Khalid volta para lá, totalmente acordado. E é ele mesmo de novo. Por um momento tudo fica bem claro na sua mente. Rememora as vezes em que ele e Nico cantavam e pulavam, animados pelo ritmo, falando sobre a vida em bairros pobres, bem mais animados do que Rochdale. Sim, corações ardentes, mãos erguidas, o delicioso cheiro de fritura do peixe com batatas que vinha da cozinha. No gueto, sim. Khalid está entrando no ritmo do rap quando o som estanca, terminando tão de repente quanto começou. Fazendo-o pensar que estão ensaiando para alguma coisa. Estarão testando os alto-falantes?

Khalid sorri, lembrando-se da vez em que Nico compôs um rap que chamou de "Aí, Leona". Só besteira. Nico cantava bem, mas era muito convencido. Acreditava que por ter escrito aquilo seria o melhor do mundo e chegou a participar de um concurso de rap pela internet, no qual um dos rappers de verdade declarou que era a pior coisa que já tinha ouvido em toda a vida. E todos que estavam conectados assistindo ao concurso concordaram.

No dia seguinte Nico comprou um trompete na feira da escola, apesar de o instrumento ter um grande amassado na lateral. Nico não se importou. Mas todos os outros se incomodaram, especialmente Khalid. Dali em diante as conversas eram interrompidas pelas buzinadas ensurdecedoras daquele cacareco.

Khalid repassa mentalmente a vida, várias vezes, como quem revê pela milionésima vez um antigo álbum de fotos. Dias e semanas se passam e ele sempre relembra incidentes e acontecimentos aos quais não tinha dado importância na época. Sempre sonhando em estar lá de novo, ligando o CD player de Nico e olhando a coleção de personagens da série *Guerra nas estrelas* no peitoril da janela, o pôster do rapper Eminem na parede. Às vezes a saudade dói tanto que ele preferia que tudo se acabasse.

Realmente gostaria de ter tido uma namorada. Gostaria de ter recebido pelo menos um abraço de Niamh. Imagina-se casado com ela e morando numa casa grande e bonita, com TV de tela plana e música por todo lado. Os filhos brilhariam no futebol e também seriam inteligentes, e essa idéia faz Khalid se sentir bem por um momento.

Atacado por uma cãibra na perna direita, Khalid é obrigado a se sentar, furioso consigo mesmo por ainda não saber conversar com garotas como deveria.

— Primeiro olhe bem no olho dela — dizia Tony. — Depois elogie, diga algo bonito... como, por exemplo, "Gosto dos seus sapatos". As garotas têm alguma coisa com sapatos. Diga isso, ou então "Bonito casaco". Qualquer coisa que você ache que a faça sorrir. Depois ponha a mão no ombro dela, entende o que eu quero dizer?

Porém Khalid acha aquilo tudo mais difícil do que parece. Apesar de querer dar a impressão de saber lidar com garotas, na realidade é totalmente sem jeito e encabulado, como Holgy, que fica vermelho sempre que uma garota o encara.

Khalid revê a sua reação diante de todas as garotas que algum dia passaram por seu caminho, que cruzaram com ele na rua e atraíram sua atenção. Como a primeira vez em que viu Niamh na biblioteca.

Ela havia entrado na escola um ano antes, com 14 anos, pois a família se mudara da Irlanda para Rochdale. Primeiro, todos a ignoraram... afinal, era apenas uma recém-chegada, parecia simpática e tal, mas e daí? Khalid só reparou em Niamh no dia em que os alunos de artes plásticas expuseram trabalhos na biblioteca.

Ele foi lá com Tony para devolver os livros que havia pegado emprestado para escrever o seu trabalho de inglês e não pôde deixar de reparar nos quadros na parede. Um deles, uma porta escorrendo sangue pela maçaneta, chamou sua atenção primeiro, depois um desenho a lápis da sra. Warren, a diretora, com jeito de auto-retrato.

— Olhe só este aqui! — chamou Tony, mostrando a Khalid a pintura de uma piscina suja, com um besouro boiando.

— Argh, que nojo! — Já iam saindo quando Khalid notou uma outra com um gramado verde, tendo ao centro um solitário botão-de-ouro amarelo. Transmitia tanta calma e beleza que ele achou impossível desviar o olhar. Ali parado, quase conseguia sentir o cheiro da grama úmida.

Quase consegue senti-lo agora.

— "O último botão-de-ouro". Quem pintou? Reilly o quê? É Nim ou Neem que se fala? — Khalid tentava ler a assinatura.

— É Neeve, a garota nova, sabe? — explicou Tony. — O quadro é meio sem graça, mas... Eu já lhe disse que as garotas adoram sapatos. Também adoram flores por algum motivo.

Mas Khalid continuava de olhos presos ao quadro, impressionado com o realismo da pintura. Sem saber que Niamh, apoiada na mesa logo atrás, observava a reação dele.

— Vamos, cara, para não chegarmos atrasados na aula de matemática — disse Tony.

— Vamos — Khalid deu meia-volta e se deparou com os olhos verdes de Niamh. Uma descarga elétrica os atingiu. De verdade. Até hoje Khalid se lembra daquela sensação. Tão intensa que o hipnotizou por um tempo que lhe pareceu infinito. Desde então, onde ela estivesse, saltitando pelo corredor, batendo papo com colegas nos portões da escola, encostada à porta da sala de aula, ele a localizava mesmo sem querer. Um sentimento afiado e agudo sempre lhe dizia exatamente onde ela estava na multidão. Quem dera tivesse criado coragem para falar com ela na biblioteca! Quem dera não tivesse ficado tão envergonhado e ido embora! E, apesar de terem se falado muitas vezes depois daquele dia, não consegue deixar de se arrepender pela oportunidade perdida.

Mais frágil do que parece, Khalid cambaleia para a frente e para trás, incapaz de se manter parado. Preso à armadilha inexorável daquele movimento pendular do corpo, ele acha incrível ter se divertido tão pouco na vida. Nunca foi a uma festa que durasse a noite toda, nunca beijou de verdade nem saiu com garotas e, enquanto os amigos provavelmente estão se divertindo em Rochdale, ele continua preso, enfurnado nesse canil. O sonho de jogar Verdade ou Conseqüência com Niamh se confunde com outras imagens terríveis, como as de crianças pequenas sendo dinamitadas, fazendo com que dois sentimentos tão diferentes como esperança e medo se embaralhem em sua memória.

Então, alguns presos começam a gritar, e soldados se precipitam de cela em cela.

— De joelhos! — berram, sacudindo algemas.

Khalid já está no chão, de cabeça baixa, quando invadem sua cela. E, como antes, empurram-no para fora, ao longo do terreno árido e maltratado, até outro setor do Campo Delta. Até outro prédio e outro aposento parecido com o anterior em todos os detalhes, com a diferença de ter um quarto externo de um dos lados. Uma cela com local próprio para interrogatório e uma porta que, aberta, revela uma mesa preta, diante da qual estão sentadas duas pessoas.

Khalid é trancado ali e pensa: "Ah, então é assim que eles agem agora." Reconhece a fria americana de Karachi e o seu acompanhante, que ficou praticamente mudo enquanto ela e o sujeito com inglês refinado o questionavam sobre o Afeganistão. Mas animado pelo encontro com Masud, sabendo que ele não o imaginava ali, Khalid decide não se deixar intimidar. Não, dessa vez não!

Enquanto o soldado prende a corrente de seu tornozelo esquerdo a um pino fixado no chão, empurrando-lhe uma cadeira preta para que se sente diante dos interrogadores, Khalid mantém a cabeça erguida. Está pronto.

— No Paquistão da última vez, não foi? — diz a mulher, incisiva. — Continuamos esperando a sua confissão. Tem algo a acrescentar?

— Tenho, sim! Na verdade, eu sou Bin Laden! — E no instante seguinte Khalid preferiria não ter brincado. Pela expressão da mulher, ela não está disposta a gracejos.

— Você fazia parte de um grupo terrorista na internet que planejava bombardear várias cidades. Está registrado aqui na declaração, com a sua assinatura. Portanto, agora faça o favor de nos contar a ordem dos bombardeios — ela morde o lábio, impaciente.

— Eu quero um advogado — diz Khalid.

— Um advogado? Eu sou advogada, pode falar comigo — e sorri, paciente. — O meu nome é Angela. Este aqui é o Bruce. Você se lembra.

— Você não é advogada!

— Sou, sim.

— Não é, não. — Um raro momento de sanidade retorna a Khalid quando encara o rostinho enfezado da tal Angela. Um rápido sopro de confiança, mais do que necessário, lhe dá forças. — Quero escrever para a minha família. Vocês não têm permissão para me tratar assim. Onde está o juiz que me considerou culpado? Vamos, onde está ele, me digam! Não me levam para fazer exercícios. Não me oferecem educação. Nada. Pois bem, vocês todos vão pagar caro por tudo isso.

Bruce interrompe nesse ponto:

— Ora, vamos, nós o conhecemos. Sabemos exatamente quais são suas intenções — e zomba do esforço patético de Khalid para se defender falando agressivamente.

— O quê?! Vocês não me conhecem. Minhas intenções? Então digam: que colégio eu freqüentava? Respondam! Não sabem porque são idiotas! Vocês não passam de uns vermes imundos! Perguntem como eu sei disso! Perguntem, vamos!

— Temos um documento com a sua assinatura, provando que você e seus cúmplices armaram um complô pela internet para bombardear várias cidades do mundo ocidental. Queremos saber qual cidade planejavam bombardear primeiro — diz Angela.

— Nego tudo isso. Eu me arrependo do que disse. Vocês me trancaram aqui sozinho, tentando me enlouquecer. Pois bem, azar o meu. Não me deixaram dormir e me negaram acesso à correspondência, a um advogado, a alguma ajuda. Vocês vão se dar muito mal por tentarem me matar! Podem esperar!

— Você era amigo de membros famosos da Al-Qaeda. Nós temos fotos — Bruce continua imperturbável. — Além disso, recentemente alguns deles foram presos na Inglaterra.

— O quê? Na Inglaterra?

— Não vamos lhe dar essas informações. Queremos detalhes de movimentações e conversas que você manteve com essas pessoas — acrescenta Angela.

— Mas eu não sei quem são! — grita Khalid.

— Você vai nos contar o que sabe sobre a Al-Qaeda! — diz Bruce, ameaçador. — Se não for agora, será amanhã ou depois. Espero que você reflita sobre o prejuízo que suas atitudes causam a inocentes.

— Inocentes? E nesse caso. Eu é que sou o inocente nesse caso. E vocês ainda vão acabar no inferno por isto! — ameaça Khalid, no mesmo tom de voz de Bruce. — Há milhões de Khalid Ahmed na internet. Vocês pegaram a pessoa errada. O que deu em vocês?

— Sabemos que há muitos na Al-Qaeda com o seu nome. Temos detalhes do seu envolvimento com os talibãs, fornecidos por outros detentos, no Afeganistão e aqui em Guantánamo.

— Eu não conheço ninguém além de... — Khalid se interrompe, evitando mencionar Masud, incerto sobre como essa informação seria julgada.

— Além de quem? — pergunta Angela, olhando firme. — Será que você não está pensando em nomes perigosos, como Ahmad Siddique? Msrah Shia-Agil? Kamal Sadat?

— Isso é uma grande besteira! — De repente, numa inspiração, Khalid entende o que está se passando. — Esperem, já entendi. Vocês forçaram esses sujeitos, de quem eu jamais ouvi falar, a dizer que me conhecem e assinar papéis, como fizeram comigo, para assim terem algo contra mim. É assim que vocês agem, não é?

— Você está imaginando coisas — Bruce franze a testa e olha para Angela, como quem pede permissão antes de chamar os guardas. Interrogatório encerrado, o tornozelo de Khalid é solto do pino no chão, mas só depois de Angela e Bruce terem saído por uma porta secreta. Os saltos altos de Angela estalam depressa pelo corredor.

Nas semanas seguintes, Khalid é levado muitas vezes à porta vizinha para ser interrogado. Ora por Angela, ora por Bruce, outras por um homem que se apresenta como Joe, acompanhado de uma mulher chamada Sal. Sempre lhe dão uma cadeira para sentar antes de começarem as perguntas insanas.

— O que você faria se soubesse que alguém planejava um ataque suicida? — indaga Joe.

— Não faço a mínima idéia — murmura Khalid.

— Ora, vamos, você deve ter amigos que falam sobre esse assunto! — diz ele.

— Não, eu não — diz Khalid. — Você tem?

— Por que não confia em nós desta vez e nos conta o que sabe? — O homem parece não notar que Khalid começa a ficar cansado e com sede.

— Deixem-me em paz — implora Khalid.

— Assim que nos der algumas respostas, poderá ir embora.

Khalid diz com ironia:

— Pois sim! Essa história eu já ouvi antes. Mentirosos!

Joe continua tentando dobrá-lo. Como se a repetição constante lhe cutucasse o cérebro, fazendo-o se lembrar de alguma coisa.

Khalid nunca sabe quando o interrogatório vai terminar nem quando o levarão de volta para a cela. Entende logo que suas respostas de nada adiantam, pois eles sempre retomam os mesmos temas indefinidamente, a ponto de poder prever a pergunta seguinte.

Cansado de ficar sentado naquela cadeira dura, sem um gole de água, Khalid treina sua mente para não ouvir. As vozes soam e ele não presta atenção.

Embora em algum lugar, bem no íntimo, ele saiba que até mesmo essas terríveis sessões o ajudam a recuperar parte da memória, ancorando-o à realidade por pequenos períodos. Ali ele tem ao menos a chance de ficar sentado naquela cadeira, olhar paredes diferentes, ver sapatos de verdade, em vez de botas, e sentir o cheiro de plástico mofado e quente, em vez de pão dormido, peixe podre e água morna.

No dia seguinte a pressão aumenta. Desta vez, nada de cadeira. Agora Khalid é deitado de bruços no chão de cimento. Braços para o alto, as algemas dos punhos presas a uma argola enferrujada. Pressionam seu queixo contra o chão enquanto um homem grisalho, de pele cinzenta cheirando a fumaça de cigarro, esparramado em uma cadeira preta, aponta um grande holofote para o rosto de Khalid.

Uma mulher alta e troncuda, vestindo um conjunto azul-marinho, põe-se de pé logo atrás de Khalid, cruza os braços e bate no próprio cotovelo com longas unhas vermelhas. Pulseiras de prata tilintando como chaves.

O som é interrompido por um súbito grito de Khalid.

Sente uma dor interna nos braços ao retorcer as mãos bem perto da argola presa ao chão, buscando alívio. Observa bem a argola e percebe que é uma corrente dentro de outra corrente. Dentro de uma cela trancada. Dentro de um campo de prisioneiros guardado por altas cercas de arame farpado afiado como navalha. O perímetro é patrulhado por soldados de armas carregadas, vigiando uma prisão que faz parte de uma base. Uma base situada na extremidade de uma ilha, entre dois oceanos. Protegida pela água de um lado e por terreno minado, do outro.

A mancha no chão é Khalid, um garoto de 16 anos de idade. Ele olha para si mesmo sob todos os ângulos. Encara-se com desprezo, de cima a baixo. Por dentro. De frente e de costas. Imagens se formam em seu cérebro como um caleidoscópio. Só o ar lhe cobre os ossos. Os pulmões. O coração. Ele pode ver a própria respiração empoeirada saindo de sua boca.

Reflexos de luz irrompem de seu interior como raios laser.

— Diga o nome do quinto cúmplice.

— Número cinco! — Khalid conta três segundos. Levou três segundos para falar "nú...me...ro cin...co". Sim, três!

— Confesse que o ajudou!

— Deixem-me ir. Deixem-me ir.

Teriam se passado seis segundos? Seis palavras... talvez cinco segundos, porque eram palavras curtas.

Logo depois a porta se abre e o homem sai. A americana recebe a companhia de outro conterrâneo, por volta dos 40 anos, de aparência amigável. A esperança de Khalid cresce por um segundo. Mas depois de sussurrar à mulher, o homem se volta para Khalid:

— Que outras cidades vocês planejavam bombardear?

— Burnley. Barnsley. Bolton. Accrington. Todmorden. Por aí. É, Tod. Tod.

Quantos segundos se passaram? Khalid irrompe em uma gargalhada histérica. Tão histérica que ele não consegue parar. Irrita tanto o homem e a mulher que ambos saem, cedendo o lugar aos soldados. Soldados que chutam e batem, ansiosos pelo seu quinhão de carne para passar o dia. A força da ira daqueles guardas supera tudo o que Khalid conhece e ele nem se dá o trabalho de contar quantos chutes leva.

E ainda há mais. Às vezes não lhe dão água. Outras, empurram-no contra a parede, queimando seus braços com pontas de cigarros. Mas quando ele ri eles param. Desistem momentaneamente... pelo menos dele.

Khalid se desliga pressionando o rosto no chão, entorpecido pela luz que arde em sua pele, consumido pelo desejo de lamber a sujeira do chão de cimento frio. A sensação de na verdade não ter visto Masud torna a assombrar seus olhos tristes e esbugalhados.

As sobrancelhas de Masud seriam mesmo tão longas e espessas quando Khalid o viu em Karachi? Ou ele não as notou porque a cela estava escura demais? Khalid ficara com pena de ver aqueles olhos inchados de tanto apanhar quando o seqüestraram, mas ainda assim aquele rosto... parecia ser o de Masud. Agora a sua conversa mental é interrompida pela lembrança daquele lugar gélido, com uma esteira áspera de fibra de coco. Aquele homem sujo e algemado, o rosto inchado de contusões, sentado no chão de pernas cruzadas, emanando uma dignidade estranha e calma. Sim, era Masud, de cabelo e barba grisalhos. Khalid o confundiu com o sujeito do chuveiro. Aquele sujeito se parecia com Masud. A barba e o cabelo haviam sido raspados, mas ele não era Masud, com ou sem cabelo. Não era ele. Como poderia ser?

— Qual era o nome do quinto cúmplice? — uma voz interrompe suas idéias.

— Não sei — responde Khalid.

— Não sabe? — o homem inclina o holofote.

— Não havia ninguém — suspira Khalid, já sem energia.

— Ninguém mesmo? — insiste o homem.

— Por favor, deixem-me ir. Deixem-me sair daqui. Os meus braços estão doendo — geme Khalid.

CAPÍTULO 19

Os djins

Fitando as luzes, olhando para o buraco negro que continua a faiscar o novo rosto imaginário de Masud, Khalid ouve novamente os sons do início do Ramadã. Homens famintos recusam o café-da-manhã. Mais tarde recusam o almoço e até o jantar, se for trazido antes do pôr do sol.

Rezam por ajuda. Rezam por paz. Sempre rezando, e o som é bonito.

Fraco demais para aderir, nesta manhã Khalid tem dificuldade para se levantar e ir ao banheiro, embora de bexiga cheia. E isso não apenas por se sentir culpado em relação ao Ramadã e por pensar nos bilhões de muçulmanos no mundo inteiro que estão jejuando e rezando enquanto ele está ali, deitado, sem fazer nada. É porque ele sabe que no seu cérebro está acontecendo algo ainda mais perigoso.

Aquilo começou quando viu e não viu Masud nos chuveiros. Agora os djins, os gênios, começaram a chamar seu nome. Exatamente como fez Masud. Ou como Khalid acha que ele fez. E não recorda exatamente por quê. Khalid encontrou um desses gênios antes, em Karachi, enquanto fitava o tapete. Naquela ocasião, um gênio não o levou embora num tapete voador? De volta para casa, para junto da família e dos amigos.

— Khalid! Khalid! — As vozes soam mais alto e depois enfraquecem um pouco quando as luzes do teto diminuem. E quando as vozes cessam o mundo anda para trás. Khalid se levanta da cama e anda de um lado para outro, a fim de impedir que tudo se mova na direção contrária, anda pela cela tentando se lembrar do próprio corpo. A pontada de dor em um dos ombros o recorda de que há pouco ele foi preso ao chão e isso o obriga a endireitar a coluna e esfregar o pescoço. Há quanto tempo foi isso?

Um poço profundo de medo e preocupação se soma ao sentimento de ter sido um idiota durante a maior parte da sua vida. Então de repente se dá conta de que está suando e em pânico. Em pé, completamente imóvel no meio da cela, sem motivo algum.

Escutando.

Percebendo quando um som se interrompe no corredor, como quando um soldado chega ao final da fileira de celas e conclui a chamada. Conclui. Inicia-se um murmúrio onde antes as botas ecoavam. Um murmúrio que reverbera e reverbera, apesar de não haver barulho que o provoque. Nem a voz chamando seu nome. Então, quando se faz silêncio, Khalid consegue ver um espaço vazio surgindo à sua frente, embora saiba que é imaginação.

Cai na cama. Cabeça entre as mãos. Mas o pior é que quando o espaço vazio surge, espalha-se por toda parte. Khalid não consegue evitar mergulhar nele. E por isso faz xixi de tanto medo.

Por um instante o calor provoca uma sensação agradável, até que o cheiro de urina atinge seu nariz.

Agora não adianta levantar. Khalid sacode a cabeça. Chocado e ao mesmo tempo parcialmente satisfeito. Chocado por ter perdido o controle da bexiga. Parcialmente satisfeito porque aquela sensação o traz de volta à realidade e, quando percebe onde está, o ruído desaparece.

Sente-se melhor por um instante. Mas não o suficiente para fazer alguma coisa, como rezar ou pensar. Muito menos para pensar na família e no que deveria estar fazendo durante o Ramadã.

Esta manhã ele ficou fitando a bandeja de plástico do café até a hora em que trouxeram a bandeja seguinte, com o almoço.

— O que está acontecendo, cara? Isso aqui está fedendo. Por que você não tocou na aveia? — O sorridente guarda negro olha para a bandeja. A sua voz logo se transforma em um doce murmúrio: — Vamos lá, você precisa comer alguma coisa! — Finalmente a cor escura e melosa dos seus olhos traz Khalid de volta.

— Eu... hum... eu... sim... — é tudo que Khalid consegue falar. Em parte acreditando que pulou o café-da-manhã devido ao Ramadã e em parte se perguntando como não ouviu o soldado. Talvez este não tenha gritado seu número de manhã. Talvez ele não tenha caído na cama quando ficou suado. Talvez tenha ficado no meio da cela durante horas. Acabou de se levantar da cama, não foi?

Esses pensamentos o perturbam.

— Agora coma tudo isto, está me ouvindo? Volto daqui a dez minutos e quero ver o rango liquidado.

Khalid sacode a cabeça concordando, fingindo não ser um abobalhado. Então dá um profundo suspiro e pensa: "Ele vai voltar daqui a dez minutos e eu tenho que comer tudo isto, caso contrário eles..." Ele não sabe o que acontecerá se não comer aquelas batatas enlatadas frias, uma após outra. Depois as ervilhas, uma após outra. Depois o... parece peixe, mas tem cheiro de repolho podre. Ele vai voltar daqui a dez minutos e então... o quê?

O intenso fedor de urina perturba Khalid enquanto ele se vê com a bandeja na mão diante da abertura da porta, esperando. Esperando o guarda voltar.

Mas o guarda não volta em dez minutos. Nem em quinze, nem em vinte. Só dissera aquilo para fazer Khalid se levantar e comer.

E assim Khalid fica ali, com a bandeja na mão, esperando o homem voltar. Recusa-se a afundar no espaço vazio e a ouvir as vozes até que... sim, até o som de passos desaparecer no corredor. Recusa-se a acreditar no espaço vazio em que já se encontra, vendo-o ao longe. Não aqui, junto à própria sombra.

Quando as preces começam em todos os cantos do campo, por um segundo a mente de Khalid dispara, pensando que talvez tenham lhe dado o número errado.

Esfregando a testa com a mão livre, irrompe em lágrimas.

Agora ele sabe que o seu número, 256, foi dado para outra pessoa porque há muito esse número não é chamado. Então algo deve ter acontecido. Costumavam chamar o seu número para o banho. Um soldado gritava: "256! 256!" e Khalid sabia que viriam buscá-lo. Então tudo parou. Será que parou?

— 256! — berra Khalid para relembrá-los, exatamente quando o buraco em forma de feijão se abre e outro homem, não o de olhar bondoso, agarra a bandeja.

— Você está espalhando mau cheiro neste lugar! — grita o guarda. E a abertura em forma de feijão se fecha. Khalid ouve as botas pretas se afastarem, buracos se abrindo e fechando ao longo do corredor, o som de bandejas de plástico batendo no carrinho. Depois tudo pára, e o fedor de urina volta a dominar.

De repente o ar-condicionado começa a funcionar, soprando um vento glacial. Khalid volta para a cama, cobrindo os ombros com as colchas azuis. Coloca uma toalha branca na cabeça e mergulha no espaço vazio que se abre depois que as últimas preces se extinguem. É incapaz de resistir mais.

Seus olhos castanhos sem esperança pousam no chão cinza vazio. Há apenas algumas manchas de molho de carne, moscas mortas e seus pés descalços, porém uma atmosfera menos terrena o domina no momento em que ele fecha os olhos e abre espaço para o djim, o gênio de chapéu roxo e sorriso amplo que o leva para o seu parque de diversões. Outros os seguem, vão atrás de Khalid, se ele ousar enfrentá-los. Tremendo. Tremendo. Não é preciso correr quando os djins vêm nos chamar, porque eles vivem num mundo onde todos os pensamentos de Khalid se manifestam bem à sua frente. Alguns têm asas; outros, espadas. Alguns têm poderes incomensuráveis. Um deles tem a esposa ao lado. Outro tem um exército vestido com roupas pretas.

Nunca conhecemos os gênios.

Com eles tudo pode acontecer.

Apenas quando desligam o ar-condicionado Khalid se vê sentado na cama. Cobertas azuis nos ombros, toalha branca na cabeça, assistindo à debandada dos djins.

— Vão embora, levem tudo com vocês — diz Khalid. Fica apenas com as paredes cinza e mais o ruído de alguém sendo arrastado diante da porta, algemas arranhando o chão. O barulho ininterrupto de um homem gritando, que já dura horas, começa a fazer Khalid achar que deve aderir.

Há algo estranhamente consolador na idéia de gritar como louco. Em todo caso, é melhor do que ouvir os gritos. Isso irrita Khalid. A sua mente se transforma em uma câmera de vídeo tremido que grava a dor, a fome e o desespero do homem que grita. Khalid pode vê-lo caminhar na cela, bater a cabeça na parede, morder o braço, esperando que aconteça algo para quebrar a monotonia de imaginar por que tudo deu errado. Imaginar como alguém pode dedicar seu tempo a tornar os outros infelizes. Chutando cabeças para fazê-los dizerem coisas erradas. Sorrindo na hora errada. Sendo diferentes... desiguais... não como eles... demônios... muçulmanos... rebeldes... combatentes inimigos... extremistas... terroristas... seja lá o que for. É tudo uma enorme farsa. Depois voltam para casa e jantam frango assistindo à televisão.

— Comporte-se ou nós o penduraremos à parede pelos punhos. Cuidado, cara, ou derramaremos água no seu rosto até você se afogar. Não se engane, nós somos os bons sujeitos. Não batemos nos nossos filhos, mas ficamos felizes em chutar vocês. O próximo, por favor.

Mais besteira. Como se pode lutar pela paz? Paz não pressupõe guerra. Khalid balança a cabeça, com raiva. Por que eles não entendem isso?

— A guerra não funciona, seus imbecis! — grita Khalid. Grita com força, com muita força, até a garganta arranhar e falhar. A palavra "eles" volta num lampejo de inspiração. A palavra "vocês" atinge sua coluna como o soco de um assaltante, fazendo-o estremecer, totalmente descontrolado. Então Khalid percebe que não existe "eles", não existe "vocês". Bin Laden e a Al-Qaeda são igualmente maus. É só ver a matança que realizaram e o ódio que espalharam, porque afinal só existe o "nós", apenas o "nós". E pára de gritar. Pára de esmurrar a porta e cai na cama analisando os poderes dos djins.

As cobertas azuis estão amontoadas no chão. A toalha branca sobre a cama. Mas as paredes cinza estão no lugar certo diante dos seus olhos.

Agora, a qualquer minuto, será hora de jantar. Khalid sempre sabe quando é hora de jantar. Reconhece os movimentos que antecedem o ruído das rodas do carrinho arranhando o chão de cimento para começar a distribuição das bandejas.

Primeiro os guardas caminham de um lado ao outro duas vezes em dois minutos, e não uma vez a cada três minutos. Sessenta segundos... mais do que um simples número... Khalid já os contou bilhões de vezes. O som das batidas começa e fica mais próximo quando as portinholas das celas abrem e fecham, e dessa vez Khalid está pronto. Faminto, espera que tragam milho verde e pedaços de frango em molho de tomate quase frio, a única refeição que ele consegue comer sem ter ânsia de vômito. E as bananas são sempre boas. Até as de casca preta são muito mais saborosas do que toda a comida da bandeja.

Khalid começa a salivar quando a portinhola de metal da cela vizinha se fecha. Braços prontos para agarrar a bandeja. Um cheiro de sardinhas podres o atinge, mas, que bom!, por cima vem um ramo de salsa. Porém, hoje não há banana. Mastigando a salsa, ele prepara o paladar com aquele gosto penetrante para receber os pedaços de peixe esverdeado, nadando numa substância amarela e grudenta. Engolindo-os de qualquer maneira e poupando as ervilhas murchas para depois, empurra para o lado as quatro batatas enlatadas.

Pelo menos o homem parou de gritar por enquanto. Tudo o que ouve é o som de muitas colheres descartáveis catando as últimas ervilhas nas bandejas ecoar pelo corredor.

E assim termina mais um dia, até que os prisioneiros voluntários venham esvaziar os baldes sanitários das celas. Um deles, Shafi, às vezes sussurra para Khalid frases do Alcorão. Ontem ele disse: "Alegam que Ele tem parentesco com os djins, no entanto os djins sabem que serão levados perante Ele."

Khalid gosta das visitas de Shafi. Os olhos grandes e furiosos o deixam um pouco parecido com o 50 Cent, mas ele não faz rap. Khalid gostaria que ele fizesse, mas a cabeça de Shafi está distante. O seu negócio é citar o Alcorão.

Chega a hora de esvaziarem os baldes sanitários novamente e a porta é destrancada. Dois homens apontam armas para Khalid, caso ele tenha um ataque de loucura, como o preso da semana passada que socava o estômago com o cabo de um esfregão, segurando-o num aperto desvairado, chorando e berrando até os soldados o levarem. Shafi disse que continuou indiferente executando sua tarefa sem o esfregão, limpando o piso manualmente com a toalha branca do preso.

— Dois homens eles matar — Shafi passa os dedos na garganta, como uma faca.

Khalid sacode a cabeça e fala ofegante:

— Eles se mataram?

— Sim. Também cinco outros estar em greve de fome. Quase mortos. Não faça isso — diz Shafi.

— Não, não farei. — Khalid sente pena de Shafi, porque não é muito bom da cabeça. Aqui, não. Um bom lembrete de que neste lugar é preciso manter os pés no chão ou os djins assumem o controle.

Shafi olha para o balde. Olha para Khalid. Revira os olhos um pouco. Depois murmura:

— Só Deus tem o poder dos sinais!

— Que sinais? — indaga Khalid, observando Shafi enfiar o pano imundo na água suja.

— Sinais. — Shafi sai às pressas com o pano pingando e o balde cheio, e Khalid fica pensando em sinais, perguntando-se se o arco-íris é um sinal, porque gostava muito deles, sempre que apareciam em Rochdale, o que não era comum.

As expressões dos soldados vigilantes são de um tédio completo até Shafi voltar com um balde de água limpa e sabão, quando lhe dirigem um aceno com a cabeça e conversam em voz baixa.

— Daqui a oito dias eu devo voltar para casa — diz o primeiro soldado, procurando um assunto para conversar.

— Para mim faltam 12, sem contar o dia de hoje — responde o outro.

Um abominável cheiro de desinfetante vem do canto da cela. Shafi procura espalhá-lo. A abertura em forma de feijão se fecha, deixando Khalid sozinho novamente, sempre à mercê desses pequenos interlúdios que lhe propiciam alguns minutos de companhia, diversão e alimento para as idéias.

E às vezes os seus pensamentos se acalmam. Acalmam-se com coisas comuns.

Dessa vez é o arco-íris que aparece em sua mente, e, junto com ele, suas cores, na ordem do espectro em que aprendeu nos primeiros anos de escola: vermelho, laranja, amarelo, verde, azul, anil, violeta. O arco-íris é sinal do poder do bem, conclui Khalid. Enfastiado demais para tentar descobrir o bem no que restou do seu cérebro, ele batalha muito para que outra idéia aflore. Mas nada o envolve tanto quanto a lembrança do último arco-íris que viu sobre os carvalhos do parque.

Ele tinha acabado de notar aquele semicírculo perfeito de cores radiantes sobre os galhos mais altos da árvore e quando deu meia-volta viu Niamh ali, na ponta dos pés sobre o banco, com o cabelo amarrado no alto da cabeça. Ela sorriu para ele. Sorriu mesmo? Agora ela sorri. O maior sorriso do mundo. O rosto perfeito e a boca bem-feita fazem-no se sentir sortudo pelo resto da semana. Sortudo até que o cheiro do desinfetante se evapora e é substituído pelo de urina.

De repente o rosto de Niamh se desvanece diante da fatal constatação de que ela não está ali. Enrolando-se na cama como um bebê, Khalid pega as mantas azuis e se cobre. Puxa a toalha branca sobre o rosto, para não ser incomodado pelos djins.

CAPÍTULO 20

Exercício

Depois de seis dias gritando e berrando para si mesmo, escutando os silêncios e as pausas entre eles, as coisas melhoram um pouco quando Will, o encarregado da biblioteca, chega com uma caixa de papelão cheia de livros velhos, versões condensadas da *Reader's Digest*.

— Quer uns livros, cara?

— Livros? — A princípio Khalid não consegue vê-los. Onde estão?

— É, livros — Will acha graça. — Você quer?

Khalid balança a cabeça, custando a crer que os livros serão realmente entregues a ele através da portinhola.

— Quero. — Enquanto pronuncia cautelosamente esta palavra, três pequenos volumes caem no chão da cela. Os passos suaves de Will se afastam. Khalid ouve-o dizer a mesma frase para cada prisioneiro, à medida que passa de cela em cela.

Então, folheando um livro amarelado, Khalid leva-o até o nariz para cheirar as páginas empoeiradas e desliza os dedos pelas capas macias. Usa os livros como brinquedos, empilhando-os em perfeita ordem sobre o travesseiro, e depois os coloca no chão para apreciar o tamborete assim formado. Tenta até mesmo caminhar de um lado para o outro equilibrando um livro na cabeça.

Nos dias seguintes, Khalid lê e relê as três histórias condensadas em cada livro até os personagens se tornarem seus amigos.

— Apareça, Dam Busters, eu sei que você está aí. Quer o resto deste pãozinho, Atticus Finch? Bem, você não pode.

Todos, prisioneiros e guardas, suspiram de alívio ao notar uma relativa normalidade na cela de Khalid, que por sua vez ganha novo fôlego a cada palavra lida, como se elas dessem a sua mente e seu coração cansados um novo sopro de vida. Pouco a pouco o ruído lá de fora diminui, substituído pelos personagens das histórias. Khalid pode então saborear as palavras e refletir sobre os trechos que leu durante horas a fio. Assim, um pouco do vazio se vai e os livros acabam se tornando sua família.

Até que...

— Hora de sair! — grita o guarda, quando Khalid acaba de abrir pela quarta vez *O sol é para todos*. Era um dos livros obrigatórios para suas provas de inglês do colégio, mas a turma ainda não o havia lido antes da sua viagem.

— Agora não — diz Khalid, mas a porta desliza para o lado e um punhado de algemas tilintando chama a sua atenção. Forçado a largar o livro no chão, Khalid anseia desesperadamente pelo sentimento especial de paz que a leitura lhe proporciona, mas os guardas prendem seus pulsos e tornozelos e parecem ter prazer em levá-lo para fora no instante exato em que a chuva começa a cair. Conduzem-no através de incontáveis poças d'água no caminho em direção ao prédio vizinho ao Campo Delta, e tudo o que Khalid pode ver é rosto de Boo Radley refletido na água.

As frias rajadas de chuva parecem contribuir para aumentar os rasgões dos chinelos de Khalid. Tropeçando e escorregando, ele passa pela bandeira dos Estados Unidos toda molhada e pendendo frouxa do mastro, e é transportado para outra época, nos anos 1930, e para outro lugar, uma pequena cidade no Alabama, onde Scout, a menininha de 6 anos, seu irmão Jem e a história esperam por ele no chão da cela.

Onde ficam os chuveiros? Khalid não tem certeza. Tudo parece diferente na chuva. De início não há sombras e um suave frescor toma conta do ar quando, como mágica, a chuva pára. Do chão sobe um cheiro de terra úmida, e Khalid, ao chegar à fileira de chuveiros com aquele fraco gotejar de desinfetante aguado, já está ensopado até os ossos e ciente de que aquilo será um tormento.

Khalid olha em volta, tentando ver se algum dos homens é tão jovem quanto ele. Nenhum parece ter menos de 20 anos.

A menos que aquele homem do outro lado, de costas para ele, seja mais jovem do que parece. Será? Khalid tenta não o encarar. Já é desconfortável o bastante estar simplesmente perto. Concentra-se em lavar os pés, mas o cheiro do sabão irrita seu nariz e ele começa a espirrar.

— 256, acabou o tempo! — grita alguém. Mas Khalid só havia se lavado pela metade. Por que o estão mandando se vestir, se ainda está coberto de espuma? O próximo da fila se adianta para tomar o lugar de Khalid no chuveiro. Diferentemente dos outros presos, que tomam banho sob a mira de apenas uma arma, esse homem tem duas delas apontadas para sua cabeça.

Khalid olha-o rápido: um homem alto, de olhar decidido e tranqüilo. Nada que o distinga na multidão, exceto a mão esquerda deformada, com dedos atrofiados, do tamanho dos de uma criança. Mesmo despido, ele mantém uma postura orgulhosa, levando Khalid a concluir que seja alguém importante. O tipo de sujeito que fica firme em qualquer situação, não importa o que aconteça. O seu porte, como o de um rei, tem uma dignidade natural, enquanto Khalid reconhece que atualmente o seu próprio está mais para o de um mendigo. Perdido. Patético. Servil.

Sentindo-se pior, Khalid dá as costas, envergonhado. Irritado consigo mesmo por ter encarado o preso, ainda que apenas tentasse descobrir por que havia duas armas apontadas para ele. Talvez fosse um desses homens-bomba ou um terrorista de verdade. Ou o líder de algum grupo maluco. Seja lá quem for, ele se destaca da multidão.

Sem aviso nem explicação, em vez de levarem Khalid de volta à cela, conduzem-no, ainda coberto de sabão, até uma nova área de recreação que não passa de uma grande jaula descoberta no meio de um terreno cimentado. Um espaço cercado de arame farpado e por uma grade, exposto às nuvens carregadas que anunciam a chuva. Retiram suas correntes e trancam a porta da jaula.

Khalid olha para o pátio, reluzente de água da chuva, medindo uns vinte passos. Ele nunca havia estado ali, embora já esteja no campo há... quanto tempo? Trouxeram-no no outono de 2002, disso ele sabe. Tinha então 15 anos. A festividade do Eid* chegou e passou sem qualquer comemoração, e Tony Blair se uniu a Bush e foram fazer guerra no Iraque. Quando foi isso? Há séculos. Ele fez 16 anos em algum momento, 11 de março, embora não saiba exatamente quando, pois ninguém lhe disse que era seu aniversário. E agora, com o fim do Ramadã, já é quase dezembro, portanto já está em Guantánamo há quase um ano. Nesse ritmo, ficará velho e morrerá antes de sair. Antes de poder correr, pular, gritar e fazer tudo o que costumava, sem que ninguém o proibisse.

Esse pensamento destrói seu coração.

Anda até o limite da cerca, fazendo reconhecimento do novo local. De repente o sol aparece por trás de uma reluzente teia de aranha emaranhada no arame, as nuvens cinzentas se afastam e o céu se abre numa ampla tela azul-clara. Neste momento o espaço aberto transporta Khalid para fora do pátio e o leva a uma fonte de um azul profundo, mais azul do que qualquer coisa que já tenha visto. Uma imagem tão perfeita que ele quase pode tocar.

Khalid sente um cheiro de grama úmida e se imagina andando por ali durante horas a fio, olhando para o céu claro; e o seu coração bate mais calmamente, diante da profunda e inesperada paz trazida pelo ar puro.

Dois minutos depois, o som de passos abafados interrompe o transe. Khalid arregala os olhos e vê os guardas conduzirem dois homens pelo portão. Ambos parecem tão surpresos quanto Khalid por estar ali. Suas correntes são retiradas e, sorrindo de orelha a orelha, os dois olham ao redor, como se o pátio fosse um estádio de futebol ou algo do gênero.

Por um momento Khalid se irrita. Por que eles tinham que vir? Ele estava gostando de ter aquele lugar só para si.

Os guardas os trancam e se afastam para um lado, deixando os três se olhando, imaginando se têm ou não permissão para falar. Mas logo decidem ignorar as regras, desconcertados com a súbita liberdade de poder fazer o que querem.

* Eid é a celebração muçulmana que marca o final do jejum do Ramadã, período em que os fiéis não podem comer, fumar, ter relações sexuais desde o amanhecer até o anoitecer. O Eid é comemorado no primeiro dia do décimo mês do calendário islâmico (Shawwal). (N. da T.)

— *As-salaamu alaikum* — o negro é o primeiro a falar.

— *Wa alaikum as-salaam* — Khalid e o homem baixinho se apressam em responder.

Por sorte, o primeiro também fala inglês.

— Meu nome é Ali Abaza. Sou de Gana, mas morei a maior parte da vida na Arábia Saudita.

— Sou inglês — Khalid responde. — Tenho 16 anos.

Ali abre um sorriso, exibindo uma fileira de dentes perfeitamente brancos.

— Só 16?

— É, e o meu nome é Khalid Ahmed.

— Balendra Varshab — intromete-se o mais baixo. — Bengala, Bengala.

Incapaz de entender uma palavra de inglês, ele sacode a cabeça, repetindo insistentemente o seu nome e o seu país, até que Khalid afinal se distancia. Então Balendra dá alguns passos em direção à cerca e se deita de costas. Com os braços atrás da cabeça, começa a fazer abdominais. O som dos seus arquejos e da respiração ofegante torna-se um acréscimo indesejado à conversa de Ali com Khalid, que então se afastam caminhando ao longo da cerca.

Olhando para o chão e falando sem parar, Ali rapidamente explica que tem 27 anos e trabalhava como advogado quando foi detido para interrogatório. Como fala quatro ou cinco idiomas e já viajou tanto pelo Ocidente quanto pelo Oriente Médio, despertou suspeitas após o 11 de Setembro. Muçulmano devoto, foi acusado de auxiliar fundamentalistas islâmicos na fabricação de bombas radioativas, homens cujos nomes seus captores se recusavam a informar.

— Como posso me defender, se não sei de que estou sendo acusado? Fofocas, boatos e mentiras foram o que me trouxe para cá. Se eu lhe contasse o que fizeram comigo em Bagram, você iria chorar. — Ali sacode a cabeça com o mesmo inconformismo que Khalid vira em Masud, o vendedor de colares.

Khalid observa o homem engolir a raiva, alisando com as mãos a cabeça raspada, para frente e para trás, como se estivesse doendo.

— Há outros garotos aqui? — Khalid indaga, afinal.

Ali pensa por um instante.

— Havia um garoto no mesmo avião em que eu estava, vindo de Bagram. Ele não tinha mais de 12 anos. Um outro eu vi ser levado para interrogatório na Arábia Saudita. Também era mais novo que você. A sua boca sangrava. Ele tapava os olhos com as mãos, pois o rosto estava coberto de hematomas. Tudo o que fez para merecer aquilo foi fingir que ia vomitar quando tocaram o hino nacional dos Estados Unidos, certa manhã. Um guarda me contou isso em particular. E me disse também que, no final das contas, o garoto estava realmente passando mal. — Ali suspira. — Eu dei duro nos estudos para ter uma vida melhor. Pretendia me casar. Agora a minha vida mudou para sempre.

Khalid tem vontade de dizer que ele não é o único. Em vez disso, pergunta:

— Então onde estão os terroristas do 11 de Setembro? Alguém aqui tem que ser terrorista. Onde estão eles?

— Bem que eu gostaria de saber a resposta para essa pergunta. Deixe eu lhe dizer uma coisa, Khalid: eu estava pesquisando um assunto importante, que eu sei que acabou me incriminando de algum modo. Estava lendo sobre as muitas prisões secretas no mundo. Guantánamo é a mais famosa, mas existem várias outras. Estão em toda parte. Fazem uso da tortura para obter informações, como muitos fizeram ao longo da História. E eu lhe garanto, como advogado, que a questão dos direitos humanos é a que mais toca o meu coração.

No canto da quadra, Balendra se senta de repente. Com a testa pingando, dá tapinhas na cabeça e depois no peito para se acalmar, regozijando-se, num breve murmúrio, de ter se exercitado tanto. O aroma de sabonete que emana de seu suor atinge os outros dois. Ali está parado junto a Khalid, o olhar perdido ao longe para além da cerca. Para além dos soldados que os vigiam do alto de uma parede branca; para além do concreto e dos rolos de arame farpado, do céu de Cuba e do mar, até o seu espaçoso escritório no segundo andar de um pequeno prédio na Arábia Saudita.

— Meu escritório está abarrotado de livros de todos os tipos. Livros sobre o Templo do Rei Salomão, o Império Romano, a corte islâmica de Córdoba, a Torá, deuses gregos, poesia, arquitetura, arte — diz Ali.

Khalid imagina essa vasta sala, com livros empilhados sobre a mesa, sobre a cadeira, no chão, por todo lado. O sol se inclina sobre a sombra silenciosa de Khalid, enquanto Ali viaja mentalmente.

— Quem ensinou cavalheirismo e fraternidade ao mundo foi o Islã. — Faz uma pausa, para ter certeza de que Khalid ouviu essa grande verdade. Quando Khalid assente com a cabeça, Ali continua a falar. — Uma grande tradição de ensinamentos foi disseminada pelo Islã na Europa, durante a Idade das Trevas. Uma tradição que não apenas tolerava todas as demais religiões, mas que permitia também que florescessem. As principais religiões conviviam bem sob a generosidade islâmica. E lembre-se: nessa época os judeus estavam sendo perseguidos e mortos pela Europa cristã.

Empolgado com o conhecimento de Ali, o coração de Khalid acelera de medo. Teme que sejam interrompidos a qualquer momento por Balendra ou pelos guardas. Um deles estica os ombros, lança um breve olhar para Ali, que se encontra imerso em pensamentos.

— Naquela época, a corte islâmica em Córdoba, na Espanha, era apinhada de poetas, artistas, filósofos, matemáticos, enquanto o resto da Europa, incluindo a aristocracia, mal sabia ler. Estavam ocupados demais perseguindo não-cristãos — diz Ali.

— Córdoba, eu ouvi falar — Khalid diz rápido, para mostrar a Ali que não é tão estúpido nem tão louco quanto parece.

— O Islã não é uma cultura medieval, como querem fazer crer no Ocidente. Evidências da sua sofisticação podem ser encontradas em todas as bibliotecas do mundo. E a base dessa bem documentada sofisticação é a tolerância do Islã para com outras religiões e culturas.

— Sim, mas e a guerra contra Israel? Os apedrejamentos, as decapitações e coisas assim? — pergunta Khalid. — E a maneira de tratarem as mulheres, obrigadas a usar o *hijab*?

— Nada disso tem a ver com a rica cultura islâmica que ainda existe — Ali franze a testa.

— Sim, mas por que essas coisas acontecem? — Khalid precisa insistir nesses pontos, pois às vezes tem dificuldade em compreendê-los.

— Deixe-me lhe dizer que durante séculos muçulmanos e judeus viveram em paz. O Império Otomano foi retalhado após a Primeira Guerra Mundial, quando foi dividido entre diferentes países. Os imperialistas traçaram linhas em mapas, sem considerar os povos que viviam ali há milhares de anos. Novos países foram criados, como o Iraque. De repente, curdos, sunitas e xiitas muçulmanos foram forçados a viver juntos, quando antes ocupavam cidades diferentes e tinham seus próprios sistemas de governo. Dividir para dominar, você já ouviu essa expressão?

— Sim, sim, o meu professor de história nos ensinou isso! Divida os povos, eles lutarão uns contra os outros, e assim você conseguirá dominá-los quando o país estiver um caos. Foi o que aconteceu com o Império Britânico, não foi? — diz Khalid, satisfeito por poder agir como se seu cérebro ainda funcionasse, diante de alguém tão sábio quanto Ali.

— Foi, e com muitos outros impérios. Durante oitenta anos os políticos separaram os muçulmanos dos seus vizinhos e irmãos judeus. E agora, dos seus irmãos cristãos. Unificação e paz são as únicas causas pelas quais vale a pena lutar. Qualquer ato que se cometa com raiva, ódio, agressividade ou rudeza no coração, que fira outro ser humano, independentemente da religião, é um ato de intolerância e, portanto, não pode ser cogitado. Por motivo nenhum.

— Mas os apedrejamentos e atos semelhantes são praticados por muçulmanos. Será que eles não sentem raiva nem rudeza quando agem assim? — diz Khalid.

— Essa conduta foi aprendida ao longo da História. Política e cultura não podem ser confundidas com religião. A questão não é religiosa. Não nos esqueçamos, Khalid, de que neste momento, enquanto conversamos, homens e mulheres são condenados à morte nos Estados Unidos. São mortos dia após dia, ano após ano, sem trégua. Essas mortes decorrem das leis deles, no país deles. Deve-se culpar o cristianismo por isso, ou os que fazem as leis? Será que devemos culpar o povo? Ou aqueles que são pagos para executar? Muitos defendem essas execuções. Por que pensam assim?

— Muito bem, a questão é política, concordo. Mas não concordo com a pena de morte para crime algum. — E a mente de Khalid gira com tanta informação.

— As universidades de Oxford e Cambridge no seu país, a Inglaterra, foram moldadas a partir dos templos de sabedoria muçulmana da Espanha. O preconceito nos desgastou, mas haveremos de nos reerguer como a religião nobre e amante da paz que existiu ao longo dos tempos. Não somos demônios.

— Mas e os bombardeios e tudo o mais? — Khalid imagina como Ali se sairá dessa.

— Qualquer pessoa que cometa um ato de terrorismo viola as leis do Islã — diz Ali.

Khalid está confuso, sem saber como argumentar, quando Balendra surge ao lado deles, sorridente. Respirando vigorosamente, com as mãos nos quadris para endireitar a coluna.

Ali vira-se para ele, retribuindo o sorriso amável, com os dentes brancos brilhando como pérolas.

Um som familiar de botas rangendo força-os a olhar para a cerca, da qual dois soldados se aproximam. Chaves a postos.

Lá estão eles, iguais a todos os outros. Soldados de estatura e compleição medianas, cabelos castanhos, ligeiramente musculosos. Os coldres de couro das armas fazem ruído ao roçar seus ombros quando andam. Um excesso de loção pós-barba disfarça o odor de suor.

— Aprenda com o Alcorão, Khalid: "Deus não é tão fraco que necessite de protetor." — Ali é levado embora, e a sua sombra perfeita o acompanha.

Khalid dirige a atenção para a própria sombra. Endireita-se para alterá-la, olha para cima e vê as nuvens se aproximando novamente. Um abutre sobrevoa o local enquanto Khalid reflete sobre tudo que Ali lhe ensinou, percebendo que não sabe nada sobre nada. Agora que as luzes foram lançadas sobre a história do Islã e que Khalid entendeu o quanto o assunto era mal interpretado, até mesmo por ele, várias questões brotam em seu cérebro.

Temas polêmicos que ele faz questão de desbravar, analisando e defendendo os diferentes pontos de vista. Agora poderá argumentar com os amigos.

Os amigos ou quem quer que o escute.

A mente de Khalid está cheia de personagens imaginários que concordam com a pena de morte. Ele discute consigo mesmo até ficar exausto. Ao mesmo tempo, se pergunta onde estava com a cabeça nesses anos todos, enquanto jogava futebol no parque, brincava no computador ou pensava em Niamh. Ele ignorou as coisas importantes da vida e lamenta não ter prestado atenção ao que o pai tentou lhe ensinar.

Khalid está preso a uma montanha-russa de emoções fortes, que o lançam de uma parede à outra. Da sanidade à loucura, sem transição. A conversa com Ali acrescentou novas complicações ao turbilhão de pensamentos. Só os livros que tem lido conseguem arrancá-lo de si mesmo e devolvê-lo a um mundo mais concreto, mais confiável. Com começo, meio e fim. Um mundo onde os problemas pertencem a outras pessoas, e onde tudo que lhes acontece é mais interessante e mais fácil de compreender do que o que vem acontecendo com ele.

CAPÍTULO 21

Cabelo

Hoje de manhã, ainda deitado, Khalid coça os tufos de cabelo escuro que cobrem sua cabeça. Cansado. Muito cansado. Cansado de pensar em Ali e naquela mente sábia, enquanto a sua própria cabeça está confusa, coberta de sujeira. E com medo. Medo de que a qualquer momento resolvam raspá-la novamente.

— Eu não tenho piolho! — Khalid grita. Não há resposta. Apenas o som ritmado de passos se afastando. Será que eles acham que, se não rasparem os cabelos dos presos, algum monstro horrível crescerá em suas cabeças? Ou talvez as cabeças raspadas tornem mais fácil o reconhecimento entre quem é detento e quem é soldado, como se os uniformes laranja não bastassem. Ou, mais provavelmente, fazem isso para os presos se sentirem menos homens e mais ratos de laboratório.

Will, o sujeito da biblioteca, veio ontem com mais duas edições amareladas dos romances da *Reader's Digest* e com um número da *National Geographic*. Mas isso não é suficiente. Pela manhã, Khalid já tinha lido os dois livros e a revista, de ponta a ponta. Leu duas vezes o artigo sobre elefantes do Sri Lanka e ainda arranjou tempo para dar uma olhada no Alcorão.

O que fazer no resto da semana, até Will voltar?

— Por favor, pode me arranjar mais livros? — pediu à guarda que lhe trouxe o café-da-manhã.

— Você já recebeu a sua cota, meu caro — ela responde.

— Sim, mas eu já li. Será que você pode dar os meus para alguém que já tenha lido os seus? Trocá-los?

— Ah, aposto que você já leu tudo mesmo, amiguinho — tripudia a guarda. — Que mais você tem para fazer? Nada! Ora, relaxe, cara! Vou ver o que posso fazer.

— Obrigado, muito obrigado — Khalid lhe dirige o olhar mais humilde, bajulador e carente, e ela diz:

— Ah, vocês, presos, são todos uns cínicos!

Valeu a pena tentar.

Hoje ele tem duas coisas para esperar. A raspagem da cabeça, que acredita já estar mais de uma semana atrasada e, com sorte, alguns livros novos para ler. Conclui que seria ótimo se a raspagem acontecesse primeiro, porque depois se dedicaria à espera dos livros.

Sim, na certa o barbeiro afrouxará a gola de Khalid, deixando alguns fiapos de cabelo cair nas suas costas para irritá-lo, como sempre. Khalid aposta que será escalpelado por ele novamente. Por outro lado, caso os livros cheguem primeiro, ele ficará triste, sabendo que não poderá desfrutá-los enquanto o barbeiro não retalhar seu cabelo. Talvez até descubra que já os leu antes, o que será ainda pior. Pois assim saberá não ter mais nada para esperar.

É tudo muito complicado.

Khalid repassa tão intensamente a ordem dos possíveis acontecimentos do dia que o seu coração dispara enquanto o pescoço começa a coçar por causa de fios de cabelo imaginários. A esperança se desvanece numa solução simples quando chega o café-da-manhã sem barbeiro nem livros. Nem ao menos uma ida ao chuveiro, da qual ele precisava muito.

Entre evitar as terríveis imagens no fundo da mente e aguardar o barbeiro e livros, seu coração bate depressa, retumbando de preocupação e ansiedade. Cada vez mais agitado, sente o suor escorrer pelo corpo, tornando a espera ainda pior. O ar-condicionado tinha quebrado na hora mais quente do dia, e, por ter o tipo de temporizador que só Einstein entenderia, não há a menor chance de voltar a funcionar tão cedo.

O almoço veio e se foi até que passos pararam do lado de fora da porta e alguém gritou:

— 256, o barbeiro! — Ao som daquela voz forte, arrepios sobem pelo pescoço de Khalid. Ele sabia! Sabia que hoje era dia de barbeiro! Desde que os livros não cheguem enquanto ele estiver na barbearia, tudo bem.

Khalid se levanta num salto, braços ao longo do corpo, aguardando o estalido da fechadura e a abertura ruidosa da porta. Ergue as mãos para que as algemas sejam colocadas, apressando mentalmente o guarda e desejando que a raspagem do cabelo acabe logo e ele possa voltar para receber os livros, na esperança de que cheguem mais tarde. Estava certo quanto ao cabelo, não estava?

No instante em que o guarda conduz Khalid pelo corredor, o garoto repara que o linóleo foi lavado. Normalmente há pequenos grãos de poeira nas ranhuras entre os desenhos em formato de bolhas, mas hoje não. Ele então se dá conta de que a última vez que o levaram para tomar banho foi antes do almoço, e que talvez só varram o corredor mais tarde. Khalid tenta se lembrar do som de alguém varrendo depois do almoço.

Será que varreram o chão sem ele perceber?

Promete a si mesmo escutar mais atentamente amanhã para ver se a rotina da limpeza mudou do início da noite para o início da tarde.

Khalid sabe que é patético acompanhar essas mudanças, porém é algo de concreto a que se apegar, algo para se parabenizar quando descobre a nova rotina. Às vezes se acha capaz de ler a mente dos guardas.

Aquele ali, por exemplo. Vejamos. É mais baixo do que Khalid e o pescoço largo e carnudo lateja, com uma veia grossa pulsando enquanto ele anda. Olhos sem brilho, fitando ao longe. Khalid imagina que ele esteja cogitando se deve pedir uma segunda porção de fritas com o bife no jantar. Ocorre a Khalid que esse soldado parece mais imbecil do que a maioria.

Khalid é atingido pela luz do sol e uma vez mais o delicioso céu azul o recebe, mas sem sinal de chuva nas nuvens finas. Rapidamente ele percebe a plenitude da luz brilhante sobre a terra pálida e uma bela e reluzente teia de aranha pendurada no espelho de um caminhão.

Luz reflete luz, e ele é puxado para baixo de novo pelo peso da corrente em torno da cintura, à qual a cabeça também está atada. Ele constata que é mais fácil, embora menos divertido, seguir as centelhas de luz do sol refletidas nas botas pretas do guarda. Ao longe, um martelar anuncia que está sendo erguido outro cercado.

Um grupo de soldados deposita caixas de papelão diante da porta de um galpão. Mais soldados patrulham a cerca com botas ruidosas, enquanto Khalid é levado e passa ao lado de um caminhão aberto cheirando a banana.

Mais caminhões, mais construções simples a distância. Mais cercas indevassáveis. Mais pedras. Silenciosamente, a luz do sol atrai o olhar de Khalid para um lagarto na parede do prédio. O corpo pálido combina perfeitamente com o concreto manchado e irregular ao qual está grudado, e essa visão faz Khalid sorrir.

Vários homens estão curvados em fila, guardas de ambos os lados. Khalid troca um rápido olhar de reconhecimento com um preso que vem chegando logo atrás. É Ali Abaza, da quadra de recreação. Khalid se volta, girando o pescoço para ver melhor. Estufa e relaxa o peito para fazer com que o movimento abrupto pareça mais natural ao guarda do lado.

Ali levanta a cabeça e acena brevemente. Uma onda de pensamentos e sentimentos não expressos passa entre eles. A breve mensagem do olhar de Ali revela a Khalid que as coisas estão piores do que antes e ele gostaria de explicar o que está acontecendo. Khalid concorda polidamente, da melhor forma possível.

Justo nesse momento o guarda empurra Khalid para a frente, bloqueando a visão entre ele e Ali. O zumbido do barbeador elétrico interrompe seus pensamentos, com a ameaça iminente de que será o próximo. A conversa sem palavras é tristemente cortada.

O barulho das navalhas e uma suave brisa distraem Khalid da sombra dos homens enfileirados a seu lado. As formas se misturam às armas e às botas dos soldados, e não há um sopro de energia naqueles homens nem em suas sombras. Todos estão tão mortos quanto a própria morte.

O estranho ruído de uma respiração forte e os jatos de cabelo queimado confundem Khalid enquanto ele é empurrado para a banqueta. Logo vislumbra o rosto do barbeiro, radiante de contentamento enquanto raspa sua cabeça com mãos rosadas. Ao lado de Khalid está uma pequena mesa de madeira, com um balde d'água para enxaguar as lâminas, uma caixinha prateada com pilhas sobressalentes e um barbeador elétrico de três lâminas. Uma caixinha que Khalid não havia notado antes.

A navalha começa a dançar e girar, pronta para cortar seu cabelo em centenas de pedaços, e a lâmina ameaça rasgar suas orelhas e arrancar seus olhos se ele mover um músculo. Impedindo que Khalid troque olhares com outra pessoa, o barbeiro o empurra de leve, enfiando o cotovelo nas costas dele. Porém, quando a cabeça de Khalid é forçada para baixo e virada de lado para que o barbeiro apare os cabelos do seu pescoço, ele se vê refletido na superfície reluzente da caixa de metal. Tem a visão de um rosto magro e desconhecido, coberto por uma barba irregular, os olhos negros arregalados como os de um louco.

Quanto mais olha, mais chocado fica com a enormidade do seu queixo. Ele sempre teve aquela aparência? Com um gesto ágil, sua cabeça é mudada de posição e o reflexo desaparece. A lâmina faiscante passa rente à sua testa.

O barbeiro se diverte escanhoando as têmporas de Khalid, beliscando suas orelhas para tirá-las do caminho, raspando o couro cabeludo como se tentasse removê-lo. Muito consciente de seu poder, o barbeiro dá uma risadinha, roçando uma sobrancelha de Khalid e fazendo-o recuar, e logo em seguida agarra-o pelo queixo e empurra sua testa com punhos firmes. Khalid nada pode fazer além de se retesar, cerrando os dentes.

Uma gota de sangue escorre pelo seu rosto até os lábios.

O barbeiro mais uma vez vira bruscamente sua cabeça, para acertar a base do cabelo, deixando fiapos caírem pelas costas provocando coceira. Raspa sua pele com força até surgirem inchaços avermelhados em toda parte da cabeça e do pescoço, feridos e ressecados.

Até onde Khalid consegue se lembrar, uma visita a Robbie, seu barbeiro em Rochdale, era prazerosa, rápida e banal. Após perguntar o que ele deseja, o barbeiro executa o corte com um sorriso e poucos movimentos rápidos e suaves. Talvez diga algo gentil sobre seu cabelo grosso e a nova loção pós-barba que está usando, enquanto espana gentilmente os restos soltos do pescoço de Khalid antes de sacudir a máquina de cortar para atender o próximo cliente.

Este barbeiro joga a navalha na caixinha de metal e a troca por um barbeador elétrico preto. Não usa cremes, sabão nem pincel de barba. Nada para amenizar o ataque aos pêlos adolescentes do rosto de Khalid ao aplicar o barbeador com a mesma violência com que usou a navalha.

Khalid jamais fora barbeado por outra pessoa antes desse suplício na prisão. Em sua casa começara a fazer a barba algumas vezes por semana aos 14 anos, sempre tomando todo o cuidado para não se cortar. Considera esse barbeado mais um abuso. Três lâminas esfregadas no seu rosto, esfacelando seu queixo.

Enfim termina. Khalid volta à cela. Tremendo. Machucado. Acabrunhado. Os jatos frios do ar-condicionado transformam a cela numa geladeira. Enrolando-se em cobertores e numa toalha, ele se encolhe na cama, sentindo-se triste e vazio, tentando se manter aquecido, quando, na verdade, não dava importância.

Aquele era realmente o seu rosto? Khalid passa a mão no queixo. Não é tão grande assim, é? Queixos não mudam de formato, certo? Como o seu rosto ficou tão comprido e magricelo? Ele sabe que tinha uma aparência melhor. Ou talvez a aparência esquisita se devesse à caixa de metal, que não é um espelho de verdade, e por isso o reflexo estranho.

Lutando para acalmar os pensamentos, Khalid observa as marcas de sangue na toalha branca que pende dos seus ombros e explora gentilmente os relevos e sulcos do crânio, procurando o lugar secreto em que três fios espetados de cabelo escaparam à navalha. Com a ponta de um dedo cutuca esses restos de cabelo afiados como agulhas.

O jantar vem e vai. Nada de livros ainda.

— Aposto que você já leu tudo mesmo. Obrigado por nada — diz Khalid, lembrando-se das palavras da guarda da manhã. Ao ouvir passos leves se distanciarem no corredor, sabe que são dela. Esforçando-se ao máximo para não explodir de raiva nem perder o controle com a injustiça e a desordem da sua vida, apóia nas mãos a cabeça dolorida. Sem travesseiro, o pescoço dói. As costas doem.

O cheiro do colchão fino de espuma faz com que se lembre das bonecas da pequena Gul. Enfiando o nariz no colchão fétido e virando-se de frente para o teto, Khalid encontra forças para participar das orações antes de adormecer.

À noite, acorda várias vezes e olha ao redor com os olhos vermelhos como se tivesse visto um fantasma. Fecha-os devagar, depois de verificar cuidadosamente cada canto da pequena cela. Inclusive os chinelos. E o tempo todo uma corrente de vento gelado sopra em sua cabeça ensangüentada.

O que o seu pai diria da imagem que domina seu cérebro sem querer ir embora? Provavelmente, que ele está desperdiçando a vida e que os seus grandes sonhos se reduziram a um banco de parque e uma garota bonita. E tem razão. Niamh aparece muitas vezes. Como se ela fosse olhá-lo duas vezes quando saísse daqui! Como se alguma vez o tivesse olhado! Em todo caso, que importância isso tem? Ela provavelmente odeia muçulmanos. Parece que todos odeiam. Por que ela não odiaria?

Ainda há pouco, Niamh ocupava a mente de Khalid, porém ele não consegue lembrar por que ela fugiu, deixando-o arrasado ao vê-la se afastar. Os cabelos ondulados esvoaçando. Ah, sim, ele tentara... Não faz mal. Jamais tentaria na vida real. Nem daqui a um milhão de anos. De jeito nenhum falaria sobre isso com o pai. E se por um milagre o fizesse, o pai franziria o cenho.

— Se alguém disser aos jovens para não fazer algo, eles esquecerão o "não" e farão exatamente o que se disse para não ser feito — disse o pai certa vez para a mãe, diante de uma tolice de Aadab. Khalid sorri, lembrando-se da mãe correndo atrás de Aadab pela cozinha. Cadeiras arranhando o chão, Aadab gritando com toda a força e dando risadinhas, e a vasilha de tangerinas em cima da mesa perigando escorregar e se espatifar no chão. Foi há tanto tempo que Khalid mal consegue se lembrar da aparência das irmãs. Tampouco da cozinha.

Vira-se de lado, aproximando-se da parede, incapaz de continuar pensando em Niamh ou na família. Abandona-os, porque brincar com lembranças agradáveis só o deixa mais triste, frustrado e exausto. Em vez disso, força-se a escutar os últimos barulhos dos guardas checando se as portas do corredor estão bem trancadas. E, depois, o som do próprio coração.

Khalid sabe que os livros ajudam a manter as vozes afastadas. Fazem o espaço vazio desaparecer. O que fazer se não trouxerem logo outros exemplares?

E de fato tinha visto Ali. Na mente de Khalid não há dúvida de que era Ali no barbeiro. Porém, jamais saberá ao certo se realmente tinha visto Masud.

O ar-condicionado começa a zumbir e a soprar um vento ainda mais frio, congelando Khalid até os ossos. Transformando em gelo o colchonete ralo.

CAPÍTULO 22

Novidades

Khalid acorda, põe a mão na boca e ouve o som de alguém vomitando. A princípio pensa que vem de dentro da sua cabeça. Mas... novamente. Pergunta-se quem será o sujeito que está pondo os bofes para fora, se o carrinho do café ainda nem chegou. Tão depressa como começou, o som de vômitos pára e Khalid muda de posição na cama. Nos últimos três dias ele vem mantendo um registro do tempo, rabiscando a parede, pouco abaixo da cama. Ontem ouviu o guarda dizer:

— Bom feriado, Rusty. — Então Khalid fica sabendo que é tempo de recesso, mas qual? Páscoa? Férias? Ou o quê?

Pelo que percebe, ainda deve ser dezembro. As manhãs estão um pouco mais frescas do que há uma semana e, apesar de não haver inverno em Guantánamo, na última vez que foi tomar ducha, o céu azul e cheio de nuvens fez com que se lembrasse de um dia com céu exatamente igual. Quando teria sido? Era dezembro. Então, é provável que estejamos em janeiro. Quando foi comemorado o Eid? Quando todos gritavam uns para os outros pelas grades? Há muito tempo? Ou recentemente? Quando trouxeram este monte de livros? Há cinco dias ou ontem?

Khalid gostaria de ter iniciado as marcas na parede quando ainda sabia exatamente qual era a época do ano. Agora tudo o que pode fazer é um rabisco indicando que transcorreu mais um dia. Hoje está decidido a descobrir a data quando o café-da-manhã chegar. Precisa saber a data exata, ou ficará andando na cela de um lado para outro. O ruído de bandejas força-o a correr à porta, ensaiando a pergunta com o menor número de palavras possível.

— Que dia é hoje? Qual a data de hoje? — Isso basta; pratica em voz alta se preparando para o primeiro contato humano da manhã. Pacientemente, espera para chamar a atenção do guarda.

Uma coisa tão simples, saber a data é algo que ele julgava óbvio, pois tinha fácil acesso às informações. Podia descobrir isso num piscar de olhos. Agora, se tornou uma questão difícil para ele. Se o guarda decidir não responder, Khalid nada poderá fazer.

Num instante a bandeja branca é empurrada pela portinhola, mais depressa do que de costume.

— Que dia é hoje? — diz Khalid depressa, agarrando-a.

O guarda o ignora e segue adiante.

— Que dia é hoje? — berra Khalid. Misturado ao barulho de bandejas, colheres e pés se arrastando, o som do carrinho avança impiedosamente pelo corredor, afastando-se de Khalid. Ele continua gritando: — QUAL É A MALDITA DATA? — Se ao menos o guarda tivesse respondido. Se ao menos... Bem, hoje seria diferente. O dia teria começado com uma vitória em vez de outro fracasso. Agora essa pergunta ficará girando em sua cabeça. Desapareceu a chance de se agüentar de pé na cela.

— Que dia é hoje? Que dia é hoje? Que dia é hoje? — como um mantra. Preso à obrigação de repetir o dia inteiro a pergunta com que despertou. Obter uma resposta é a sua única chance de passar para outra fase do pensamento.

— Que dia é hoje? Que dia é hoje?

A insistência infantil de Khalid em pronunciar as mesmas palavras começa a irritar os presos daquele corredor, até que alguém grita de uma cela próxima:

— É o dia depois de ontem, seu idiota!

Idiota? *Idiota*? Só uma pessoa em todo o universo chama Khalid de idiota. Incrédulo, ele agarra a grade.

— Tariq?! — berra Khalid, sacudindo a grade com toda força. — O *idiota* é você, primo!

— Fale baixo! — grita um soldado. — Hoje é 1º de janeiro de 2004.

— NÃO VOLTE A ME CHAMAR DE IDIOTA! — berra Khalid.

— Já mandei você se calar! — adverte o guarda.

Silêncio. Nenhuma outra voz é ouvida.

Khalid se apóia na grade. Somente uma parede de alvenaria os separa, porém não há som algum. Apenas o barulho de um homem algemado, movimentando-se com passos inseguros. As formas musculosas de soldados passam apressando-o, deixando para trás um cheiro de homens e de botas de borracha.

— Tariq?! É você? — Khalid murmura perto de uma falha na grade. — Tariq! Tariq!

Ele afasta as mãos da boca e se encaminha para a cama, ainda inseguro de ter ouvido a voz do primo.

Alguém gritou "idiota", não gritou? A palavra não saiu dele. Com certeza veio do lado de fora. Ou não? Então lhe ocorre que poderia tê-la pronunciado. Na certa foi o que aconteceu, Khalid disse para si mesmo porque, no momento em que ouviu a data... Ou será que alguém gritou a data depois? Não, não. Ou talvez sim. Hoje pode até ser... O que ele estava pensando? Que Tariq estivesse do outro lado da parede de alvenaria. Como poderia ser ele? Bem ali ao lado? E por que não respondia?

— Tariiiiq!

— Desista, meu caro — diz, gentilmente, uma voz de mulher, trazendo-lhe um momento de paz antes que a mente retrocedesse depressa.

É ela, ali, debruçada na cama. Niamh, censurando-o. Prendendo no alto da cabeça os cabelos longos e ondulados que cascateiam sobre o seu pulso. Ela ficará para sempre no sonho de Khalid, ou pelo menos até Tariq tornar a chamá-lo de idiota. Não será ótimo? Khalid pode apresentá-la ao primo.

Porém, nem Tariq nem Niamh estão ali. E daí? De repente, Khalid, envolto por uma forte angústia, soca a parede para descarregar a raiva.

— Pare com isso, meu caro — torna a dizer a voz, cobrindo-o com uma inesperada onda de calma e doçura que força Khalid a ouvir atentamente, na esperança de que ela volte a chamá-lo de "meu caro".

— Você não quer tornar as coisas piores do que já estão — diz a dona daqueles belos olhos castanho-claros.

“Não quero?”, pergunta-se Khalid, surpreso ao perceber que os nós dos dedos haviam inchado. Leva depressa uma das mãos à boca, antes de se virar devagar e ver ali, parada à sua frente, uma bela mulher de vinte e poucos anos, com um rabo-de-cavalo arruivado, sorriso bonito e dentes perfeitos.

Ele se surpreende com essa visão e com o cheiro de perfume caro que o atinge.

— O meu nome é Lee-Andy. Cheguei há poucos dias da minha cidade natal, muito longe daqui, perto da fronteira da Carolina do Norte. Imagino que você não saiba onde fica. Que pena! Quer um pedaço de chocolate?

Khalid pisca e concorda com um gesto de cabeça e ela lhe entrega uma fina barra embrulhada em papel marrom. Quanto mais ela sorri, mais estranho se sente. Arregala os olhos, melindrado com o presente que ela lhe deu.

— Deixe que eu abra para você. As suas mãos parecem muito machucadas. — E Lee-Andy abre a embalagem, enquanto ele a observa espantado. Aquele cheiro de chocolate não estaria escondendo algum veneno?

— Pronto, aí está — diz Lee-Andy. A dor pungente da mão de Khalid se espalha depressa pelo braço enquanto Lee-Andy se vira para ir embora.

— Você se esqueceu de me desejar Feliz Ano-Novo — diz Khalid.

— É mesmo! Que coisa horrível! Eu não sabia que vocês, rapazes, se importavam com essas coisas. — Pelo tom de voz, Khalid acredita. O ritmo da fala de Lee-Andy, bondoso, simples e casual, o apanha de surpresa, chocando-o mais do que o chocolate de presente.

— Tudo bem. Sabe o nome do preso da cela aqui ao lado? — pergunta ele.

— Não, mas posso descobrir para você — ela sorri, se desculpando. — Estarei de volta às sete da manhã. Pare de gritar e de machucar as mãos, ou o levarão para algum lugar aonde você não vai querer ir. Está me ouvindo?

Claro, ele a ouve muito bem. Assim que ela sai, Khalid senta-se na cama e mordisca o chocolate, para ter certeza de que é real. Aproveita o tempo para rolar cada pedaço na boca, aspirando aquele cheiro doce e saboreando o gosto esplêndido e suave que se espalha na língua como mel.

Tinha comido quase metade da barra quando se detém. Embrulha os pedaços remanescentes e guarda sob o travesseiro para comer mais tarde, e se lembra de um passado em que esse sabor era corriqueiro. Vê-se mastigando barras de chocolate com frutas e castanhas, Twix, Flakes, KitKats, Galaxy, Bounty, indo e vindo da escola, sem apreciar de fato o surpreendente prazer de cada pedaço.

A noite chega, as luzes do teto diminuem um pouco e Khalid afinal se esquece das mãos doloridas. Além do barulho de alguém que tosse e de homens se dando boa-noite em pachto e em urdu, Khalid ouve apenas a voz estridente e aguda do homem que julgou ser Tariq participando ativamente.

Ao escutar atentamente, em busca de um sinal que lhe diga de quem se trata, bem no íntimo Khalid sabe que não pode ser Tariq. É altamente improvável que o coloquem na cela ao lado. E, em todo caso, o quanto Khalid pode descobrir de uma voz estranha como aquela? Uma voz que mais parece o irritante som de um caminhão dando marcha a ré.

Khalid desdobra a embalagem vazia do chocolate e pressiona-a contra o nariz. Foi gentileza dar-lhe o chocolate. Ele aspira o papel com o intuito de parar de pensar em Tariq. Nem mesmo a lembrança de Lee-Andy, a sua nova amiga, com o seu pequeno gesto bondoso, cem vezes mais edificante do que ela poderia imaginar, consegue alterar o ódio e o desprezo profundos que sente pelo primo.

Na manhã seguinte, quando Khalid acorda, não se sente tão imbecil quanto na véspera. Hoje espera algo ansiosamente: uma conversa com Lee-Andy, que talvez lhe traga outra barra de chocolate e lhe diga que o vizinho de cela não é Tariq.

Depois das orações matinais, de costas para a grade, Khalid espera que o soldado, prestes a passar, olhe para dentro da cela, faça uma pausa e siga adiante. Quando ele se afasta, ignorando a explosão de coragem que vai irromper do íntimo de Khalid, este bate os cotovelos na porta e murmura:

— O idiota é você, não eu! — E sua vida inteira surge neste momento, enquanto ele aguarda uma reação.

— Fique quieto! Ele está voltando! — grunhe a voz. Khalid ouve o som de botas pesadas, aproximando-se a grandes passadas propositadamente. Porém, o soldado, pouco inteligente, parece ver apenas a imagem que Khalid lhe apresenta, a de um jovem de cabeça baixa, olhando para o chão. Dedos agarrados à grade, provavelmente esperando o café-da-manhã. A voz estridente começa a fingir que canta, sem dúvida, para dar a impressão de que está rezando, até o guarda se afastar. E depois murmura:

— Khalid? É você? Sou eu, primo.

— Cale-se — responde Khalid, com lágrimas escorrendo pelo rosto.

— Quando o pegaram? Desconfio que nos pegaram todos no mesmo dia — diz Tariq.

— Nós todos? — pergunta Khalid, sem querer acreditar que de fato é o primo.

— Sim, todos os jogadores. Fiquei sabendo sobre o garoto australiano em Islamabad, quando me levaram para lá. Quase o mataram, os canalhas. Nem queira saber os ferimentos que ele teve. Um guarda me contou o que aconteceu. Eu o subornei com o meu relógio de ouro, não tenho vergonha de dizer. Pelo que entendi, foi esse jogador que nos denunciou. Disse que planejávamos bombardear as Casas do Parlamento e a Casa Branca. Você acredita?

— Nããão! — berra Khalid, num ataque de raiva crescente. O som distante de passos fortes, se aproximando com montes de algemas, ecoa em meio ao som contundente que sai de sua boca.

— Foi VOCÊ quem estabeleceu os vínculos. Só VOCÊ sabia os nomes verdadeiros e as localizações. Foi por isso que não me respondeu ontem.

— Psiu! Como eu podia lhe responder ontem? Não sabia que era você! Nem mesmo quando você me chamou de primo, eu jamais imaginei que fosse você. — Tariq faz uma pausa como que para lembrar. — Como você pode me acusar?

— Mentiroso! — sussurra Khalid.

— O quê? Só entendi tudo quando aquela guarda me disse que você queria saber o meu nome e me disse que o seu era Khalid. Os carcereiros estavam prestando atenção ao seu ataque de loucura e você está completamente louco se de fato acredita que eu fiz algo de errado. Agora eles estão...

— Não! Não! — A porta é aberta com força. Dois guardas empurram Khalid contra a parede. Ele se desequilibra e bate os cotovelos e a cabeça no chão. Forçam-no a vestir o uniforme laranja e prendem rapidamente as algemas. Depois o arrastam para fora da cela, para um corredor onde um rap ecoa de um único alto-falante, abafando tudo enquanto o café-da-manhã é servido.

Chocado com a violência repentina, Khalid se debate enquanto o conduzem pelo corredor. Um ou dois presos batem nas portas e gritam para demonstrar apoio, mas o barulho se perde no ritmo forte do rap. A cabeça de Khalid é puxada para baixo pela corrente presa à cintura e a nuca começa a doer. Uma nova dor aguda atinge seu ombro. Caminhando pelo corredor de linóleo branco, Khalid pensa em uma época em que não imaginava o mundo inteiro contra ele. Nunca havia passado por sua cabeça que alguém quisesse pegá-lo, armando um complô para destruir sua vida, apenas por odiar sua coragem.

O guarda ao lado tem muita pressa e, sem paciência, empurra Khalid para fora do prédio e o arrasta por um trecho de chão batido. Um punho quente apóia-se no seu ombro e Khalid faz uma pausa para respirar e fitar o sol que se reflete nas correntes, como balas de prata espalhadas pelo chão. Uma luz tão clara que o hipnotiza por um segundo.

— Não temos o dia inteiro — adverte o guarda.

Uma centena de passos adiante — Khalid conta todos —, chegam a um prédio onde ele estivera várias vezes antes. Um prédio que cheira a ovo cozido.

Uma porta se abre. As algemas tilintam como um punhado de moedas e, quando Khalid olha em volta, depara-se com uma cela sem cama nem cobertor, nem água, nem banheiro, nem janela, nem luzes, nem ar-condicionado. Porém, há um novo alto-falante preto, no alto da parede, que reproduz indefinidamente o mesmo rock, até Khalid gritar para as paredes pedindo que o libertem.

Há séculos tocam rap durante o café-da-manhã, e agora é rock antes do almoço. Que novidades estarão planejando?

Só que desta vez não é tão agradável. O som insuportavelmente alto martela a cabeça de Khalid. Estraçalha seus tímpanos. Ele não tardará a se considerar totalmente louco. Sentado no chão, queixo nos joelhos e mãos tapando os ouvidos, ele grita e implora para o barulho cessar enquanto é levado de volta àquela zona de loucura dentro da sua cabeça. Tariq. Ruído branco. Os djins. Tudo de novo.

CAPÍTULO 23

Lee-Andy

Nos dias que se seguem, de vez em quando Khalid julga ouvir a voz de Tariq chamando pelo seu nome. A voz estridente do primo o fere como faca enquanto ele está na cama, todo enroscado, com a cabeça enterrada entre os braços. A dor latejante nos seus ouvidos provoca a sensação de ter sido atingido por uma bola perdida em um jogo de críquete.

— Para mim era um jogo, apenas um jogo — resmunga Khalid, soprando nas costas das mãos e pressionando-as contra o ouvido esquerdo, seriamente prejudicado pelo som incessante do rock. A dor se espalha pelo rosto até o pescoço e ele não consegue se sentar para comer macarrão com molho de tomate frio, que acaba se transformando diante dos seus olhos em uma cola dura e vermelha.

Por algum motivo a bandeja cheira a lata, não a plástico.

Ontem, depois que o trouxeram de volta à cela, Lee-Andy lhe deu uma aspirina, disse que o rapaz ao lado se chama Tariq e pediu desculpas por não ter vindo antes, pois houve um erro na escala de serviço e ela precisou substituir alguém em outro bloco.

— Desculpe!

Hoje Khalid está dolorido demais para prestar atenção se Tariq grita seu nome ou mesmo pensar se o primo está vivo ou morto. Sente-se pior à medida que as horas avançam, não viu Lee-Andy e já está quase na hora do jantar. Onde estão as malditas aspirinas? Não adianta gritar por socorro. Vão acabar levando-o de volta para a solitária e deixando-o lá de novo.

Lee-Andy é a sua única esperança.

O carrinho do jantar chega e vai embora sem que Khalid se levante da cama para pegar a bandeja que lhe oferecem. O guarda não se incomoda e assobia uma melodia boba enquanto recolhe a comida.

— Nem água? — pergunta o sujeito do carrinho antes de seguir adiante sem ter resposta. — Você é que sabe, cara!

Felizmente, Lee-Andy não havia se esquecido de Khalid. Quando destranca a porta e enche a cela com seu perfume delicioso, ele vira de lado, ainda tonto, para encará-la.

— Arrgh... meu Deus! Volto já!

Aonde quer que ela tenha ido, com quem tenha falado ou o que tenha feito, a verdade é que acontece um milagre. Dois guardas correm para ajudar Khalid, que aperta a cabeça e geme, caído no chão. Ajudam-no a se levantar, retiram-no da cela, pela primeira vez sem algemas, atravessam o pátio aberto, ressecado pelo sol, até um prédio onde ele nunca esteve antes. Os passos ecoam no tranqüilo corredor branco de um hospital que Khalid, surpreso, descobre ser real. Então ele é levado a uma pequena enfermaria que cheira a alvejante, onde estão outros três homens.

Um dos homens tem uns tubos amarelos presos ao nariz, que o engasgam e o fazem tossir a cada segundo. Outro está coberto de feridas que parecem lepra. E o terceiro, de rosto muito magro e palidez mortal, jaz inconsciente na cama, com um soro preso ao braço.

Os guardas esperam ao lado de Khalid, que tenta se manter sentado na cama, sem ousar se deitar. Afinal, um médico militar, aparentando menos de 30 anos, olhos muito negros e fundos, boca tensa, aparece acompanhado de uma enfermeira.

Abruptamente empurra o queixo de Khalid para um lado e pressiona contra a orelha um instrumento frio. Depois se abaixa para examinar sem qualquer cerimônia.

— As infecções se espalham pelas mãos. Não enfie os dedos nos ouvidos. Não está muito grave. Não há motivo para mantê-lo aqui.

Faz um gesto para a enfermeira.

— Quando você estiver pronta — e prescreve antibióticos.

— Foi aquele maldito rock que fez isso com os meus ouvidos — resmunga Khalid.

O médico ri.

— Você deve estar escutando o que não devia!

Ambos sorriem por um segundo. Enquanto isso, o moribundo com o soro no braço senta-se rapidamente e fica olhando em volta. Depois suspira como se estivesse se lembrando de alguma coisa e deita de novo no travesseiro. A cena faz Khalid rever mentalmente um seriado cômico de TV que se passava em um hospital.

Pouco depois lhe dão um copo d'água e três pílulas, uma das quais é um poderoso analgésico. Forte o suficiente para fazê-lo se sentir quase humano no momento em que se recosta na cama estreita da cela.

Olhando a parede nua, Khalid esfrega um lado do rosto sem se atrever a tocar o ouvido, depois do que o médico falou. Massageia lentamente a pele na esperança de aliviar a dor que se insinua no local machucado. Antes de cair no sono, não pode evitar a preocupação de não se lembrarem da próxima dose de analgésicos.

— Khalid! Khalid! — Ele ouve Tariq chamá-lo pelo nome, mas não responde.

Desta vez os demônios que o perseguem têm de se manter afastados porque Khalid tem algo mais para pensar, além do primo, antes de mergulhar no sono.

O que mais o comoveu foi a visão do homem no hospital, com tubos amarelos forçando alimento pelas narinas... Os estertores e os suspiros entre duas respirações difíceis daquele moribundo, o sangue no travesseiro. Ninguém a seu lado para lhe dar a mão. De fato, Khalid notou que o médico nem olhou para o paciente quando saiu apressado, e concluiu que algo ali devia estar errado.

Por que se deram o trabalho de cuidar da sua simples infecção no ouvido? Ele já havia estado em situações muito piores e nunca recebera qualquer ajuda, nem fora levado ao hospital. A única explicação plausível é que a intervenção de Lee-Andy fora além do que ele podia imaginar. Estariam se servindo dela como espiã, instalando Tariq na cela ao lado? Seria essa a razão para a barra de chocolate? Conquistar sua confiança? Pois bem, funcionou, embora temporariamente. Mas agora ele se prevenirá contra Lee-Andy. Tariq também, se ele conseguir avisá-lo.

Antigamente, se Khalid e um amigo brigassem, simplesmente se afastariam por um dia. Depois continuariam conversando como se nada tivesse acontecido. E seria assim. Como quando o sinal toca no último dia de aula e todo mundo começa a sair pelos corredores, fazendo um rebuliço danado, gritando a plenos pulmões, espumando pela boca, empurrando-se para ver quem sai primeiro.

Khalid lembra-se de que estava no segundo ano quando se viu correndo no meio da multidão, pelas escadas de cimento, junto com Pete, Nico e Holgy, de um minuto a outro transformados de bons amigos em cretinos gritalhões, combinando de empurrá-lo escada abaixo. Gargalhavam e berravam, cada vez mais decididos a fazê-lo descer em menos de três segundos, por mais que ele tentasse detê-los, agarrando desesperadamente o corrimão e distribuindo cotoveladas. Era um barulho infernal, pareciam uma manada de elefantes selvagens.

O chão foi ficando mais perto, bem diante dos olhos de Khalid, quando o ritmo dos puxões e empurrões aumentou e Holgy o soltou de repente, deixando-o cair nos últimos degraus, fazendo-o aterrissar por cima do ombro, que estalou. Conseguiram fraturá-lo, os imbecis! A dor foi tão intensa que Khalid gritou por Alá na frente de todos.

Depois do exame de raios X, deram-lhe uma tipóia cor-de-rosa, que ele usou durante seis semanas, evitando Holgy por uns bons dias. Naturalmente, não os denunciou ao diretor... Afinal, eram colegas, certo? Depois, quando voltou ao parque no sábado à tarde, Holgy começou a conversar sobre a vitória de 2 x 1 do Rochdale e a briga acabou.

O problema com Tariq não era o mesmo, Khalid bem sabe. Começa a se formar na sua mente uma pequena chance de perdoar o primo pois não tem energia para continuar odiando-o. Há muito tempo ele havia decidido não machucar mais ninguém e perdoar a quem o machucasse, só por não suportar a idéia de causar mais sofrimento ou sofrer. Já havia sofrido demais. E agora, na primeira chance, muda de idéia e de algum modo não consegue voltar atrás.

— Khalid, me responda! — A voz irritante de Tariq soa mais desafinada do que nunca e Khalid sente uma raiva repentina. Ignorando-o, leva as mãos à cabeça e escuta, contrariado, o primo bater à porta com os chinelos. Depois, silêncio. Khalid deita-se na cama e ouve Tariq sussurrar: — Me seqüestraram em casa.

Khalid senta-se, mas não responde.

— Aposto que foi no mesmo dia que você — acrescenta Tariq.

— O quê? — Khalid dá um salto, no instante em que a porta range e Lee-Andy surge com a mão cheia de pílulas e um copo d'água. O rabo-de-cavalo balança de um lado para outro.

— Como está se sentindo agora?

Khalid resmunga um agradecimento e observa seus olhos amendoados e francos, sinal de que ela é mais do que um soldado comum. Engole as pílulas enquanto a encara.

Ela desvia o olhar para o chão. Será que está com a mão trêmula?

— Acho que virão vê-lo ainda esta manhã — diz Lee-Andy, sorridente.

— É, talvez. É Masud que está na cela aqui ao lado?

— Masud? Não, ainda é Tariq.

— Tariq? Você tem certeza? — indaga Khalid.

— Tenho, meu caro.

— Estou só checando — murmura Khalid.

— É só? — Incapaz de retribuir o sorriso, Khalid sacode a cabeça e dá as costas, ansioso para que ela saia e ele possa falar de novo com o primo.

Lee-Andy não fica feliz com a reação de Khalid e o surpreende ao encostar um ombro na parede, bem juntinho dele, e cruzar os braços, como se pertencessem ao mesmo time de futebol e fossem dividir uma Coca-Cola depois de uma partida vitoriosa.

Khalid dá um pulo, aterrorizado.

— O que foi?! — Lee-Andy se afasta da parede, de mãos erguidas. — Estou só querendo ser amável, meu caro. Não há motivos para você se assustar. Só queria ver se você está bem.

Lee-Andy sacode a cabeça protestando inocência, correndo envergonhada para a porta.

— Desculpe mais uma vez.

Khalid não consegue respirar direito até ela sair. Com o perfume de Lee-Andy a sufocá-lo, ele ouve o som dos seus passos rápidos se afastando e só depois acalma o coração. Felizmente ela partiu. Demora um minuto para se recompor, depois encosta o nariz na grade e se dirige ao primo:

— Consegue me ouvir?

— Consigo! Consigo! — Tariq responde depressa. — Estou esperando por você há dias! Não fui eu. Eu não fiz nada.

— Fomos seqüestrados por causa do jogo, não negue — diz Khalid.

— É. Acharam que armávamos um complô perigoso para destruir o Ocidente. Alguém que eu não conheço fez essa denúncia. Talvez o novo jogador da Arábia Saudita. Então eles localizaram os nossos computadores. Prenderam-me em Bagram por mais de um ano. Espero que você tenha inventado uma boa história. Eu os convenci de que as armas de destruição em massa estavam no estábulo do meu professor.

Ao ruído de passos se aproximando, Tariq se interrompe. Logo reaparece Lee-Andy, cumprimenta-os com as mãos e com a cabeça. Dá as costas a eles. Pernas afastadas, braços cruzados, ocupa todo o espaço entre as duas celas que a sua silhueta esguia consegue. É óbvio que pretende permanecer ali.

Khalid gostaria de saber que papel ela estaria representando.

— Pensei em fazer hora por aqui antes do almoço — murmura ela. — Vou dar cobertura para vocês poderem conversar.

— O quê? — Tariq e Khalid perguntam ao mesmo tempo.

— Continuem — Lee-Andy sacode o rabo-de-cavalo. — Vou ficar aqui um pouco. Não se preocupem, não vou escutar. Ninguém virá enquanto eu estiver aqui.

Khalid não se importa que ela escute. Não tem o que esconder.

— Sendo assim, obrigado — diz Tariq. — O que você estava dizendo, primo?

— Podemos falar? — indaga Khalid.

— Claro que podem. Não se incomodem comigo — responde Lee-Andy.

— Ainda não entendi por que me prenderam — Khalid começa devagar, em dúvida se Lee-Andy acreditará no que ele vai contar, mas feliz por ter afinal alguma autoridade que possa ouvi-lo.

— Eu não sei, mas acho que eles pensaram que eu fosse perigoso, porque tinham uma foto minha em uma manifestação em Karachi. Mas eu fui apanhado no meio da multidão quando estava procurando pelo meu pai. E aposto que algum vizinho das tias ganhou dinheiro inventando mentiras a meu respeito — diz Khalid. — Gostaria de saber se eles chegaram a alguma conclusão a respeito do jogo. Há muitas coisas para as quais eu gostaria de ter resposta. Só sei que, quando me interrogaram, inventei um monte de mentiras para impedir que me matassem, e eles enlouqueceram. Você não acha estranho terem nos colocado um ao lado do outro aqui?

— Depois de tanto tempo, mais de um ano desde que me trouxeram para cá? Não, não. Isto é resultado da estupidez. Nada estranho, tenho certeza. Eu disse que o seu pai arrecada fundos para extremistas. Menti, assim eles parariam de me espancar. Contei muitas mentiras sobre todo mundo. Estou lhe pedindo que me perdoe, primo.

— Você disse isso a respeito do meu pai? Seu traidor! Eu sabia, seu nojento!

Nesse ponto, Lee-Andy dá meia-volta.

— Muito bem, agora já vou. Calma, rapazes, ou ainda se meterão em encrenca.

Tariq a ignora, e Khalid não se incomoda que alguém os escute.

— Pelo menos eu admito isso diante de você — diz Tariq. — Eles me espancaram muito! Desculpe!

— Vá para o inferno, seu vagabundo! — Khalid murmura. — Nunca mais fale comigo!

De repente um silêncio vazio e cavernoso preenche o espaço entre ambos. Khalid recua quatro passos até o canto da cela. A cabeça entre as mãos. O coração martelando de ódio. Ele tenta ao máximo se esconder das sombras que saltam das paredes ondulantes.

Agora no chão, aperta as costas contra a cama, meio tonto. Os olhos fuzilam em volta, como se ele visse monstros terríveis. Afinal, Lee-Andy interrompe.

— Ei, meu caro! Não confunda as coisas! Parece que está ficando maluco! Faça isto por mim, por favor: pressione os dedos contra os olhos para impedir que esse filme de terror continue passando na sua cabeça. Se você não tiver um plano para interrompê-lo, ele vai continuar te assombrando.

Como Lee-Andy sabe o que ele está vendo?

Khalid faz o que ela pede. Pressiona os dedos algumas vezes. As palavras de Lee-Andy provocam uma luz inesperada que, junto com os dedos apertados, faz as paredes voltarem para o lugar. Os djins encolhem. A tábua se endireita. A jarra de água se despedaça.

Khalid olha para Lee-Andy e sorri.

— Muito bem! Eu gostaria de ter um suco de laranja para lhe oferecer — e Lee-Andy sai, saltitante. Torna a pressionar os olhos com os dedos. O novo ritmo é um acréscimo agradável ao som de Khalid, o ritmo do seu rap pessoal.

— Boa noite, primo — Tariq murmura. — Você ouviu o que ela disse. Ela tem razão. Não confunda as coisas. Temos muitos motivos para chorar, depois de tudo que nos aconteceu. Se desistirmos, estaremos acabados. Não tornaremos a ter vida. Temos de arranjar alguma dignidade para agüentar até o fim.

— Dignidade uma ova! — Khalid não pode crer no absurdo da alegação de Tariq. Porém ele o escuta, e bem no íntimo sabe que ele tem razão. Seja lá o que o primo tenha falado a respeito de seu pai, não foi intencional. Foi outra tentativa desesperada de estancar o sofrimento. Algo que ele conhece muito bem.

No dia seguinte, o som de colheres de plástico ecoa no corredor. Vozes se erguem a cada vez que alguém leva à boca um repugnante pedaço de peixe.

Khalid comeu uma banana. E só. Não suporta encarar o resto. Encostado à grade, fica olhando para a lâmpada, os olhos doendo. Ali parado, de pé, só escutando. Com uma calma no coração que há muito não sentia.

— Eu poderia ter morrido — Tariq sussurra. — Mas seria o fim da vida para os meus pais, e isso eu não podia permitir. Tive uma sensação profunda de tê-los traído. Então de certa maneira eu morri. Admito que suspeitava que um dos meus amigos era extremista. Ele odiava o Ocidente, pelo materialismo e pela ausência de fé em Deus. Sim, sim, isso eu admito. Mas o fato de conhecê-lo me torna uma pessoa ruim? Alguém cuja cabeça deva ser socada contra as paredes? Tão ruim que precisem queimar os meus braços com cigarros? Seria tão mau por ter um amigo assim?

Khalid se sobressalta com a tristeza da voz do primo, e um raro sentimento de gratidão e felicidade o domina, apesar dos quase dois anos de desespero. Ouvindo Tariq falar da sua depressão, das suas profundas preocupações, do seu sofrimento, Khalid tem a impressão de conversar com um total desconhecido. Tariq nunca revelou seus sentimentos antes, e agora não consegue parar.

Dia após dia, Khalid se apóia na grade, esperando que Tariq comece a falar, como um mendigo à espera de migalhas de conforto trazidas por aquela voz estridente.

— Na verdade, se na época eu soubesse o que sei agora, não teria dado o nome de Bomber One ao jogo — diz Tariq. — Foi estupidez. Eu não imaginava que alguém somasse 2 mais 2 e obtivesse um resultado igual a um milhão e dez. Com certeza o mundo ficou louco. Ficou mesmo.

Na semana seguinte, Khalid fica sabendo como este mundo se tornou insano. Tariq conta tudo o que aconteceu desde que foram presos. Ajudado pelo fato de falar vários idiomas, inclusive um pouco de árabe, Tariq conseguiu extrair muitas informações dos guardas em Islamabad e Bagram, assim como de outros detentos. Seu conhecimento de política e habilidade para dar sentido a trechos de conversas fez com que tivesse muito a explicar. Apreciador de fatos, está ávido para compartilhar os detalhes.

— Em março de 2003 mais de um milhão de pessoas organizaram uma marcha em Londres contra a decisão de Tony Blair de ir à guerra no Iraque. Dez milhões de pessoas se mobilizaram no mundo inteiro, mas eu lhe pergunto: desde quando os políticos dão atenção a essas coisas?

— Não sei! — Khalid percebe que o seu cérebro se transformou em uma azeitona, enquanto escuta a mente de Tariq se expandir. Estranhamente, quanto mais Tariq fala, menos Khalid sente necessidade de responder. É que Tariq adquiriu o hábito de fazer o primo se sentir menos inteligente, até mesmo tolo. Com Ali era diferente; ele era mais velho e experiente, mas Tariq tem apenas dois anos a mais do que Khalid.

Agora, por exemplo, Khalid ouve Tariq cumprimentar o guarda que serve o café-da-manhã.

— Olá, Marvin, como vão as coisas hoje? E a esposa e as crianças? Está tudo bem lá em Oklahoma?

— Tudo bem, meu caro, obrigado por perguntar. Gentileza sua — Marvin ri satisfeito, afastando-se para entregar a bandeja de Khalid, que observa com desprezo aquele guarda entroncado. É incapaz de se fingir de amigo, de se comportar como Tariq e esquecer, ainda que por um segundo, que esse homem é seu carcereiro e que ele é um preso inocente. Por que agir como amigos, se não o são? É muita falsidade.

— Por que essa gentileza toda, se ele não vai fazer nenhum favor a você? — indaga Khalid.

Tariq ri e responde:

— Ah, se você soubesse como essas pequenas trocas humanas melhoraram a minha vida não perguntaria isso, primo. Estou praticando o meu inglês e, naturalmente, obtendo muitas informações sobre outros lugares, a partir de pessoas como esse guarda. Por exemplo, você sabia que Oklahoma é o lar de 67 tribos de índios americanos que foram forçados a se mudar para lá depois de expulsos de seus locais de origem? Foi Marvin quem me informou isso. E ele foi um dos que ajudaram a me transferir do Campo Eco, muito pior do que o Campo Delta. E ainda me deu uma escova de dentes nova. E me contou que o milho de Oklahoma cresce até a altura do olho de um elefante. Um dia ainda vou lá para ver.

Quando Tariq termina, Khalid tem vontade de fazer greve de fome. Quem se interessa por Oklahoma? Como Tariq conseguiu uma escova de dentes nova? Khalid faz milhares de perguntas a si mesmo e se lembra de sua própria escova, um cabo velho e quebrado no qual restam apenas umas poucas cerdas. Não que isso fosse motivo para ficar sem comer.

— Quando eu cheguei aqui, em fevereiro de 2003, muitos homens fizeram greve de fome. Durou muito tempo — Tariq começa a contar. — Tentaram abafar. Primeiro ninguém admitiu o que estava acontecendo, mas eu vi a comida chegando e saindo intacta. Além disso, um turco, que de tanto ser torturado mal se agüentava em pé, me colocava a par das novidades, todos os dias.

— E como eu não soube disso? — indaga Khalid.

— Provavelmente porque você estava perdido no seu próprio mundo, primo. É isso o que a prisão faz com as pessoas. Fica-se mais morto do que vivo. E alguém que deixou de existir presta atenção em alguma coisa? Em nada. Não, não, agora dizem que eu sou um bom preso... "Muito dócil" é como me qualificam.

— Muito dócil? — Khalid se lembra de ter ouvido um guarda usar essa expressão.

— A greve de fome durou 71 dias — continua Tariq. — Os militares acabaram apelando para a alimentação forçada. Você deve saber que isso é ilegal.

O protesto não era violento, no entanto, enfiaram tubos pelos narizes dos grevistas, alimentando-os à força. Um guarda declarou que a greve de fome prova que nós todos somos do mal.

Há muitas coisas que Khalid desconhece e, de repente, se lembra do homem que viu no hospital, com tubos amarelos enfiados no nariz. Então era isso que estavam fazendo! Alimentação forçada! Talvez por isso o médico nem tivesse dado atenção a ele.

— Pela Convenção de Genebra os presos têm direito a cultivar flores. Você sabia? — indaga Tariq. — Essa é apenas uma das muitas coisas que não nos permitem fazer aqui em Guantánamo.

— E por que eu iria querer cultivar flores? — sorri Khalid. — Bobagem! — Mas se lembra do pequeno jardim na frente da casa da Oswestry Road, os canteiros de flores vermelhas, brancas e amarelas que brotam no verão diante da janela da sala. Imagina-se sentado no sofá assistindo à TV, e as pontas das longas folhas verdes balançando ao ritmo da brisa.

— Seria ótimo poder optar — diz Tariq. — E você sabe que a expressão "combatentes inimigos" foi inventada para nos negarem as condições dadas aos prisioneiros de guerra?

— É? — fala Khalid, ainda chocado com coisas assim, embora já nem mais se surpreenda.

— Em todo mundo — Tariq prossegue — há milhões de pessoas que organizam protestos por estarmos aqui. Elas escrevem cartas e manifestos denunciando abuso de poder e julgamentos injustos. Mas agora criaram um tribunal militar que tem regras próprias.

— Por que eu não fui a um tribunal militar? — Khalid interrompe afinal.

— Esses tribunais não obedecem à Carta Magna. Ali não há júri. — Tariq suspira.

Se Khalid soubesse de tudo isso antes, talvez se sentisse melhor.

— Não se engane, esse tribunal acabará nos considerando culpados! — diz Tariq.

— Como é possível?

— Você me disse que assinou documentos. Eu também assinei. O fato de termos assinado sob tortura não importa. Para eles, nós agora somos culpados — diz o primo.

Minutos depois, Khalid se aproxima da grade, pois ouviu guardas sacudindo algemas e empurrando a porta da cela de Tariq para abri-la. É a sua primeira chance de ver Tariq, não apenas ouvi-lo.

Pressiona bem o corpo à grade, mãos erguidas e espalmadas, agarrando a barra para observar atentamente o primo quando este afinal aparece. O corpo atarracado de Marvin está em primeiro plano, pondo-se de lado para permitir a saída de Tariq. O bolso da camisa do guarda, estufado com um pedaço de sabão, exala um cheiro insuportável de baunilha.

— Hora do banho, meu caro — Khalid ouve-o dizer para Tariq.

— Sem dúvida! — Tariq pronuncia com um estranho sotaque que não soa muito americano.

Marvin põe uma das mãos no ombro de Tariq para conduzi-lo na direção contrária à da cela de Khalid, que, agarrado à grade, grita:

— Ei, Marvin, Marvin, eu quero uma escova de dentes nova.

— Mais tarde, cara — Marvin sorri.

Tariq vira-se em sua direção. Reconhecendo a aparência clássica da fotografia que havia recebido pela internet, Khalid nota que ele é mais alto e magro do que tinha imaginado. De perfil, lembra a sua mãe.

— Olá — Khalid dá outra espiada quando afinal o primo consegue olhar para trás, embora a pesada corrente pressione seu pescoço. No segundo em que os seus olhares se encontram, os olhos grandes, negros e vivos de Tariq fazem tudo mais cair por terra e atingem em cheio o âmago da alma de Khalid. De repente toda a sua família está ali.

Assim que Tariq se afasta, Khalid cai no chão soluçando. A cabeça entre as mãos, exaurido pelo primeiro encontro com o primo que ele tanto adorava, emocionado com aquele sorriso amigável que ele sabe ser sincero. Emocionado em ver o primo de mãos e pés acorrentados, de cabeça e barba raspadas, arrastando os passos, obviamente comovido com o poderoso sentimento que os atingiu.

Khalid reconhece entre soluços que, desde que eles se encontraram, este lugar mudou. Mesmo odiando o primo, o simples fato de sua presença proporcionou-lhe um grande alívio. Era alguém. Era algo. A promessa de um futuro. E mais: Tariq lhe trouxe um precioso elo com a família e com o mundo exterior que ele poderia tocar a qualquer momento.

Independentemente do que havia acontecido, Tariq lhe explicara tantas coisas e o tirara daquele canto obscuro da mente. Mas de repente Khalid percebe que esquecer não é suficiente. Ele deve reconhecer os passos que deu para chegar até este ponto e decidir não deixar essa experiência envenenar sua vida. Por isso não tem outra escolha a não ser perdoar Tariq. E para sempre. E agora que de fato encontrou o primo, sente uma imensa felicidade ao pensar que poderá revê-lo quando voltar do banho, a ponto de se perdoar por tê-lo odiado, por tê-lo compreendido mal e... sim, por ter desejado magoá-lo.

Livre do ódio e da culpa, Khalid enxuga as últimas lágrimas. Sacode a cabeça para se livrar da lembrança dos vários tipos de inferno que viveu, e o faz com tanta força que de início não ouve os passos rápidos de Lee-Andy se aproximando.

— Só vim me despedir, amigo — diz ela.

— Despedir por quê? — Khalid rapidamente chega à conclusão de que ela é boa pessoa, mas agora é tarde demais.

— Política, eu acho. Sabe-se lá o que passa na cabeça dessa gente! Eu não sei.

— Nem eu — Khalid sorri.

— Como está o seu ouvido? — ela indaga, pondo as mãos nos quadris e franzindo o nariz.

— Melhor!

Lee-Andy encara-o firmemente por um segundo, e Khalid capta a sua decepção por ter de ir embora.

— Você não quer ir embora?

— De jeito nenhum. De que adianta bater de frente? As coisas são assim.

Passa pela mente de Khalid a sensação de ter sido ajudado pelo relacionamento estranho e curto entre ambos. Ela estava obviamente tão aborrecida que decidiu falar com ele, e talvez isso a tenha ajudado de algum modo.

— Tenho pressionado sempre os dedos contra os olhos — Khalid murmurou, sem saber manifestar a sua profunda gratidão.

— Não se esqueça de fazer isso.

— Vou tentar — diz Khalid.

— Provavelmente não o verei tão cedo. Cuide-se, amigo — diz ela, dando-lhe as costas.

— Sim — suspira Khalid. Grato por aquele lamento sincero. Quer dizer, agora com Tariq por perto, por que ele se importaria com o que acontecesse com Lee-Andy? Mas ele se importa, porque ela foi amável e, sobretudo, ele nunca esquecerá o sabor delicioso daquela barra de chocolate. De certo modo, a preocupação de Lee-Andy o ajudara a perdoar Tariq. Ela não se importou com o fato de eles se conhecerem antes da prisão. Ficou ali por perto, deixando que se falassem, e, na verdade, Khalid não crê que ela os estivesse espionando. Lee-Andy permitiu que eles tivessem uma longa conversa pela simples razão de achar que assim estava ajudando.

A idéia da partida de Lee-Andy o alarma por um instante, até que ela sacode o rabo-de-cavalo ruivo, dá um sorriso breve e sai, mas desta vez a porta se fecha com uma certeza que parece mais leve do que nunca. Lee-Andy foi embora, mas Khalid está de volta a si mesmo. Até aquele filme que vira e mexe passava em sua cabeça, sobre o inferno de se viver ali para sempre sem qualquer presença feminina, havia sumido. Khalid percebe que o seu cérebro começa a se acostumar a uma vida futura solitária, e projeta em sua mente imagens de todas as garotas de quem um dia ele gostou, sem conseguir deixar de voltar ao início, à garota da escola primária que ele ajudou, carregando a mochila na aula de ginástica.

— Obrigada. Muito, muito obrigada — Ariella, de 11 anos, sussurrou em seu ouvido antes que Khalid tivesse tempo de prender o fôlego, abrindo a porta para uma época em que as garotas são pessoas para se apreciar, não ignorar.

Chegando à conclusão de que pode mudar os seus sentimentos e decidir quais imagens permitirá que lhe venham à mente, uma rara sensação de paz domina Khalid. Ariella foi embora, assim como todas as outras, provavelmente Niamh também. Se pelo menos ele tivesse dito que gostava dela!

Esfregando o rosto, Khalid afinal admite para si mesmo que se interessou um pouco por Lee-Andy. E daí? Ao menos isso prova que ele não está totalmente morto por dentro, e em todo caso ela é a única mulher atraente que ele viu em muito tempo.

O som de passos lentos e arrastados força Khalid a se voltar depressa e agarrar a porta. Arranhando desesperado a grade para tentar partir a barra, só consegue ver um soldado atarracado, de pescoço vermelho, de costas. Pernas afastadas, bloqueando totalmente a visão de Tariq.

— Saia do caminho! — Khalid resmunga. Mas Marvin não se mexe. Em vez disso, conduz Tariq para dentro da cela. Apesar de Khalid não conseguir vê-lo, uma onda de prazer o domina e ele aspira o cheiro de sabonete de baunilha que emana do bolso ainda estufado da camisa de Marvin. Tariq voltou e essa certeza faz Khalid sorrir.

CAPÍTULO 24

Harry

Khalid não tem chance de dizer a Tariq como se sente, pois acha que nada mais importa. Em todo caso, não há o que explicar porque o primo se comporta como se tudo estivesse bem entre eles. Agora, reuniram forças, ajudam um ao outro e procuram compensar o tempo perdido, como bons amigos.

Mais tarde naquela semana, depois do almoço, Marvin e outro guarda chegam à cela de Khalid com um punhado de algemas e destrancam a porta.

— Olá, Marvin — diz Tariq da porta ao lado, mas hoje eles não vieram buscá-lo.

— Agora não, companheiro — retruca Marvin, e o seu tom de voz baixo dá a Khalid a impressão de que Marvin está ocupado com algo sério. Não imagina o que seja. E Marvin não dá pista quando entra na cela com o outro guarda. Os bolsos da camisa estão vazios. Sem cheiro de sabonete de baunilha, apenas um leve aroma de cigarro. Logo, Khalid sabe que não vai tomar uma ducha. Além disso, ontem fez exercícios, portanto, a menos que tudo tenha mudado, só voltará lá depois de amanhã.

Marvin é especialista em algemas, atando-as sem apertar demais. Um sorriso amplo mostra que não pretende machucar.

— Aonde vamos? — indaga Khalid, arrastando-se atrás e tentando acompanhar o passo dele.

— Você já vai saber — diz Marvin solenemente, deixando Khalid na ignorância até atravessarem o pátio, dobrarem uma esquina e entrarem num pequeno prédio. O lugar cheira a tinta branca, é mais limpo e mais claro do que os outros. O prédio comprido e baixo tem janelas pequenas no teto que projetam raios de sol no imaculado piso de cimento.

Marvin escancara a porta de um pequeno cômodo com uma escrivaninha preta e duas cadeiras.

O primeiro pensamento de Khalid ao ver dois ferrolhos no piso é: "Ah, outra sala de interrogatório!" Porém, segundos depois, entra um homem parecendo um professor, e ele muda de idéia.

— Olá, Khalid, sou o seu novo advogado. O meu nome é Harry Peterson.

— O quê? — Ninguém o chamara de Khalid nos últimos dois anos. Examinando-o de alto a baixo enquanto o guarda retira as algemas dos tornozelos e o leva à cadeira para prendê-los aos pinos, Khalid tem certeza de que ouviu mal.

— O que foi que você disse? — Parece uma enorme surpresa ouvir palavras como aquelas de alguém, e mais ainda daquele tal Harry, que tem um rosto grande e delicado e o cabelo louro despenteado. — Você é meu advogado?

— Sou, sim — responde Harry. Khalid percebe a mesma camisa azul frouxa e a mesma calça de veludo bege que o sr. Tagg sempre usa. Ele parece fora de moda e bem pouco descolado. Além disso, balança a cabeça o tempo todo e exala um cheiro de uma agradável loção pós-barba que lembra a Khalid uma que costumava usar em casa.

— Sim, sou o seu advogado.

— Como? — Khalid quase sufoca, pois está chocado, e isso faz Harry rir.

— Tome aqui. Receio que tenha demorado muito tempo — e Harry entrega um envelope branco dirigido a ele para a baía de Guantánamo. É a sua primeira carta. Tremendo, Khalid procura acalmar a onda de surpresa e excitação que lhe revolve o estômago.

— Esta letra é do meu pai.

— É, sim. — Harry baixa os olhos em sinal de respeito a Khalid, cujos dedos suados manuseiam sem jeito o envelope, bem colado nas extremidades. Aquela tarefa simples e delicada é uma provação para ele. Não amarrou sequer um cadarço nos últimos dois anos. Suspirando pesadamente, bate com o envelope no joelho por um instante, põe os dedos diante dos olhos e recomeça. Desta vez, toca com delicadeza, com a ponta dos dedos, a parte colada e suja até que o envelope se abre. Puxa cada pedaço até aparecer a carta impecavelmente dobrada. Com a mão trêmula, ele roça a folha com a manga da roupa e abre cuidadosamente para ler em silêncio. Faz o máximo para conter as emoções, incapaz de impedir que uma lágrima desça pelo rosto.

Enquanto isso, Harry está ocupado mexendo em papéis, tentando dar tempo para que Khalid se dê conta da boa e surpreendente notícia de que o pai está bem.

— Lamento ter demorado tanto a chegar até você — diz ele quando Khalid torna a dobrar a carta. — A sua família está bem e manda todo o seu mais profundo amor. — Harry explica que gastou meses tentando fazer os americanos obedecerem à lei e permitirem que Khalid tivesse acesso a um advogado, à família e aos amigos.

Khalid baixa os olhos. Não quer falar sobre coisa alguma... Ainda não. Passam alguns minutos em silêncio, até Khalid perguntar:

— De que estão me acusando?

— Bem, o problema é que você assinou uma confissão, ainda que sob pressão, e eles estão usando isso para detê-lo indefinidamente. Preciso ser honesto: talvez ainda demore um pouco, Khalid. Há uma paranóia por aí a respeito de pessoas a quem se referem como terroristas do mal que é difícil de combater.

Aquilo tudo é demais para Khalid. É a primeira conversa que ele tem com um inglês, que parece e fala como um dos seus professores e provavelmente freqüentou a universidade. Também fala com tanta elegância e amabilidade que soa estranho. Mas pelo menos não o acusa. De repente, sentindo-se grato pelas últimas semanas que passou conversando com Tariq, Khalid percebe que não está tão fora da realidade como antes.

— O fato de você ter sido preso quando tinha apenas 15 anos pode contar a seu favor. — Harry franze o cenho, sacudindo levemente a cabeça.

— Como é possível? Até agora não funcionou.

Neste ponto Harry solta uma risada.

— Eu sei. Demoramos um pouco a encontrar você. O seu pai viajou o Paquistão inteiro à sua procura, recusando-se a voltar para Rochdale enquanto não descobrisse o que havia acontecido. Quando chegou à Inglaterra, confiscaram o computador da família e prenderam o seu pai durante dias para interrogatório, porém não conseguiram descobrir nada.

Harry prossegue, contando-lhe o que aconteceu nos últimos dois anos. Os vários atentados a bomba na Índia, na Turquia, na Indonésia, em Bali, nas Filipinas. A prisão de Saddam Hussein. Khalid perde a maior parte das informações porque não suporta a idéia de alguém poder pensar que ele estivesse envolvido em algo tão terrível como os eventos que Harry descreve. Uma pequena janela por trás de Harry permite que Khalid veja um caminhão passando e isso o distrai por um momento da imagem da terrível dor que essas pessoas sofreram.

Harry parece pensar com os dedos: fica alisando o laptop aberto e tenta acalmar Khalid afirmando que tudo vai dar certo. Depois estala os dedos curtos e explica quanto tempo demorou até obter permissão do governo norte-americano para visitá-lo ali.

O tempo todo, a carta do pai está dobrada a salvo na mão trêmula de Khalid, e as palavras o enchem de prazer à medida que Harry as pronuncia.

— Há algo que você queira saber?

— Será que por acaso você sabe os resultados do futebol de Rochdale? — pergunta Khalid.

Com uma risada longa e profunda, Harry joga a cabeça para trás e bate na testa para censurar o cérebro.

— Por que não pensei em descobrir isso? O seu pai me contou que você é um fã fervoroso. Vou fazer o possível para conseguir logo essa informação. Não se preocupe, Khalid, um dia tudo isso vai acabar e você poderá voltar à sua vida, mesmo que ela não pareça normal por um bom tempo! — Olhando Khalid diretamente nos olhos, Harry pergunta, franzindo o cenho: — Você está bem?

— Não muito! — Khalid imagina que Harry procura perceber como a conversa, a carta e a temporada ali o afetaram, e, pela maneira de Harry morder os lábios naquele instante, talvez esteja se perguntando se Khalid está mentalmente bem.

Quando chegam para levar Khalid embora, Harry olha para o chão, nitidamente emocionado, mas se esforçando ao máximo para esconder isso.

— Volto amanhã para fazer um registro de tudo — diz ele.

— Sobre as torturas também? — indaga Khalid em voz alta para os guardas ouvirem.

— Sobre tudo, tudo mesmo. — Harry sorri para lhe dar confiança e mantê-lo vivo.

Tão logo chega à cela, a portinhola de metal e a porta se abrem com uma pancada de tremer a terra. Deixando cair a carta na cama, Khalid se apressa em pegar a bandeja de plástico cheirando a peixe podre das mãos do soldado. Sem se importar com o pãozinho, a bola de arroz e o peixe fedorento com molho de tomate, coloca a comida no chão, ignora os sussurros de Tariq e corre para reler a carta do pai.

> Meu querido e amado filho,
>
> Tanta tristeza que você ignora tem dominado os nossos corações desde que você se foi. O meu coração se parte em dois enquanto escrevo esta carta. Tudo na minha vida resulta em nada quando conto os dias desde que o vi pela última vez em Karachi. Agora que descobrimos onde você está, temos feito tudo que está ao nosso alcance para trazê-lo de volta para casa. Não vamos parar até você estar aqui conosco novamente. Pode ter certeza, meu filho. Não se preocupe. Eu garanto.
>
> Primeiro vou lhe contar o que aconteceu comigo em Karachi. É uma história longa, mas sei que você deve ter pensado nisso muitas vezes. Talvez tenha imaginado que eu não estivesse mais neste mundo. Então lhe conto tudo para que não se preocupe. Eu caminhava por

uma rua quando uma bicicleta me atingiu e me derrubou ao chão. Um jovem me levou à sua casa e me ofereceu chá. Pensei que fosse uma gentileza e, é claro, ainda estava em choque porque a minha perna doía e eu também me sentia tonto. Porém, ele pôs algo de ruim na bebida, me roubou e me trancou no porão. Parece um filme, não é? Mas é verdade. Tudo.

Fiquei ali durante três dias até o homem voltar. Ele ficou extremamente assustado ao descobrir que eu ainda estava vivo. Pirou, como você diria, e depois fugiu. Extremamente fraco e doente, eu consegui subir os degraus, mas, depois, não agüentei e desmaiei. Não sei por quanto tempo fiquei ali, meu filho, porém quando acordei estava na casa das minhas irmãs. Por sorte, um vizinho passou e, quando olhou para os degraus, por acaso, me reconheceu. Todos sabiam que eu havia desaparecido. Eu estava quase morto. Assim, meu filho, quando me trouxeram para casa e de volta à vida (Fatima diz que foi porque me alimentou com o seu condimentado frango ao curry), afinal me recuperei para você. Só quando estava suficientemente bem para me sentar é que me contaram que você tinha sumido logo depois de mim. Percorri todas as ruas à sua procura. Caminhei, caminhei, até adoecer de preocupação. Não conseguia comer. Não conseguia dormir. Nenhum de nós conseguia. A sua pobre mãe chora todos os dias.

Não entendemos a razão de você estar aí. Ninguém nos diz coisa alguma. Só muito mais tarde quando ███████████ que é amigo de um policial, disse que este falou com a esposa sobre um menino chamado Khalid que fora detido em Karachi naquela época, é que conseguimos juntar os fatos. Isso foi depois que nós █████ ███████████████.

Reprimindo as lágrimas, Khalid segura a carta contra a luz, na esperança de ler o que está escrito por baixo dos riscos pretos, porém as palavras não estão visíveis. Como ousam danificar a carta? Fitando a caligrafia clara e arredondada,

Khalid se fixa na certeza de que foi seu próprio pai quem a escreveu. As palavras amorosas forçam-no a rememorar tudo o que aconteceu desde que o viu pela última vez. Todas aquelas maldades. Mas agora sabe que ele está vivo e não mais se importa se tentarem maltratá-lo. Está pouco se lixando se gostam dele ou não. Nada importa, exceto o pai estar a salvo, vivo e livre, lutando por ele, assim como toda a família.

— Aonde você foi, primo? — Mais uma vez Tariq murmura, no canto da cela vizinha, implorando por uma resposta rápida. — Primo!?

— Um advogado chamado Harry veio da Inglaterra para me ver.

— O QUÊ? Por quê? — Tariq está chocado.

— Trouxe uma carta do papai. Ele está bem e Harry vai me ajudar — diz Khalid, ainda sem conseguir acreditar.

— Por que assim de repente? — indaga Tariq. — Como ele conseguiu chegar até aqui?

— Não sei — responde Khalid. — Acho que tiveram que permitir a vinda de um advogado quando descobriram minha idade. Ou talvez tenham lido todas as minhas cartas e viram que eu era inocente. Ou talvez Lee-Andy tenha me ajudado e um monte de advogados esteja vindo. Quem sabe? Talvez estejam fechando este lugar e libertando todos.

— Seria ótimo — diz Tariq, não muito animado. — Você pode perguntar se ele tem como me ajudar?

— Sim, claro. Hoje não tive tempo, mas com certeza vou perguntar. Se ele puder, vai ajudar você, eu prometo.

— Obrigado, primo. Obrigado! — Tariq parece contente com a idéia de ser defendido por um advogado inglês.

Praticamente incapaz de dormir, de olhos turvos e lacrimejantes e enfraquecido pela excitação, Khalid cai num estado de desânimo quando amanhece e o chamado para as preces ecoa pelo acampamento.

Tropeçando para se lavar depressa, Khalid desdobra a toalha branca e vira-se para a parede, a fim de se juntar às centenas de prisioneiros que se voltam para Meca. Mas, desta vez, Khalid reza agradecendo pela família, por Tariq, por Harry e pela chance de um dia poder voltar para casa. Idéia que há muito ele já tinha abandonado.

Pouco depois do café-da-manhã, quando o cheiro de pão velho já havia deixado a cela, Marvin diz a Khalid:

— Hora da sua visita. — Como se aquelas palavras fossem normais por ali.

— Já? — E Khalid põe-se de pé imediatamente.

— Boa sorte — sussurra Tariq. Normalmente isso daria a Khalid a oportunidade de parar diante da porta do primo, piscar e sorrir, como sempre fazem, porém hoje ele está com a cabeça cheia de perguntas que gostaria de ter tido tempo para anotar e mal vê Tariq.

Por sorte, Khalid se lembra de algumas.

— Quando você vai me tirar daqui?

— Gostaria de poder responder. — Harry suspira, arrasta a cadeira de metal para mais perto da mesa. Uma brisa de xampu do cabelo recém-lavado preenche a curta distância entre os dois.

— Trechos da carta de papai foram censurados. Como ele está? E mamãe? E as minhas irmãs?

— Falei com ele pela primeira vez no fim do ano. Desde então eu os tenho visto bastante. A princípio ficaram muito perturbados com o seu desaparecimento, temendo jamais tornar a vê-lo, mas agora seu pai voltou a trabalhar no restaurante, e sua mãe, na escola. Isso os está ajudando a enfrentar a situação melhor do que antes. A comunidade muçulmana e muitas outras pessoas em Rochdale têm se reunido na luta pela sua libertação. Posso lhe dizer que estavam bem animados com a minha vinda aqui para vê-lo. Aadab e Gul mandam beijos e abraços, como todos os demais.

Khalid baixa o olhar, num esforço para não desmoronar completamente.

— Por que você demorou tanto tempo para vir me ver? — murmura ele.

— Foi preciso muita discussão judicial para obter permissão para visitar Guantánamo — diz Harry e logo em seguida explica que as leis internacionais, inclusive a Convenção de Genebra, exigem certas condições que ainda não existem ali. Por exemplo, que prisioneiros menores de idade devem ser separados dos adultos e ter direito à educação enquanto estiverem detidos.

— Mas não me ofereceram educação alguma! — exclama Khalid, enxugando as lágrimas.

— Eu sei — Harry sacode a cabeça. — Porém, a lei federal norte-americana tem exigências semelhantes, portanto, você deveria receber. Agora tudo isso é besteira, a menos que eu possa processá-los — e Khalid gosta da idéia. — Bem, parece que acabam de admitir que você está com 17 anos.

— Sim, 17. No dia, não me importei quando me dei conta de que era meu aniversário, mas você mencionar isso parece esquisito. Eles vão me soltar agora que sabem minha idade?

— Era de se esperar que sim. Mas você assinou uma confissão dizendo que planejou, com vários cúmplices, bombardear diversas cidades mundo afora — diz Harry.

— Mas era um jogo! Nós não faríamos isso de verdade. Foi idiotice da minha parte assinar. — Khalid ainda odeia a parte de si mesmo que se rendeu.

— Sim, era um inocente jogo de computador e, pelo que eu soube, não há idiotice alguma da sua parte. Pode me contar o que aconteceu, Khalid? — E Harry abre o laptop, preparado para registrar a história.

Daquele momento em diante, Khalid quer ser visto como honesto, sincero, corajoso, clemente e bondoso, por isso, reflete profundamente. Sabe que tão logo suas palavras sejam registradas estarão escritas em pedra e não quer ser pego de novo.

— Eu nem li a confissão antes de assinar — começa Khalid. — Eles me deram várias cópias, umas oito páginas, eu acho. Eu deveria ter lido. Apenas fingi ler. O texto já vinha impresso, pronto para eu assinar. Isso aconteceu depois das inúmeras vezes que me levaram para questionamento... Quero dizer, interrogatório. Deixavam-me no chão sem água nem alimento. Na quarta vez pensei que iam continuar me levando lá até eu dizer o que eles queriam. E eu tinha razão. Alguns guardas não tinham culpa. Um me deu goma de mascar, outra me deu chocolate e tentou me ajudar. Porém outros, os afegãos, eles tentaram... me colocaram de cabeça para baixo em uma tábua para me afogar. Foi por isso que assinei.

Harry interrompe por um segundo a digitação no teclado branco e lustroso.

— Você quer me falar a respeito disso?

— Não. Sim. Mas não agora, ou vou começar a chorar.

— Se lhe serve de consolo, Khalid, há outros jovens aqui, alguns com 12 anos, em situação pior do que a sua. Eu ainda não sei os nomes completos, mas estou tentando rastrear as famílias, que vivem em vários lugares do Oriente Médio. Pela minha experiência, você agiu certo, interrompendo a tortura.

— Como eles podem fazer isso? Não consigo entender, cara — suspira Khalid, olhando para a logomarca branca e brilhante do laptop de Harry, ainda levemente impressionado com a atitude gentil do advogado.

— É o que eu também tento entender — Harry sorri, compreendendo perfeitamente o olhar cansado de Khalid.

— Eles me amarraram a uma argola presa ao chão, como se eu fosse uma vaca ou algo parecido, e ligaram o ar-condicionado no máximo, até congelar. Eu tremia e eles continuavam me atacando com as mesmas perguntas. Dizendo coisas assim: "Admita a sua participação no plano e nós o soltaremos", a ponto de me deixarem completamente fora de controle. Eles me mantiveram acordado durante dias, aí fiquei tão esgotado que queria vomitar. Não sabia que diabos estava acontecendo e não tinha com quem conversar. Certa vez, precisei urinar e eles nem sequer me desamarraram.

— Felizmente você superou tudo isso — disse Harry.

Por fim, Khalid sorri.

— Sim, não sou mais fraco. Nem imbecil.

— Não mesmo — concorda Harry. — Muitas pessoas não conseguiram superar. É muito difícil lidar com o isolamento. Na semana passada houve dois suicídios no Campo Eco.

— Alguém se importa com isso? — indaga Khalid.

— As pessoas se importam, Khalid — diz Harry. — Devemos nos lembrar que se dividirmos o mundo entre bom e ruim, teremos de aderir a um grupo ou a outro e, como você descobriu, a vida é um pouco mais complexa do que isso.

— Eu sei — afirma Khalid.

— Agora é importante colher provas para desativar este lugar — diz Harry com firmeza.

— Sim, com certeza, e eles diziam que me conheciam da manifestação em Karachi, quando alguém foi morto, e eles têm uma fotografia minha ao lado de um sujeito que andam procurando.

— É, está na confissão. Devo lhe contar que quando li aquilo dei uma risada, porque nós descobrimos que o homem ao seu lado na foto é um médico afegão que concordou em ir à manifestação para atender feridos, caso houvesse. Se você olhar atentamente poderá ver a maleta preta de médico que ele carrega debaixo do braço — Harry balança a cabeça. — Ele desapareceu.

Fica claro para Khalid que Harry poderá ajudá-lo a sair daquele inferno.

— Então onde estão todos esses terroristas loucos?

— Boa pergunta, Khalid. Sem dúvida, existem alguns e para isso dispomos de tribunais de justiça, para decidir quem é culpado e quem é inocente. De agora em diante, tudo o que posso lhe garantir é que vão levá-lo para fazer exercícios todos os dias, lhe darão acesso a outros prisioneiros e ainda a alguma forma de instrução. Há algo que queira que eu traga na minha próxima visita?

— Quando vai ser?

— Em breve, espero — responde Harry.

— Que tal trazer os meus livros e cadernos do colégio? Sim, seria bom, não é? A essa altura eu já deveria estar me preparando para a universidade, sem me preocupar com os malditos exames de conclusão do ensino médio. Tarde demais. Esqueça. Quem se importa?

— Verei o que posso fazer — Harry arrasta a cadeira para trás e cuidadosamente coloca o laptop debaixo do braço.

— Talvez uns bombons. Mais cartas. E outros livros daquele cara, o Harper Lee; sim, livros, montes de livros.

Khalid fica triste com a partida de Harry. Ele é um bom sujeito. Khalid gosta da sua voz suave e das suas mãos nervosas e agitadas.

— Você já leu *O sol é para todos*? É um dos meus livros favoritos! — pergunta Harry.

— Faz parte de uma dessas velhas coleções da *Reader's Digest* — diz Khalid.

— Ah, compreendo! — E um sorriso se espalha pelo rosto de Harry. — Assim como você, de início pensei que Harper Lee fosse um homem, quando li pela primeira vez seu nome na capa. Mas é ela, uma autora, e infelizmente é o seu único livro. É uma pena, não é?

— É escrito por uma mulher? Uau! Pena não haver outros. Eu gostei muito daquela história.

— Bem, Khalid, o que eu vou tentar fazer é trazer mais alguns livros e talvez um professor.

— Obrigado — Khalid sorri.

Então a porta desliza para trás no momento certo, como se alguém estivesse escutando o tempo todo. Os guardas logo desatam as amarras que prendem os tornozelos de Khalid ao chão e o levam embora.

De volta à cela, Khalid pensa que gostaria de ter pedido a Harry para trazer o bolo Lane, mencionado por Harper Lee. Lembrando-se de muitas outras coisas que queria dizer, Khalid senta-se na cama para repensar os acontecimentos.

— Khalid, o que aconteceu? — Tariq torna a sussurrar.

— Me dá um tempo — diz Khalid, ansioso para antes repassar tudo sozinho. Só depois de ter pronunciado as últimas preces do dia é que ele põe as mãos na porta de grade para informar Tariq sobre a visita de Harry.

— E o que você disse a meu respeito? — É a primeira pergunta de Tariq.

— Ah! Deixe-me pensar! — Khalid está descontente consigo mesmo por ter se esquecido de mencionar Tariq. "O que há de errado comigo? Como fui esquecer? Que gentileza da minha parte!"

— Sinto muito, Tariq, eu esqueci. Falarei da próxima vez. Fugiu completamente da minha cabeça — admite Khalid com humildade.

— Não tem problema, primo. Você sempre foi idiota. Não se esqueça de mim na próxima vez, está bem? — diz Tariq.

— Pela vida da minha mãe, cara, prometo não esquecer. — Os músculos do rosto de Khalid se contraem quando ele tenta sorrir. — Estou sendo totalmente sincero, você sabe.

— Sei sim, irmão. Eu também sou sincero com você.

CAPÍTULO 25

Ecos

Dez dias depois, Harry ainda não tinha voltado para visitar Khalid, que estava cada vez mais ansioso para lhe contar sobre Tariq. Nenhuma notícia chega, o que deixa Khalid irritado e impaciente, mais envergonhado do que nunca por ter se esquecido de mencionar o primo. O único alívio para a situação é que Tariq não se queixa, nem mesmo por Khalid não o ter ajudado.

Depois da última vez que viu Harry, Khalid recebeu um cartão-postal, uma foto da prefeitura de Rochdale, enviado pelos pais por intermédio da Cruz Vermelha. Um postal para lembrá-lo de que estão fazendo o possível para levá-lo de volta para casa. Contam-lhe tudo, omitindo apenas detalhes que não querem compartilhar com qualquer um, pois agora todos já estão cientes de que os militares lêem a correspondência primeiro, para depois decidir se a entregam ou não. A foto antiga é um agradável elo com a cidade natal, e Khalid coloca o postal sobre a cama e olha para ele o dia inteiro. Uma vez, chegou a mostrá-lo para Tariq através do buraco, e até o primo concordou que o prédio da prefeitura é "uma construção imponente".

Há muito tempo Khalid desistira de escrever cartas. Se nunca recebia resposta alguma, de que adiantava? Agora, porém, escreve o tempo todo, para todas as pessoas de quem se lembra, sempre mencionando Tariq. Algumas cartas ele entrega ao representante da Cruz Vermelha, mas de vez em quando passa diretamente aos soldados, sabendo que de qualquer forma eles examinam tudo. Se são enviadas ou não, é o que todos se perguntam. Tariq acha que não... acha que são destruídas.

Apesar disso, Khalid não deixa de acreditar que algumas chegam ao destino. Seja lá como for, ele fica no limbo, dia após dia à espera de uma resposta. Mas o primo jamais recebeu carta, postal ou advogado, e Khalid sente-se mal com isso, ainda que Tariq consiga esconder bem os sentimentos.

— Tenho certeza de que a minha família vai continuar achando que estou morto, até que seu pai conte a eles sobre você. Aí vão gritar: "Ah, então talvez tenha acontecido o mesmo com Tariq. Talvez ele esteja vivo no mesmo lugar. Precisamos nos apegar a essa idéia."

— Alguma coisa vai acontecer em breve — Khalid tenta consolá-lo.

— Sem dúvida — Tariq retruca. — Mas o quê? Só nos resta confiar em Alá.

Graças a Tariq, Khalid agora fala um pouco de árabe. A infinita paciência do primo ajudou-o a aprender as preces. Ao nascer do sol, ao meio-dia, no meio da tarde, ao pôr do sol e à noite, Khalid e Tariq estendem as toalhas brancas que mantêm limpas especialmente para isso e, voltados para Meca, rezam para Alá.

A sensação de estar conectado e em paz logo se apodera de Khalid, e ele se dá conta de que a religião, que costumava ignorar e evitar por achar careta, tornou-se hoje uma grande fonte de conforto, propiciando-lhe apoio. Uma razão para ele perdoar a si mesmo por toda a dor que causou aos pais, às irmãs, a vários professores, etc. E, ao se lembrar de todos que algum dia o machucaram, não deseja tornar a sentir essa dor nem causá-la a ninguém. Esses dias em que ele recordou cada incidente e perdoou a si mesmo e aos outros trouxeram-lhe uma profunda paz interior. E ele ainda aprendeu o real valor de pequenas coisas, como um pedaço de chiclete ou uma barra de chocolate. Gestos de gentileza que ele jamais esquecerá.

Sempre que ouve o chamado para a prece, Khalid se volta para a parede ao fundo e entoa notas longas e firmes, como se tivesse feito isso a vida inteira. A aceleração do ritmo o deixa extasiado, então faz uma pausa para baixar a voz por um momento antes de iniciar uma nota mais longa e aguda. Cantar tão agudo quase lhe tira o fôlego. Prolonga cuidadosamente cada *n-nnnn-n* e cada *m-mmmm-m* e lança *r-rr-r-rrr* sibilantes contra a parede cinzenta, ao mesmo tempo que repentinos sons de *kk-k* golpeiam o ar úmido, criando uma reação química em suas veias, dando-lhe a sensação de que o céu se aproxima.

Minutos depois, Khalid enrola a toalha e a acomoda ao pé da cama, pronta para as próximas preces. Senta-se para compartilhar um momento de silêncio com todas as pessoas do campo, sejam prisioneiros ou carcereiros. Quer saibam ou não, estão todos recebendo a paz pela paz. Uma sensação de calma substitui o sofrimento, a amargura e a raiva que esta prisão gerou. Por isso, é tão inesperada a chegada de dois guardas para levar Khalid embora.

— Você vai ser transferido a outra ala — diz o brutamontes vestido de guarda. — Pegue as suas coisas.

— Não! — exclama Khalid, em pânico. — Vou ficar aqui!

— Mexa-se, cara. Isso é uma ordem — diz o outro, com um largo sorriso.

Depois de recolher às pressas a carta do pai e o cartão-postal, Khalid pega o livro da biblioteca e se volta para pegar também a cópia do Alcorão, além da nova escova de dentes que Marvin trouxe depois que Tariq o convenceu. Khalid imagina que, se deixar algo para trás, ficará ali para sempre. Não que ele tenha muito mais a carregar além de algumas folhas de papel e a caneta azul que o homem da Cruz Vermelha deixou ontem.

Logo Khalid está vestido com o uniforme laranja. Encapuzado. Então as algemas são recolocadas, bem apertadas. As correntes se arrastam enquanto a porta bate às suas costas.

— Estão me transferindo, Tariq! — grita, sabendo que naquele momento não vale a pena sussurrar.

— Eu ouvi. Não se preocupe, primo. Adeus — Tariq responde suavemente.

Uma horrível sensação de solidão e isolamento se apodera de Khalid no momento em que passa diante da cela de Tariq tropeçando, encapuzado e em desespero, e percebe que o primo está ofegante.

— Não vou me esquecer de você! — grita Khalid, desolado diante da constatação de que não sabe quando tornarão a se ver.

Sentindo-se mais vazio do que nunca, Khalid é conduzido para o que imagina ser uma caminhonete. Um carro muito quente, cujo cheiro o faz se sentir fraco. Inclinando-se para frente no banco duro para não desmaiar, ele toma consciência de uma nova e intensa onda de dolorosa frustração a se revolver no seu estômago magricela.

O veículo se afasta lentamente e roda por algum tempo antes de parar. Os guardas retiram o capuz de Khalid, revelando um rosto ensopado de suor misturado a lágrimas. Tiram-no da caminhonete, e um dos guardas tem uma crise de soluços quando chegam a uma área apinhada de jaulas cheias de homens.

Fileiras de celas enfrentam Khalid. Mas dessa vez todos falam ao mesmo tempo através das grossas grades de arame. Todos se viram para cumprimentar Khalid, gritando "*Salaam*". Ligeiramente menor do que o canil anterior, a penúltima jaula é a nova cela de Khalid. Repleta de pequenos quadrados de luz do sol, fica exposta ao céu, e os retalhos de azul dão a Khalid a estranha sensação de metal quente na cabeça. Uma pequena compensação para a constante tagarelice em pachto e persa que ele não compreende. Todos ali são mais velhos e mais animados do que ele, mas, o mais importante, nenhum é seu primo.

Harry deve ter solicitado a remoção de Khalid do isolamento, sem perceber que ali, rodeado de desconhecidos, ele está muito mais sozinho do que na cela ao lado da de Tariq. Desesperado por ter se esquecido de falar sobre o primo, Khalid se encolhe num canto e abraça os joelhos. Através das grades vê os presos nas celas vizinhas e o da cela em frente, que claramente o encara. Khalid o ignora.

Um guarda passa, e rodelas de sol se refletem nas suas botas pretas. Enquanto caminha, cada círculo perfeito desliza como uma moeda de ouro sobre a terra pálida, trazendo um instante de magia àquele cenário deprimente. De vez em quando o homem à direita de Khalid olha para ele e balbucia algo que talvez sejam palavras gentis, mas ele não consegue entender.

Ali o clima é mais descontraído. De saída nota-se que os prisioneiros não são repreendidos por falarem uns com os outros, e muitos conversam abertamente com os guardas. Outros parecem se divertir acenando sem razão aparente. Mas nada conforta Khalid. Ele não entende as conversas, embora muitas pareçam ser sobre o Alcorão, porque os homens viram as páginas, apontam certos trechos e, em seguida, aproximam o livro sagrado do coração. Khalid os observa, mas a emoção reprimida por ter se esquecido de falar sobre Tariq para Harry domina seus pensamentos. Atormentado de remorso, ele começa a sucumbir novamente e entra e sai daquela área da sua mente onde há constante confusão de vozes.

Porém, dessa vez, há distrações demais.

Depois de ver o desconhecido à esquerda pendurar o lençol na grade para ter privacidade ao usar o sanitário, Khalid toma coragem e o imita, lavando-se no pequeno balde de água.

É difícil descrever a irritação de Khalid com aquela algazarra incessante. Apoiando o queixo nos joelhos, ele olha fixamente para os losangos de luz projetados no chão metálico e deseja que os djins o levem de volta para a sua antiga cela.

No início da tarde, um abutre sobrevoa a sua cela. Depois outro, antes que o sol mergulhe no horizonte. Na hora do chamado para a prece, Khalid se levanta, estende os braços e caminha pela jaula, até que o homem da cela em frente lhe acena para que ele desdobre a toalha. Antes de se ajoelhar para orar, o estalo seco do rifle que o guarda ajeita ao redor do corpo o distrai por um instante. Afinal, ajoelha e reza.

A voz que transmite o chamado para a prece soa bem mais próxima e mais alta do que antes, e logo o eco das orações de Khalid é tragado pelo céu que começa a escurecer. Um céu que Tariq não pode ver.

Logo cedo na manhã seguinte, para surpresa de Khalid, ele é levado para novo interrogatório. Os seus tornozelos são atados a argolas cimentadas ao piso, e uma sensação familiar de abatimento se apodera dele. Dois homens de aspecto militar, vestindo simplesmente camiseta branca e calças bege sorriem, fingindo ser seus amigos. O mais próximo dá início à conversa.

— *Harry Potter*, você já leu?

— Estou aprendendo persa. Que cultura fascinante! Você sabe algo a respeito? — pergunta o outro.

Tentam puxar conversa, mas Khalid já passou por aquilo muitas vezes. Finalmente, despejam sobre ele as perguntas que querem fazer.

— O que você sabe sobre a Al-Qaeda?

— Com quem da Al-Qaeda você teve contato?

— Não direi coisa alguma sem a presença do meu advogado — Khalid se limita a responder, ciente de estar falando como um personagem de algum seriado policial da TV.

O primeiro homem suspira:

— Você quer proteger a sua família? Se nos ajudar, nós o ajudaremos.

— Não tenho coisa alguma a dizer para vocês, seus mentirosos. Vou processá-los em milhões de dólares quando sair daqui — Khalid ameaça, sentindo-se bem consigo mesmo, até que o mais magro se debruça sobre ele, as narinas rosadas inflando de raiva.

O homem tira as mãos dos bolsos e cruza os braços, indicando que está falando sério, e Khalid reage empertigando-se na cadeira para demonstrar que também não está de brincadeira.

— Agora eu tenho um advogado — e assobia lentamente. Assobia como nunca, impedindo que os homens continuem. Uma pequena vingança por todas as horas em que não o ouviram, por todo o sofrimento que causaram à sua família.

Os guardas acabam levando Khalid de volta à jaula e dessa vez ele sente que enfim tinha vencido uma batalha. A sua confiança aumenta enormemente ao pensar nisso. Tariq ficaria orgulhoso. Se ao menos ele pudesse lhe contar ou enviar uma mensagem!

Nos dias que se seguem, Khalid é levado a interrogatório diversas vezes. Logo percebe que foi para isso que o transferiram. Contudo, como da última vez, os interrogadores não demoram a perceber que não chegarão a lugar algum, enquanto Khalid se torna um perito em assobiar, cantar, bater os pés em todos os ritmos que conhece. Começa com Eminem e 50 Cent, esperando que os americanos reconheçam a letra da música, porque cada expressão de irritação jogada na cara deles faz com que se lembre do pai. Agora o pai sabe que ele está ali, o pai e mais uma porção de outras pessoas. Assim Khalid se sente protegido e confiante para resistir.

Essa manhã, esforçando-se para disfarçar a irritação, um interrogador chama os guardas apenas dois minutos após Khalid ter entrado na sala.

— Isso mesmo! Fiquem de saco cheio de mim, porque eu estou totalmente de saco cheio de vocês! — diz quando o levam embora.

De volta à cela, Khalid senta-se no chão, sob a linha sempre em movimento formada pela sombra das nuvens que passam, e escreve uma longa carta ao sr. Tagg. Imagina-o lendo e concordando com cada palavra que Khalid redige, e um sentimento maravilhoso de retidão reforça sua vontade de contar ao mundo como se sente, explicar como tem sido a sua vida.

"Agora um pouco de rap de verdade faria todo o sentido", pensa Khalid, sorrindo. Mas aqui tudo tem conseqüências, e logo a impressão costumeira de que terá de pagar pelo comportamento insolente passa a oprimi-lo. À medida que as longas horas se esvaem e as últimas preces terminam, ele começa a perder a fé na esperança de um dia sair. O que estão esperando? O que Harry está fazendo?

Ao cair da noite, os homens dão boa-noite em vários idiomas, e Khalid começa a se preocupar, querendo saber se virão buscá-lo de novo antes do amanhecer. O latido de cães conduzidos ao longo da cerca aumenta sua inquietação. Fecha os olhos, discute consigo mesmo, como tem feito ultimamente, e afinal cai no sono, sentindo um cheiro fétido e podre. Lembra-se do dia em que Aadab entrou em casa correndo, trazendo do jardim dois sapos coaxando e colocando-os bem debaixo do seu nariz.

— Fale com eles! Ande! — pediu ela.

— Arrgh... Como fedem! Tire isso daqui! — foi a resposta de Khalid, e Aadab caiu em prantos. Naquela época ele não se importou muito, mas agora a lembrança do rostinho doce da irmã, transfigurado pelo choro, parte seu coração.

CAPÍTULO 26

Figurões

Khalid teme pelo pior quando o guarda corpulento, com olhos que parecem faróis, pára do lado de fora da cela balançando um molho de chaves, antes da convocação para as primeiras preces. O cabelo do guarda, ainda úmido de um banho recente, exala um cheiro forte de amêndoas e ele parece estar de mau humor.

— A sua cabeça está coberta de cabelinhos de neném, cara — ele diz.

— Chegou a minha vez, é? Que pena! — Khalid apalpa os tufos ralos de cabelo, para se certificar de que ainda estão crescendo. — O que está havendo, hein?

— Pegue as suas coisas — acrescenta o guarda. — E deixe de gracinhas.

— Vocês vão me levar de volta! Beleza! — Khalid recolhe as folhas de papel e a caneta, os seus rabiscos não enviados, o postal e a preciosa carta do pai. Em seguida pega o Alcorão, checando rapidamente o resto da jaula para conferir se está esquecendo algo. Ah, sim, os chinelos!

— Não temos o dia inteiro. — O guarda tenta apressá-lo, sem sucesso.

— Espere aí, onde eu deixei a minha TV de tela plana e o meu iPod? — Khalid está tão contente em sair dali que anda pela cela revistando tudo, vasculhando cada canto para ter certeza de que não deixou nada. Um preso começa a acenar e a rir da sua encenação.

Apenas quando saem da jaula, Khalid, com os braços cheios de papéis, percebe que algo estranho está acontecendo.

— Você esqueceu as algemas — diz para o guarda. — Agora vai se meter em encrenca.

— Não me diga! É mesmo? — o guarda sorri.

Caminhar normalmente é algo que Khalid só fazia no interior da cela, ou naquela vez em que foi levado à enfermaria para tratar do ouvido. Impossibilitado de dar mais de três passos de um canto a outro desde que foi levado para ali, agora anda com os pés voltados para dentro.

Caminhando pelo corredor no seu passinho miúdo, andando esquisito, como se fosse um velhinho, Khalid dá um jeito de acenar com a cabeça, despedindo-se de cada prisioneiro. Eles o cumprimentam com *salaams* afetuosos e perguntas em várias línguas, querendo saber aonde ele está indo sem algemas. O mesmo pensamento ocorre a Khalid, porém tudo o que ele pode fazer é acenar e prestar atenção para não tropeçar enquanto é conduzido a um prédio próximo e largado em uma pequena sala.

— Ei, aqui dentro não há água! — grita Khalid quando o guarda o tranca na saleta. O som de botas pesadas se afasta, deixando-o sem ter o que fazer a não ser sentar-se na cadeira azul com os seus pertences no colo e esperar que alguém apareça.

Sem ar-condicionado, a sala é quente e abafada. Khalid olha fixamente para a mesa e a cadeira em frente à sua e ouve o som de uma porta abrindo e fechando. Mais passos. Lá fora, barulho de motor de caminhão. Cachorros latindo. Tem início a convocação para a prece. Com certeza não vão deixá-lo ali por muito tempo sem água! Quanto mais pensa, mais se convence de que foi levado ali porque Harry exigiu vê-lo. E se o mandaram trazer os seus pertences, na certa, vão levá-lo para outra ala depois. Talvez estejam fazendo outro jogo psicológico. A única coisa que Khalid sabe é que está com sede. Não houve desjejum nem almoço, e a cadeira onde está sentado é feita de um material áspero que lembra carpete e faz coçar a pele. Assim que torna a ouvir o som de passos, Khalid pula da cadeira e esmurra a porta.

— Ei, cadê a minha água? Cadê a minha água?

Finalmente a porta se abre. Uma policial de olhos negros e fundos entrega a ele uma garrafa plástica quente e, então, algo incrível acontece. Ela acena com a cabeça e diz:

— Desculpe, você já deveria ter recebido isso desde cedo!

Inacreditável!

Khalid está tão atônito que apenas pega a garrafa e fica parado, encarando a mulher. Ninguém jamais havia lhe pedido desculpas, desde que fora seqüestrado. A não ser Lee-Andy, é claro. Sim, uma única vez.

Quando a porta se fecha ele se senta para beber água e cogita, pela primeira vez, que talvez, quem sabe, esteja recebendo esse tratamento especial por ter um advogado para ouvir suas queixas.

Já passa da meia-noite quando dois guardas chegam para buscá-lo. Um pega o Alcorão, os papéis e a caneta, o outro trava as algemas com força desnecessária. Khalid não come desde a véspera e sente-se tonto devido ao calor, então nem se importa em perguntar para onde está sendo levado, mas fica chocado ao constatar que tiveram todo aquele trabalho apenas para movê-lo dez passos pelo corredor até outra sala semelhante.

Só que dessa vez dois figurões, militares americanos em uniformes pomposos, estão à sua espera.

— Eu sou o major Donaldson. Este aqui é o major Leeth — diz o primeiro, apontando para o outro, aparentemente mais importante. Enquanto o guarda parado à porta vigia cada movimento seu, os dois oficiais olham para Khalid como se ele não passasse de mais um estorvo do qual querem se livrar o quanto antes.

— Estamos aqui para informá-lo, número 256... — o major Donaldson faz uma pausa.

Khalid estremece. Informar o quê? O quê?

— Você vai... — o major Leeth se intromete — Sim, você vai para casa!

— O quê? — Khalid quase desmaia, sentindo frio e calor ao mesmo tempo, desnorteado com as imagens de Rochdale faiscando em seus olhos. Será verdade?

— Você receberá uma bolsa para guardar os seus pertences. Acompanhe o guarda — indica o major Donaldson.

— É só isso que vocês têm a dizer? — Os olhos de Khalid se apertam. — É a coisa mais ridícula que eu já ouvi!

O idiota é claramente um robô. Como major não vale nada, com certeza.

— O que aconteceu para vocês me soltarem assim de repente? Vão me colocar na prisão na Inglaterra? Vamos lá, falem!

— Digamos que você não é mais considerado uma ameaça — responde o major Donaldson.

— A ameaça são vocês, não eu, cara! E eu vou processar vocês por tudo isso! Fiquem sabendo! — Khalid ameaça.

— Acho que você descobrirá que nunca foi preso — diz o major Leeth, com um sorriso irônico.

— Não, você está certo, eu fui é raptado, não é? É melhor vocês pedirem perdão por terem me torturado, seus desgraçados!

Nesse ponto o guarda agarra-o pelos ombros e o empurra para fora.

— Esperem! Primeiro eu preciso me despedir de alguém. Por favor, eu posso? — implora Khalid.

— Leve-o diretamente para o portão de saída — o major Donaldson entrega ao guarda um envelope pardo lacrado e fecha a porta.

— Obrigado por nada! — grita Khalid, afastando o guarda a cotoveladas. Dois anos de raiva acumulada ardendo em seus olhos.

— Ei, cara... — diz o guarda tentando acalmá-lo, sem entender exatamente a sua atitude. Ergue as sobrancelhas e prossegue: — Vai dar tudo certo, você vai ver.

— Vai sim, se eles estiverem falando a verdade. — Muitos sentimentos conflitantes passam em sua mente, enquanto caminham para fora do prédio. O que estarão tramando agora? Para onde ele está indo? Como chegará em casa? Alguém acreditará nele? A idéia de não estar mais preso a algemas, arame farpado, soldados, parece assustadora demais. Livre? O que significa isso?

Dia após dia ele se imaginou de volta a Rochdale, em casa com a família, os amigos, o colégio, até mesmo Niamh, porém nunca de fato acreditou que sairia dali.

— Não sei para onde ir. Não tenho dinheiro — estremece Khalid.

— Não se preocupe, você ainda não está liberado — diz o guarda, sorrindo.

— Escute, pode me fazer um favor?

Desta vez o guarda olha desconfiado.

— Depende do que você me pedir.

— Procure o número 372. Conte-lhe que me soltaram. Diga que eu não vou descansar enquanto ele não estiver livre também. Você pode fazer isso por mim, cara? — implora, desesperado, tentando informar Tariq sobre os acontecimentos.

— Claro, sem problemas — o guarda olha para as nuvens escuras que avançam no céu negro da noite, ansioso por evitar o olhar de Khalid. Uma muralha de desconfiança os separa enquanto atravessam a base iluminada por holofotes, deixando no caminho, com as pegadas, uma trilha de poeira. Passam por prédios de alvenaria e soldados atarefados, por uma longa fileira de caminhões estacionados e cães latindo, arame farpado vibrando ao vento, ouvindo de repente o bater de asas de um pássaro.

O cheiro de salsicha em conserva que emana do prédio da cozinha, na passagem, lembra a Khalid a lanchonete de *kebab* na rua Roland, em sua cidade. E começa a salivar, pensando em um carneiro fatiado enrolado em pão *pitta* com tomate, alface, cebola e molho *chili*.

E pisca, lembrando-se de Mikael junto ao balcão, gritando "Eu te amo, eu te amo" para um imenso sanduíche transbordando de recheio, enquanto Tony Banda agarrava avidamente o seu pedido especial vegetariano de batata frita, tomate e queijo *cheddar* no pão *pitta* com *chili* e maionese.

— Deixe um pouco de maionese para mim — adverte Nico.

Meio enlouquecido de tão nervoso, com uma sensação de vazio no estômago, Khalid segue o soldado até o interior de outro prédio, onde três homens o aguardam. E antes de qualquer coisa, as algemas são destravadas e caem no chão. Um homem tira suas impressões digitais, outro lhe estende uma camiseta azul-marinho, meias e calça jeans. O terceiro aponta para quatro pares de tênis sobre a mesa.

Sem que ninguém diga nada, Khalid é vestido com uma calça de velho, de cintura alta, e uma camiseta folgada. Roupas não muito apropriadas para um garoto magricelo. O cheiro da calça faz Khalid pensar na pilha de roupas limpas e dobradas que a mãe deixava sobre sua cama toda semana. Ele costumava olhá-la de cara feia, por entrar sem bater. Nunca mais fará isso. Imagina-se na cozinha de casa, solícito, muito gentil e respeitoso, sentindo o cheiro de cravo e canela da torta de maçã que a mãe preparou antes de sair para o trabalho. Quando ela colocar o capuz da sua capa branca impermeável, ele vai correr, apanhar o guarda-chuva e abrir a porta para vê-la sorrir.

Acordará cedo para engraxar os sapatos do pai e, quando terminar, depois de tampar direitinho a lata de cera, dirá a ele: "Está tudo bem, pai, quando eu for rico cuidarei de você. Não se preocupe."

Ficará satisfeito em levar as irmãs à escola, em vez de reclamar que elas o atrasam. E dirá a Holgy que ele é o melhor jogador de futebol da turma, o que é verdade.

Porém, os piores temores de Khalid se confirmam quando outro soldado surge com novas algemas penduradas nos braços.

— Para que isso?

— Segurança — responde o guarda. — Não será por muito tempo!

Uma sensação esmagadora de alívio cresce em Khalid quando colocam um capuz em sua cabeça e o escoltam até um veículo estacionado do lado de fora. Enfim, ele está deixando Guantánamo, onde parece ter estado trinta anos.

E Niamh, o que ele pode fazer por ela?

Para começar, pode lhe contar que adorou a sua pintura de botões-de-ouro, que era melhor do que todas as outras, e que, quando ele ficou na biblioteca admirando o quadro, perdeu completamente a noção do tempo, imaginando-se naquele gramado. Uma onda de prazer puro e pulsante dispara do estômago à garganta de Khalid. Sim, há tantas coisas boas para ele fazer! Não vê a hora!

Khalid não sabe para onde vai dessa vez, mas está novamente no veículo e respira o ar da noite misturado ao cheiro de gasolina, enquanto rodam por algum tempo até parar. Ele ouve o ruído de portões de metal se abrindo e do veículo finalmente saindo. Quando param de novo, ele é transferido para um barco. Um barco grande, Khalid supõe, pois sente que ele desliza fácil e veloz sobre a água. Não demora muito e estão outra vez em terra firme. Logo ele desembarca, soltam-lhe as algemas e removem o capuz pela última vez.

Olhando para o avião militar, Khalid dirige um agradecimento mudo às estrelas no céu noturno de Cuba e faz uma prece silenciosa por todos os presos. Por um momento ouve o gotejar da chuva, enquanto é levado ao avião. Um soldado lhe entrega uma sacola de plástico com o seu Alcorão, a carta, o postal, folhas de papel e caneta. Nada de despedidas. Nada de votos de boa sorte. Nada além de um soldado com a metralhadora a postos.

A bordo, Khalid se surpreende ao encontrar muitas outras pessoas. Alguns policiais e homens à paisana. Está também o sujeito que ele viu em Karachi, o de voz empostada, e alguém que lhe parece mais um recém-libertado, de camiseta meio levantada, lendo o *Daily Mirror* enquanto devora um saco de salgadinhos. Outros acenam com a cabeça e sorriem à passagem de Khalid.

— Khalid... Até que enfim! — Harry pula do seu assento para cumprimentá-lo, sorrindo de orelha a orelha.

— Olá! — tonto de sono e fome, Khalid senta-se ao lado de Harry.

— Você acreditava que um dia voltaria para casa?

— Não, mesmo! Muito obrigado por tudo — diz Khalid e as lágrimas enchem-lhe os olhos novamente.

— Não, não me agradeça. Agradeça à sua família e aos amigos quando chegar em casa. Rochdale é um bom lugar, sabia? Toda a comunidade se empenhou para trazê-lo de volta. O seu pai organizou um abaixo-assinado e milhares de pessoas assinaram. O jornal *Rochdale Evening News* adotou a causa. Você está famoso! Quer isto aqui? — Harry estende-lhe um pacote de biscoitos de queijo e uma garrafa d'água.

— Aceito, obrigado.

Ele não come desde ontem e, enquanto saboreia lentamente cada mordida, a sensação extraordinária de estar voltando para casa se espalha lentamente pelo seu corpo, até se transformar em certeza inquestionável. Mas não é somente o fato de estar voltando a Rochdale que é difícil de acreditar; também parece incrível que, de agora em diante, as pessoas vão considerá-lo especial, ainda que não por algo positivo, simplesmente por ter ficado um tempo naquela prisão.

Acelerando com muito barulho até o fim da pista, o avião afinal decola.

Acabou... O pesadelo realmente terminou. Mas antes de Khalid ter a chance de absorver o fato de estar livre, Harry tem outra surpresa.

— Eu já ia me esquecendo! — abaixa-se, remexe na pasta preta lotada, cuidadosamente enfiada sob a poltrona da frente, e encontra o pacote que queria.

— Ah, sim, aqui estão eles — e entrega a Khalid três envelopes claros, presos por um elástico. — São da sua família.

O primeiro que Khalid abre tem na frente um grande número 17 em vermelho e as palavras "Feliz Aniversário". Os demais são cartões feitos por Aadab e Gul, com flores e passarinhos.

— Feliz aniversário de três semanas atrás — diz Harry.

-- Ah, é, 11 de março. Eu tinha esquecido o meu aniversário. Parece que foi há tanto tempo! Obrigado.

— Centenas de pessoas enviaram cartões — conta Harry. — A sua mãe guardou todos para você.

— Sério?

— É, sim — Harry ri. — E meus parabéns atrasados, também. Por que eu não lhe trouxe um presente? Espere um pouco. Com licença — Harry chama o soldado de serviço a bordo. — Alguma chance de conseguir dois sucos de laranja?

Brindando em copinhos de plástico para celebrar o 17º aniversário, Khalid se atualiza sobre as notícias da família por meio do grande cartão azul em forma de bola de futebol enviado pelos pais. Fica sabendo que o tio Amir faleceu e dos detalhes sobre o pequeno apartamento para onde as tias se mudaram em Karachi. Lê também que Aadab entrou na aula de ginástica do clube, que Gul está adorando nadar, depois de ter se recusado a chegar perto da água, e que mamãe é a primeira pessoa da família a passar no teste de direção. Várias coisas que fazem Khalid sorrir.

Depois, Harry o atualiza sobre a "guerra contra o terror" e também sobre os atentados a bomba em Madri, há três semanas, e histórias de rendições e trocas de prisioneiros, como a que envolveu Khalid.

De certo modo, Harry está bem mais empolgado. Porém, Khalid supõe que o advogado tenha tido uma boa noite de sono, ao contrário dele.

— Fiz algumas anotações sobre o que anda acontecendo em Guantánamo. Tome, dê uma olhada. São coisas muito chocantes.

Khalid passa os olhos na página e lê a respeito da crescente onda de críticas aos tribunais militares, chamados "tribunais de fachada" por um juiz da Suprema Corte inglesa. Lê com muita revolta a parte sobre os jovens presos.

Em janeiro de 2004, um porta-voz do Pentágono declarou a um jornalista da BBC que após a libertação de três afegãos com idades entre 11 e 15 anos não restavam menores em Guantánamo.

— Ah, claro, só que eu ainda estava lá — diz Khalid, apontando esse trecho para Harry.

O advogado concorda.

— Um informe da organização Reprieve afirma que muitos outros jovens foram detidos naquela base e que nenhum teve direito a um julgamento justo nem foi considerado culpado.

Khalid devolve o relatório para Harry.

— Não suporto mais ler sobre isso por enquanto.

— É claro — diz Harry.

Então um policial passa pelo corredor e pára por um momento, dirigindo a Khalid um sorriso caloroso. Khalid se encolhe, esperando ouvi-lo gritar. No entanto, o homem limita-se a lhe estender uma pequena garrafa de água e dizer:

— Aproveite o vôo. Deseja mais alguma coisa?

— Sim, quero dizer, não. Não, obrigado — Khalid vira-se para Harry, ansioso para fazer a tão esperada pergunta que não sai de sua cabeça: — O meu primo Tariq Waji Hachem ainda está em Guantánamo. Você pode ajudá-lo?

Harry imediatamente parece preocupado.

— O seu pai mencionou o seu primo diversas vezes. Não conseguimos que as autoridades confirmassem que Tariq está mesmo preso lá.

Então Khalid relata a história do primo, em muitos aspectos idêntica à sua. Explica que Tariq foi raptado em casa quando jogava Bomber One no computador e levado para interrogatório em Islamabad, antes de ser arrastado para a tortura até confessar e depois negar. No instante em que acaba de contar a Harry todos os detalhes sobre Tariq, Khalid afunda na poltrona, exaurido.

— Agora que temos o seu testemunho, vai ser mais fácil ajudar Tariq — diz Harry. — Mas você parece cansado. Talvez seja melhor deixarmos o resto para depois. Ainda não lhe contei o que vai acontecer a seguir, não é?

— Só mais duas coisas antes de eu apagar — pede Khalid. — Aquela mulher em Karachi disse que eles estavam com o meu passaporte.

— Impossível. Seu pai levou o passaporte na primeira vez em que foi à polícia, e também aos jornais e a todos os lugares para provar que você estava desaparecido. — Harry sorri. — Eu me lembro de um dos raros momentos felizes do seu pai, quando me mostrou a foto do seu passaporte. Ele disse que era uma das poucas de que você gostava e não se importaria de ele mostrar para todo mundo. Qual é a outra coisa que você quer?

— Preciso ir ao banheiro.

Harry ri.

— Nem precisa me dizer. É a última porta à direita.

Tenso diante da idéia de andar entre tantos policiais, Khalid quase decide esperar, mas Harry lhe dirige um olhar encorajador que o ajuda a dar os primeiros passos desacompanhados desde o início daquela provação. Porém, como Khalid cambaleia no corredor, o policial do outro lado se apressa em ajudá-lo e fica esperando do lado de fora do banheiro para trazê-lo de volta. O que leva Khalid a constatar que o pesadelo ainda não havia terminado.

Infelizmente, não há espelho no banheiro. Apenas uma pia e uma privada metálica comum. Ele esperava poder se ver... ver se a aparência está tão ruim.

De volta ao assento, cheirando ao sabonete de coco que encontrou na pia, Khalid pergunta:

— Algum dia vão fechar de vez aquele inferno de Guantánamo?

— Algum dia, Khalid, algum dia. Mas a questão é que não sabem o que fazer com os homens que ainda estão lá. Muitos são refugiados sem pátria, que não têm para onde ir.

A idéia de que alguns daqueles homens não possuam um lar atinge Khalid em cheio. Ele passara tanto tempo absorto nos seus problemas, vivendo o seu triste e pequeno mundo, que não pensou muito nos outros. Pelo menos ele tem país, casa, família e até amigos. E sente-se profundamente grato por ter tudo o que importa.

CAPÍTULO 27

Aterrissagem

Os flapes das asas do avião se movimentam, despertando Khalid de um sono longo e delicioso. A cabeça ficou tombada sobre o ombro durante horas e agora ele paga por isso. Tenta endireitar o corpo e leva as mãos ao pescoço dolorido. Pela janela, percebe um surpreendente labirinto de nuvens cinzentas que se estende ao infinito sem qualquer indício de azul.

O barulho que vem da cozinha assemelha-se ao de ossos triturados, até que alguém ri em vez de gritar e Khalid sente o agradável cheiro de pãezinhos quentes.

— Está se sentindo melhor? — Harry sorri.

— Estou, sim, mas morrendo de fome — responde Khalid.

— Bem, não vai demorar muito. — Harry aponta para o carrinho de aço que se aproxima e pouco depois ambos recebem as bandejas. Um pãozinho fresco, um quadradinho dourado de manteiga, omelete e uma porção de feijões fritos. A melhor refeição de toda a sua vida. Khalid devora tudo tão depressa que Harry oferece a ele a sua própria bandeja.

— Coma a minha também. Não estou com a menor fome.

— Obrigado, amigo. — Ciente de que Harry está se divertindo ao vê-lo comer com os cotovelos no ar, grunhindo feliz a cada pedaço e lambendo os lábios antecipando o outro pequeno *croissant* de chocolate que deixou para o final. Khalid come tudo e se reclina na poltrona alisando o estômago.

— E agora?

— Bem, receio que você não vá direto para casa. Vamos aterrissar no aeroporto da Força Aérea Britânica, em Northolt. — Harry faz uma pausa e coça o queixo.

— Há algumas formalidades a enfrentar. Mais entrevistas e coisas desse tipo. Além disso, alguém conversará com você para readaptá-lo à vida normal depois do suplício por que passou. Isso vai demorar uns dias e em seguida você irá para casa.

— Quantos dias? — Khalid havia imaginado que o avião pousaria em Manchester, não em Northolt, em outra parte da Inglaterra.

— Três ou quatro. No máximo uma semana — informa Harry. — Não se preocupe. Dessa vez lhe darão um quarto confortável, com banheiro.

— E a minha família? — pergunta Khalid. E de repente ele queria saber com que altura estarão Aadab e Gul. Gostariam de tê-lo de volta? As suas vidas não estão melhores sem ele? Ele não era tão bonzinho com as irmãs. Ficarão satisfeitas em revê-lo?

— Os seus familiares precisarão esperar até você ser levado para casa, Khalid. Mas sabem que você está a caminho. Todos sabem. Você pode usar o meu telefone para falar com eles, assim que aterrissarmos.

— Eu estava louco para rever os meus colegas e agora... — Khalid diz, quando o sinal de apertar cintos se acende e o avião começa a descer.

— Não vai demorar muito, eu prometo — Harry o tranqüiliza.

Em casa. Na Inglaterra. Isso aqui é a Inglaterra. Ao olhar pela janela para observar o pouso, infindáveis nuvens cinzentas explodem em uma chuva forte e fria, e uma irresistível sensação de paz o invade pelo simples fato de ver os exuberantes campos verdes, as estradas movimentadas e as pequenas casas lá embaixo. Porém, assim que pousam, um policial à paisana de terno azul entra a bordo e se dirige para Khalid.

— É apenas uma formalidade — sussurra Harry quando o homem se inclina para Khalid e lhe diz com calma: — Você está detido em virtude da lei antiterrorista. — O policial o algema rapidamente e segue adiante para fazer o mesmo com outro homem que acabara de ser libertado.

— Não se preocupe. Isso aconteceu com os três últimos que retornaram. Eu o verei mais tarde — afirma Harry. Mas o estômago de Khalid se revolve depois de toda aquela comida, da visão da Inglaterra depois de dois anos distante, de estar tão perto de casa e agora aquilo...

Em poucos minutos levam-no até a porta de uma caminhonete preta que estava encostada na abertura traseira do avião. Um vento forte impulsiona a chuva pesada àquele túnel frio, congelando Khalid até os ossos. Assim que entram no carro e se acomodam no banco duro, o outro prisioneiro começa a tremer descontrolado.

— Que merda, hein? Depois de todas as desgraças que sofremos, ainda vamos acabar morrendo congelados na traseira desta maldita caminhonete de polícia! O meu nome é Ashwin Al-Asmari, e sou de Birmingham. Aquele sujeito lá no avião me disse que temos que passar por isso porque os americanos estão nos vigiando. E daí? Por mim, podem se fartar de me olhar.

— Quietos aí atrás, por favor! — grita um dos policiais.

Ashwin amarra a cara e começa a tossir.

— Então você era aquele sujeito que tossia a noite inteira em Campo Delta? — sussurra Khalid.

— Não me davam o medicamento correto. Diziam que eu fingia ter asma. Quase morri lá.

— Calem-se! — exige o policial.

É a última vez que Khalid vê Ashwin depois de terem sido tirados às pressas da caminhonete em meio à chuva torrencial e levados a um longo prédio cinza. À porta, Khalid vê uma teia de aranha pendurada, balançando devido a uma lufada fria do ar da primavera inglesa. Ele logo pode sentir um aroma refrescante e se enche de esperança.

Ashwin é levado para uma sala e Khalid para outra mais adiante no corredor. Um cômodo maior do que a sala da sua casa, com uma cama de solteiro de bom tamanho em um canto. Uma pilha de roupas novas para adulto, um Alcorão novo, jornais, salgadinhos e água. Não é tão bom quanto um quarto de hotel, porém centenas de vezes mais confortável do que a cela a que estava acostumado. O policial da escolta sorri e diz:

— Talvez você queira se enxugar ou tomar um banho e trocar de roupa. O seu advogado estará aqui em breve. Quer tomar alguma coisa quente? Temos tudo.

— Quero, sim, chá. Não, espere, chocolate quente, por favor, com dois torrões de açúcar.

Khalid fica aliviado quando ele dá as costas. Dois minutos depois está fitando o próprio rosto sob todos os ângulos no espelho do banheiro. Examina o corpo da mesma maneira. Surpreende-se ao ver que em nada se parece com o que imaginava. O seu rosto é mais delicado do que ele se lembrava. Mais triste. O queixo está maior do que era, disso ele tem certeza. Os ombros, mais arredondados. O pescoço parece se projetar para frente e decididamente não é reto como antes. Porém, fora isso, ele acha que continua basicamente com uma boa aparência, apesar de ter ficado bem mais alto. Encostado à porta, tenta medir a altura pondo a mão acima da cabeça e depois olha surpreso com a distância que fica do chão.

— É, estou com mais de um metro e oitenta, provavelmente um e noventa — diz em voz alta.

Depois de se deliciar debaixo do chuveiro de água quente e vestir roupas limpas, Khalid começa a se sentir quase humano. No momento em que batem à porta, ele está preparado para enfrentar o mundo. Mas, quando Harry entra com um amplo sorriso no rosto e lhe oferece um celular prateado dizendo "É o seu pai ao telefone!", Khalid estremece, abalado.

— Papai! Papai! — Khalid agarra o celular. Apertando-o, afasta-se de Harry quando a voz suave e delicada do pai lhe transmite uma intensa onda de tranqüilidade há muito esperada.

— Estou bem. Acabei de tomar uma ducha maravilhosa, papai. — Sentando-se na cama, Khalid mergulha na própria voz, no calor da sua casa em Rochdale enquanto as vozes das irmãs criam uma confusão ao fundo.

— Eu sei, pai. Eles também não me disseram. Para mim também é um choque. Vocês estão bem? Não chore, pai. Vai me fazer chorar também. Sim, passe para a mamãe. Eu também, mãe. Não faça isso. Agora estão todos chorando. Olá, Aadab. Não, eu sei que você não vai chorar. Já está crescida, é claro. Parece bem mais velha. A sua nova melhor amiga é Hareema? Ela parece legal. Olá, Gul, eu também amo você. Que bicicleta nova?

Nas 24 horas seguintes, tiram as impressões digitais de Khalid e ele é interrogado brevemente por dois homens que supõe serem da polícia.

— Nome? Endereço? Em que dia viajou para Karachi, no Paquistão? Aonde foi enquanto esteve lá? — E todas as perguntas costumeiras, mas desta vez sem mencionar a manifestação, os jogos de computador, os cúmplices ou algo parecido. Além disso, escrevem as respostas. Quando pedem a Khalid que explique o seqüestro, parecem ouvir e também anotar. Para Khalid, aquilo tudo é mais uma conversa, não um interrogatório.

Khalid fala várias vezes com a família, dizendo principalmente:

— Sim, estou bem. Não, sinceramente, eu estou bem. Vai dar tudo certo. — E os parentes falam a maior parte do tempo, contando-lhe os esforços do povo de Rochdale, das instituições beneficentes como a Reprieve, a Comissão Islâmica de Direitos Humanos, a Campanha de Direitos Humanos em Guantánamo, a Anistia Internacional, e muitos outros grupos que têm se esforçado muito para ele ser solto.

Na manhã seguinte um policial escolta Khalid ao longo do corredor até outra sala com poltronas confortáveis, uma pequena cozinha e uma mesa cinzenta.

— Sente-se — diz o policial, como se ali fosse um lugar onde os soldados costumassem passar os seus períodos de folga para ler jornais e descansar. Khalid olha para a cafeteira borbulhando na bancada ao lado da pia. Por um momento, a visão da espuma bege o fascina e o policial sorri.

— Quer um gole?

— Ah... — enquanto Khalid hesita, a porta se abre e entra outro homem, com ar de funcionário público, calça cinza e camisa branca, carregando uma pilha de pastas azuis.

— Sinto muito tê-lo feito esperar. Sou o professor Wolfson. Minha função aqui é ajudá-lo a se adaptar à vida normal o mais rápido possível.

— Quando posso voltar para casa? — pergunta Khalid.

— Provavelmente amanhã — responde o professor Wolfson, sorrindo. — Vamos ver isso agora mesmo. — Coloca as pastas azuis sobre a mesa de café e olha diretamente nos olhos de Khalid. — Muito bem. Vamos tomar alguma coisa, para começar. — Faz um gesto para o policial, que se dirige à cozinha.

Khalid concorda com a cabeça, mas ergue as sobrancelhas e diz:

— Pouco leite, por favor.

— Depois de uma provação como a que você viveu, a maioria das pessoas experimenta sérios problemas. Conversaremos sobre todos, um a um, e veremos como superá-los, está bem? — diz o professor.

— Sim, claro — Khalid acha que vai ser fácil e, ao saber que provavelmente voltará para casa no dia seguinte, fica ansioso em agradar ao educado professor e terminar logo com aquilo.

— De início você poderá achar difícil lidar até mesmo com coisas simples, como o som de pessoas falando ao mesmo tempo — começa o professor.

— Sim, entendo. Pode parecer estranho. — Khalid faz uma careta ao provar o café preto, desacostumado com o gosto amargo.

— Não apenas estranho — explica o professor. — Você pode ter alguma reação física e desmaiar. Querer fugir do barulho das vozes. Mas, lembre-se, todas as reações que tiver são absolutamente normais e esperadas nesse tipo de situação.

— Não acho que eu vá querer fugir! — Khalid considera que o professor está sendo um tanto exagerado. Mas, ao mesmo tempo, ele não parece tão louco, parece?

— Por não estar mais acostumado, você talvez evite demonstrações de afeto de sua família. E se de repente alguém pousar a mão no seu ombro poderá parecer uma ameaça.

— Sim, isso eu talvez possa sentir — admite Khalid. Porém, pouco a pouco, à medida que o professor Wolfson fala sobre um dia típico em casa e da reação que ele poderá ter diante de coisas comuns, como sair para fazer compras sozinho pela primeira vez, Khalid percebe que terá muito que enfrentar ao voltar para casa. Ele então se lembra de como era natural ir à loja de Nasir sem preocupação alguma. Sem prestar atenção aos carros que passavam, às pessoas e a tudo mais, exceto aos seus pensamentos. Lembra-se de cortar caminho pelo beco sem saída nas suas idas ao parque.

— E se de repente eu esbarrar em um desconhecido? Isso vai me assustar? — Khalid teme não ser capaz de lidar com as situações. Com os pais. Com os amigos. Sair sozinho.

— Talvez assuste, porém você pode se preparar, pensando nisso antecipadamente — diz o professor, com paciência, e aos poucos fala sobre todas as possibilidades.

Khalid ainda está preocupado quando o levam para um campo de exercícios, onde dois policiais o esperam de cada lado do portão trancado. Trata-se de um enorme campo exposto ao vento, encharcado de chuva, demarcado por cercas de metal altas e impenetráveis.

Khalid leva um tempo para dar a volta no campo, mãos nos bolsos, seus tênis brancos chapinhando, procurando andar o mais rápido que consegue. Depois de completar a primeira volta, apressa o passo e de repente inventa uma trave e um chute em uma bola imaginária. Depois de um salto e uma corrida, tentando se tornar o jogador de futebol mais veloz no lançamento, corre até a linha e marca um surpreendente gol. Khalid pula, dá socos no ar, sacode a cabeça e solta um brado de arrepiar:

— Sensacional! — Ele está voltando para casa.

CAPÍTULO 28

Em casa

Muitas coisas passam pela mente de Khalid quando o velho Fiat de Harry entra na Oswestry Road. Para começar, o ruído distante do tráfego pesado parece mais forte do que ele lembrava.

Um Mini Cooper vermelho os ultrapassa em alta velocidade, com quatro adolescentes. Um deles Khalid reconhece vagamente. Seria Martin Weeks? Não, não pode ser. A cabeleira negra de Martin não era assim tão cheia! Ou era? De repente ele se assusta com a idéia de talvez não reconhecer nenhum de seus colegas. Teriam mudado muito nos dois anos últimos? Ainda iriam querer ser seus amigos, ou o detestariam? Algum o consideraria culpado? Ou fingiriam estar tudo bem e pelas costas o chamariam de terrorista? A idéia desse comportamento o faz sofrer e Khalid sente um nó na garganta só de pensar em viver sem eles.

O carro estaciona na porta da casa e Khalid vê, surpreso, que o jardim de Mac, o vizinho, está cheio de novas flores alaranjadas e amarelas mais altas do que a mureta. O portão de metal também é novo, e as cortinas bege estão cuidadosamente abertas e se agitam, sugerindo que toda a família de Mac observa a chegada de Khalid... e isso o faz sorrir. Acena para a janela, sabendo que todos podem vê-lo. Sabe que Mac o tratará como sempre. Ele não é o tipo de pessoa que pensa de um jeito e age de outro.

— Mac não tem duas caras — o pai de Khalid costuma dizer.

A casa de Khalid parece igual. A mesma alameda estreita de cimento, entremeada de grama. A mesma porta da frente pintada de branco, duas garrafas vazias de leite no degrau. Uma bicicleta nova, cor-de-rosa, parada ao lado.

Afinal chega o momento tão sonhado: o dia de voltar para casa. Porém uma curiosa sensação de distanciamento se abate sobre Khalid, um estranho desinteresse em relação ao que ele sabe que irá acontecer.

Alguns vizinhos correm até os portões para ver Khalid e Harry atravessarem a pequena alameda. Em segundos a porta se abre e Aadab... não, é Gul que cresceu... se precipita e pula no colo de Khalid. Seguida por Aadab, muito mais alta e magra, os cabelos brilhantes caindo até a cintura. Depois a mãe, vestindo um elegante conjunto de saia azul-marinho e blusa branca de mangas compridas, braços abertos, chorando sem qualquer pudor, se aproxima de Khalid, mas Aadab e Gul bloqueiam o caminho, obrigando-a a parar no meio da alameda. Por fim a mãe pega o filho pelos ombros, aos prantos, mas não o abraça porque a sua família não costuma exibir sinais de afeto em público. Por isso o pai se mantém prudentemente atrás, fingindo segurar a porta para evitar que ela se feche, enquanto observa orgulhoso Khalid se aproximar. Todos começam a falar ao mesmo tempo, sorrindo e sacudindo a cabeça, lábios agitados e olhos úmidos. Os vizinhos observam os movimentos com avidez.

De cabeça baixa, mão na boca, Harry acompanha Khalid para dentro de casa. A porta se fecha, isolando a família, que se amontoa num abraço emocionado no estreito corredor de entrada.

Aadab e Gul puxam o irmão pelas calças, exigindo atenção.

— Não consigo respirar — diz Khalid, afastando do pescoço o rosto molhado da mãe. Sente-se sufocado porque nos dois últimos anos ninguém o tocou sem violência. A sensação é de aprisionamento. Súbita claustrofobia.

— Soltem-no um pouco — diz o pai, pegando o filho pelo cotovelo e levando-o para a cozinha, com os sapatos marrons rangendo.

Mas até esse gesto simples lhe soa estranho e Khalid se força a dizer:

— Obrigado, pai. Sapato novo, hein?

— É. Comprei especialmente para o dia da sua volta, mas a cor não combina muito com esta calça. O que você acha?

— Acho que é o par de sapatos mais bonito que você já teve, pai — responde Khalid, com os olhos cheios de lágrimas.

— Mas não combinam muito bem. Eu deveria ter trocado. Mas estão ótimos comparados com o estado dos seus tênis enlameados, Khalid.

Então Khalid faz algo que não fazia há anos. Pega o rosto redondo e sorridente do pai e lhe dá um beijo bem no nariz.

Por um momento o pai se intimida, mas depois dá uma gargalhada e diz:

— Você sempre achou o meu nariz engraçado.

— E continuo achando — Khalid faz uma careta.

Depois de tomarem chá e devorarem o enorme bolo de boas-vindas coberto de glacê, Harry se prepara para sair.

— Olhe aqui, Khalid, você ia se esquecendo disto — e lhe entrega a sacola de plástico com a qual havia saído de Guantánamo. Dentro dela, o Alcorão, a carta, o postal e as folhas de papel, seus escassos pertences naquele lugar terrível. E por um momento Khalid sente-se de novo lá, naquela cama, a cabeça entre as mãos, esperando ouvir o carrinho do jantar ranger no corredor, e treme... a cozinha se afasta dele...

— Khalid! Khalid! — O pai o chama.

— Hein? — ele pisca, constatando aliviado que está agarrado à mesa de casa. A dor interna morre e é substituída por uma sensação de esperança.

Todos se levantam e acompanham Harry, que se despede. À porta, Khalid segura sua mão num gesto de agradecimento. Nesse momento os vizinhos se põem a correr de novo pelas alamedas para dar uma espiada, todos acenando até o carro de Harry desaparecer da vista, no fim da rua.

Khalid é o primeiro a dar meia-volta para entrar em casa e examinar o monte de correspondências de boas-vindas, dirigidas a ele e empilhadas com capricho no chão do corredor. Vai abrindo um dos cartões até que se assusta ao ouvir seu nome na TV. O noticiário está no ar e o seu rosto surge estampado na tela. A família se aglomera feliz, e o apresentador informa que Khalid está em casa, em Rochdale.

Aquilo é demais para ele, que sente a necessidade urgente de se distanciar de todos e pula do sofá para se refugiar em outro lugar.

— Deixe o seu irmão em paz — o pai diz para Aadab, que tenta bloquear a porta.

Uma expressão contrariada transforma o rosto da menina.

— Nós ficamos esperando por ele durante séculos! Agora ele tem que conversar mais conosco!

— Já lhe disse para deixar o seu irmão em paz. Você não vê que ele está exausto?

— Estou exausto, sim — Khalid concorda sacudindo a cabeça e se desculpando. Tenta relaxar quando se deita na colcha azul-clara da sua cama, mas esta lhe parece estranhamente volumosa. A tabela de 2002 da Liga de Futebol de Rochdale ainda está presa na parede em frente. As chuteiras continuam no carpete vermelho ao lado da cômoda branca, com o boné azul em cima, onde ele deixou. Ainda se sentindo meio ausente dessa casa, pensa em Tariq e nos seiscentos prisioneiros que permanecem em Guantánamo enquanto ele repousa no conforto do seu quarto, com a porta bem aberta para sair sempre que quiser. A cozinha está cheia de bolos, biscoitos, queijo cheddar, batatas fritas e suco de laranja, para se servir à vontade. Khalid fica com água na boca só de pensar no curry que a mãe fez para o jantar, mais tarde, no delicioso arroz e no pão *nan*, embora o seu estômago ainda esteja cheio de tanto bolo.

Um carro passa zunindo diante da janela. O sol forma sombras no quarto limpo e acolhedor antes de sumir ao longe, por trás de uma fileira de casas. O cheiro de arroz cozinhando invade a cozinha e só então Khalid tem a certeza de que está de volta. Idéia ao mesmo tempo maravilhosa e inacreditável!

No entanto, noite e dia sem descanso, muita gente bate à porta à procura de notícias. Imames locais, líderes muçulmanos, jornalistas, amigos e vizinhos, até o dono do restaurante em que o pai de Khalid trabalha. O vozerio constante, as saudações e as perguntas educadas acabam se transformando em cansaço e dor de cabeça para Khalid.

— Pai, por favor, diga a eles que agora chega! Não sei mais o que falar. — Mas o pai é educado demais para agir assim, embora às vezes deixe as pessoas esperando diante da porta por tanto tempo que elas se aborrecem e vão embora.

Alguns dias são mais duros de suportar do que outros porque Khalid está tendo dificuldade em dormir. Acorda imaginando as cercas de arame farpado, ouvindo gritos, e se levanta para andar pelo quarto. A janela e a porta estão sempre abertas, mas ele tem medo de olhar para fora e constatar que está de volta ao sofrimento. E o tempo todo tenta arranjar coragem para visitar os colegas, desesperado por encontrar Niamh e rever o seu lindo rosto. Khalid está triste porque nenhum deles apareceu até agora, então se lembra que costumavam se reunir no parque ou nas lojas. É verdade que desde os primeiros anos da escola não era comum irem à sua casa. Normalmente se encontravam na casa de Nico, cujos pais estavam sempre ausentes. No fundo ele sabe que os amigos estão esperando que ele dê o primeiro passo, e isso é o que mais o apavora.

Passam-se mais dois dias até que Khalid se atreve a levantar de madrugada e descer as escadas. Ele vem evitando descer à noite, mas mesmo com um leve tremor de frio, veste uma jaqueta preta por cima da camiseta branca e da cueca vermelha com que dormia e escuta por um instante o pai ressonando no quarto ao lado.

Na cozinha o único barulho é o zumbido da geladeira e, por um longo tempo, Khalid permanece de pé à porta, olhando para o quadrado pesado e negro sobre a mesa de canto, imaginando se teria coragem de ligar o computador.

Com um clique e um silvo, a tela acende mais depressa do que Khalid se lembrava. Ele acessa seus e-mails e leva um susto ao constatar que centenas de pessoas lhe enviaram mensagens.

Mas o nome que ele quer ver, Niamh, não está ali.

— Dê notícias quando puder, cara — diz Nico.

— E aí, garoto, tudo em cima? — pergunta Holgy.

Olhando a lista, Khalid vê que alguns enviaram insultos misturados às mensagens positivas.

— Você não merece voltar para cá, seu canalha terrorista! Espero que você vá arder no inferno!

De repente Khalid fica tenso. Sente o estômago embrulhado, a garganta seca e uma onda de náuseas o domina. Um espelho imaginário reflete a imagem de um armário soturno e Khalid correndo para ir ao banheiro depois de jogar Bomber One. Ele está voltando com um sorriso no rosto, ainda fechando o zíper da calça, quando o som de gente no corredor... som que ele pensou ser do pai. Mas aqueles homens de preto o fazem recuar, forçam-no a ir até a cozinha e apontam uma arma para ele.

— NÃO! — Khalid berra, caindo da cadeira, a cabeça entre as mãos, ouvindo o som de passos se aproximando depressa.

— Filho! Filho! — Mãos quentes seguram seus ombros e o fazem ter certeza de que eram as mãos quentes do pai. De pé ali, com o seu pijama bege, ele chora junto com o filho, segurando-o como se fosse um bebê.

— Eles... aqueles homens... — Khalid soluça. — Não sei de onde surgiram. Me bateram e me jogaram num caminhão. E simplesmente me levaram!

— Eu sei, meu filho... eu sei.

Pouco depois, quando Khalid se acalma, eles conversam sobre a prisão, os acontecimentos, futebol e garotas, esperanças e sonhos de Khalid, até que a luz da aurora entra pela janela da cozinha e os ilumina, afastando o medo mortal que o impedia de dormir.

No dia seguinte, ao anoitecer, Khalid sai de casa vestindo uma calça jeans larga preta, celular novo no bolso. Tenta amenizar a sensação de enjôo com a mão no estômago e verifica se está preparado antes de dobrar à direita e depois à segunda à esquerda. Cortando o caminho para o parque, imagina que Nico e o resto da turma já estejam lá, ao lado das quadras de tênis. Talvez Niamh e as amigas estejam mais adiante, perto do portão, fumando os seus cigarros e compartilhando aquelas bebidas horríveis das quais as garotas parecem gostar.

Correndo o mais depressa que consegue e passando pelas crianças nos balanços, Khalid se dirige aos bancos sob os carvalhos e de repente pára ao ver que todos os galhos foram cortados. Os bancos velhos e quebrados foram substituídos por novos, verdes. Desapareceram todos os cocôs de pássaros, os tubos amassados de batata frita e as latas de cerveja. Até mesmo alguns galhos de carvalho foram tristemente decepados, abrindo aquele espaço secreto para a amplidão do céu e para a movimentada estrada que passa logo atrás.

Um grupo de alunos da escola, que ele vagamente reconhece e que ficaram mais feios e mais rudes do que nunca, passa por ali, fumando. Só depois que cruzam com ele, um deles grita:

— Pensei que você estivesse morto, Kal!

— É melhor você não bombardear nada por aqui, caso contrário em breve estará mesmo! — completa outro garoto, rindo.

Sem responder, Khalid corre na direção oposta, para fora dos portões do parque, rumo à casa de Nico.

Pára por um instante, percebendo-se incapaz de atravessar a rua movimentada e hipnotizado pela visão e pelo barulho dos carros que passam. Um vendaval varre sua mente quando os sinais de trânsito mudam de cor — do vermelho para o amarelo e para o verde, e depois do amarelo ao vermelho novamente —, controlando o trânsito de ônibus e caminhões que cospem poeira no seu tênis novo. Ao mesmo tempo, um cheiro desagradável de peixe frito escapa da loja logo atrás. Khalid não consegue respirar. Vai desmaiar... desmaiar.

— É você, Kal? Olá, companheiro! OLÁ! — De olhos arregalados, Holgy surge à sua frente, afasta-o do trânsito e solta uma gargalhada. Agora mais alto do que Khalid, Holgy usa uma extravagante linha de barba em volta do queixo, que vai até às costeletas.

— Como vai, Kal? A sua cara está por toda parte! Eu vivo dizendo: "Eu o conheço, é um velho amigo meu!"

— É, estou em toda parte — Khalid baixa o olhar, tremendo. Esforça-se para não desmaiar.

— Bem, você esteve, não foi? — suspira Holgy, pressionando o botão para atravessar a rua.

— E você, o que tem feito? — Khalid consegue dizer.

— Estou cursando o supletivo. Eles deixam a gente se vestir como quiser — diz Holgy, contente. — Você precisa ir lá dar uma olhada.

— Mas eu ainda não concluí as matérias... — diz Khalid.

— E daí? Lá há duas senhoras que também não concluíram. Em todo caso, você tem uma excelente desculpa, não é, Kal? Aliás, o meu nome agora é Eshan. Ninguém mais gosta de me chamar de Holgy. Estou velho demais para aquela besteira de hologramas.

— Sim, claro, Eshan, sem problemas — Khalid balança a cabeça, sentindo-se um pouco melhor. "Naquela prisão às vezes eu me sentia um holograma", pensa.

Atravessam a rua juntos e Eshan vai dando informações sobre todos.

— Mikael se mudou para a Austrália com a família. Concluiu 11 matérias, oito com A. Foi o melhor de todos nós. Como se não soubéssemos que isso ia acontecer, não é?

— E Tony? — pergunta Khalid.

— Tony Banda saiu da escola aos 16 anos para trabalhar na companhia de gás. Estava decidido, era tudo o que ele queria, lembra-se?

— Não — Khalid não se lembra.

— Bem, é verdade. Ele parou de jogar futebol quando quebrou a perna e depois que você desapareceu o time se desfez — diz Eshan. — E, você não vai acreditar, ele ainda está saindo com a Lexy.

— É mesmo? Sujeito de sorte! E Nico? — indaga Khalid, sem ousar perguntar por Niamh.

— Nico ainda está na escola. A mãe não o deixou ir para o supletivo, alegando que ele não se esforçaria se fosse para lá. É provável que ela tenha razão. Ele conseguiu tanto quanto eu, sete matérias, a maioria com A e C, nem tão ruim nem tão bom. Mas na verdade nós não nos dedicávamos muito, não é?

Chegando na casa de Nico, Eshan diz:

— Foi bom revê-lo, Kal! Apareça. Sentimos muito a sua falta, amigo. Tudo mudou depois que você sumiu.

— E... você tem visto... ? Não, não importa. Até breve, está bem?

— Até breve — Eshan se afasta, fazendo gestos loucos com os dedos e gritando: — Oriente é Oriente!

Khalid fica um bom tempo em frente à casa de Nico, depois resolve atravessar a alameda e tocar a campainha, mas ninguém responde e ele volta para casa triste e desapontado. Pensa se deveria seguir pela rua que leva à escola, para ver se por acaso se depara com o sr. Tagg. Assim poderá saber de que documentos precisa para se candidatar à universidade, ou se é preciso ser uma velha senhora para entrar sem qualquer certificado.

Porém quando Khalid chega em casa uma surpresa o aguarda. Como se tivesse adivinhado seus pensamentos, o sr. Tagg está na cozinha conversando com o pai e fumando à janela.

— Seja bem-vindo, Khalid! — O professor de história, de cabelo sujo e desgrenhado, calça jeans, camisa vermelha e jaqueta de couro marrom, apaga o cigarro no prato azul lascado que o pai de Khalid havia lhe dado.

— Obrigado — Khalid olha para o professor, de pé ao lado da pia, acenando e sorrindo, verdadeiramente satisfeito em vê-lo, e fica embaraçado, constrangido e envergonhado, de volta aos seus 15 anos e sem idéia do que dizer.

— Eu guardei a carta que você me enviou. — Retirando do bolso da calça uma página gasta e rabiscada, o sr. Tagg entrega-a a Khalid, cujos olhos se precipitam sobre a página, surpreso ao constatar que a carta afinal havia chegado ao professor e reconhecendo imediatamente as palavras e as frases escritas naquele dia na minúscula cela. A estranha sensação de relê-la o leva de volta à escuridão e à tristeza de Guantánamo. Quando afinal afasta o olhar das páginas amassadas, percebe a expressão preocupada no rosto do pai e se recompõe, forçando um largo sorriso.

— Obrigado. Eu estava pensando em lhe perguntar sobre os exames finais — diz Khalid de um só fôlego. — Quero fazer as minhas provas.

— Ficarei muito feliz em ajudá-lo — diz o sr. Tagg, sacudindo a cabeça.

— Excelente! Mas suponho que não será fácil — adivinha Khalid.

— Vou falar com o diretor. Não vejo por que haveria problema. Circunstâncias imprevistas, e tudo mais...

— Então, está bem... e obrigado! — Agora Khalid de fato sorri.

— E muito obrigado em nome da minha família, sr. Tagg — acrescenta o pai.

Recostando-se para terminar a enorme caneca de chá, o sr. Tagg parece pensativo por um segundo.

— O prazer é meu. Mas há uma coisa que eu queria lhe perguntar, Khalid. Você se importaria de me ajudar a fazer uma conferência sobre aquele lugar horrível onde esteve? No momento há uma crescente onda antimuçulmana e nós queremos manter a escola e Rochdale livres desse tipo de preconceito.

— Claro que sim, por que não? — Khalid sorri. — Estou pronto a colaborar.

— Nós odiamos terroristas, como todo mundo — concorda o pai de Khalid.

Só dois dias depois Khalid encontra Nico, correndo para cruzar os portões da escola antes do toque do sinal, rap jorrando pelos fones de ouvido. Khalid não consegue entender as palavras, mas Nico com certeza está apreciando aquele ritmo forte.

— Ei! — Khalid pula diante de Nico, estupefato com a amplidão do sorriso de surpresa do amigo, que arranca os fones do ouvido e tenta erguê-lo no ar. Porém agora Khalid está muito mais alto do que ele, e ambos caem.

— Kal! Kal! Kal! — Nico pula em volta de Khalid, para chamar a atenção geral. — Minha mãe disse para eu manter distância até você se acostumar de novo. O que aconteceu, amigão?

— Você logo vai descobrir... eu vou participar de uma conferência com o sr. Tagg daqui a pouco! — ri Khalid.

— Ah, não! As conferências dele duram horas! — suspira Nico, sorrindo de orelha a orelha.

CAPÍTULO 29

Conferência

— E agora Khalid Ahmed, este corajoso rapaz que nos últimos dois anos foi ao inferno e voltou, concordou em ler para nós a carta que me enviou de sua cela em Guantánamo. Das muitas que me escreveu, esta foi a única a chegar às minhas mãos. Como sabem, Guantánamo fica no extremo sudeste da ilha de Cuba...

Atrás dele, um grupo de professores se ajeita nas cadeiras. Alguns cabeceiam, com ar cansado e cabelos despenteados, parecendo meio adormecidos, enquanto outros, com olhar ávido e sapatos polidos, inclinam-se para a frente a fim de ouvir melhor.

Afinal o sr. Tagg encerra a sua fala e acena para que Khalid se levante da sua cadeira na lateral do tablado, o que o faz parar de remexer as mangas da camisa e imediatamente começar a suar de nervosismo.

Arrastando a cadeira para trás, Khalid olha aquele mar de rostos que o observa se dirigir ao microfone, com a carta nas mãos. Respirando pesadamente, o coração batendo mais depressa à medida que se aproxima, ele se irrita consigo mesmo por tremer tanto ao segurar o microfone. De um jeito inesperado, Khalid fica desconcertado ao ver que a maioria dos garotos com quem costumava jogar futebol agora o encara como se fosse um herói, achando que pelo fato de conhecê-lo podem compreender tudo o que passou. E o tempo todo ele procura na platéia o rosto bonito de Niamh. Vê-la é tudo o que ele deseja agora, os cabelos castanhos ondulando no pescoço. A lembrança do seu sorriso hipnotiza Khalid por um segundo e esvazia seu cérebro. Agora, passados dois anos, alguém um pouco parecido com ela sorri para ele da primeira fila, mas ele sabe que esse sorriso nada significa, pois não é Niamh.

O sr. Tagg corre ao microfone para preencher o tempo enquanto a mente e o coração de Khalid se perdem na recordação do lindo rosto de Niamh: uma imagem que o ajudou a resistir e a chegar até ali.

— Ahã... Um. Dois. Testando. Sim, está funcionando. Vá em frente, Khalid. Vamos lá, rapaz. Fale.

Então Nico, na última fila, solta de repente um grito de incentivo. Todos se voltam para olhá-lo, o que faz Khalid rir e lhe permite um instante de pausa antes de começar.

— Caro sr. Tagg — Khalid começa timidamente, com voz trêmula. — Pensei em lhe explicar por que não concluí o meu trabalho final de história. — Uma risada ruidosa vem da platéia, resultando em um sopro de confiança. No instante em que o som se extingue, Khalid limpa a garganta e prossegue a leitura da carta.

"É uma história meio comprida e, como se diz, a cavalo dado não se olha os dentes. Pedi ao meu pai que esclarecesse ao senhor sobre todas as mentiras que inventaram a meu respeito aqui, então não vou falar disso agora. Mas de uma coisa eu sei: mesmo que eu seja uma pessoa má, não significa que alguém tenha o direito de tentar me afogar, me pendurando de cabeça para baixo e derramando água pelo meu nariz. Me espancaram. Me chutaram. Me acorrentaram ao chão como se eu fosse um animal. Mantiveram-me acordado noite após noite. Quase estouraram os meus tímpanos com música alta. Há outros sofrendo coisas piores do que eu, que foram severamente feridos de tantas maneiras que o senhor não ia querer saber, e o meu primo Tariq também está aqui. Me acusaram sem motivo algum, eu lhe garanto, e jamais entenderei por quê."

Um alvoroço de murmúrios e ruídos de pés arrastando no chão domina o salão. Os alunos se ajeitam nas cadeiras para não perder uma só palavra. Expressões de choque, horror e incredulidade ganham forma em seus rostos surpresos, enquanto Khalid retoma o fôlego e continua.

— Machucar é machucar. Ferir é ferir. Ameaçar é ameaçar. Todos têm um só desejo: gentileza. Eu gostaria de ver mais gentileza quando sair daqui, pois estou farto de ouvir falar de bombas e ver fotos de gente morrendo e de terroristas fazendo isso e aquilo. Sou apenas um garoto que quer tirar boas notas e entrar na faculdade para se tornar alguém na vida. Não quero ficar esperando que me dêem presentes, mas quero, sim, voltar a ver a neve caindo em Rochdale e bater uma bola no parque com os meus amigos. Sonho com isso todos os dias, trancafiado aqui em Guantánamo. Espero que um dia o senhor possa me ajudar a recomeçar, quero dizer, se é que algum dia vão me deixar sair daqui.

"Eu sei que um dia, sr. Tagg, o senhor vai me perguntar o que aprendi. Bem, se eu pudesse dar um conselho a qualquer um aí fora, eu diria que o único meio de evitar a violência é não sermos violentos, não desejarmos o mal e a dor ao outro, praticando a paz sem que seja necessário mentir e enganar. Como é possível o mundo não entender isso? Um dia eu gostaria de ir ao monte Snowdon, no País de Gales, ou ao Lake District, ou ainda passear por uma daquelas lindas aldeias com belas construções de pedra nos vales. Eu adoraria ter essa liberdade. Mas quer saber? Não tenho coragem de ir lá encarar o preconceito das pessoas. É possível que a lojista peça ao marido para me atender porque tem medo de mim.

"Na Inglaterra há florestas, rios, campos e lindos lugares que a minha família jamais viu porque as pessoas desconfiam muito de quem parece diferente. Quando alguém age assim, eu me encolho, tentando não parecer maluco. Escondo o rosto, finjo estar interessado em alguma vitrine ou olho para a calçada.

"Escrevo isto porque jamais ousaria lhe dizer estas coisas pessoalmente. Sim, e me desculpe também por não ter corretor ortográfico. Em todo caso, aposto um milhão de libras que esta carta não chegará às suas mãos. A propósito, o senhor deveria realmente parar de fumar. Já o vi acender dois cigarros antes de chegar até a avenida.

"Sei que falei um monte de bobagens. Desculpe-me. Só quero voltar à minha casa, comer algo decente e encontrar os amigos. Creio que a principal lição que tirei disso tudo foi que o ódio não muda nada. Ele apenas se soma à raiva já existente. A pessoa que é alvo do ódio pode optar por ignorá-lo, enquanto aquela que odeia é sempre dominada por sentimentos agressivos. Então quem sai perdendo? É a pessoa que agride sempre, que mente e engana, e eu jamais serei assim, pois, se fosse, não teria aprendido coisa alguma.

"Atenciosamente,

"Khalid Ahmed, da Turma 4G (de dois anos atrás)"

Assim que Khalid termina a leitura, o salão irrompe em aplausos e vivas. Nico começa a assobiar e depois grita:

— Fechem GUAN-TÁ-NA-MO! — E então explode nova onda de aplausos, vivas, assobios e batidas de pés no chão, estremecendo o auditório da escola até todos aderirem, alunos, professores e funcionários.

— Fechem GUAN-TÁ-NA-MO! — O som atinge o teto e ecoa nas paredes enquanto Khalid retorna trêmulo ao seu lugar. O sr. Tagg agita ansiosamente as mãos, tentando acalmar todos e dirige um olhar orgulhoso ao ex-aluno.

— Muito bem lido, Khalid. Muito bem. Obrigado! — mas a sua voz é engolida por novo surto de batidas de pés.

— Palavras não bastam — murmura Khalid, cansado de ver todos se regozijarem por serem tão bons e corretos. Recusa-se a permitir que o seu coração se infle, caso ele comece a fraquejar e queira desistir — algo que naquele salão ninguém jamais entenderá. Como ele pode se empolgar com o vozerio? As palavras estão distantes demais do inferno que ele sofreu.

Deixando o palco abraçado pelo sr. Tagg, Khalid vê de relance uma garota linda sorrindo para ele. Imagem que ilumina seus pensamentos por muitos dias.

Hora após hora, Khalid retorna aos sons familiares. O chiado da TV. O zumbido da máquina de lavar. Aadab cantando. Conversinhas na cozinha. Retorna às cores familiares: meias verdes, carros vermelhos, o casaco púrpura da mãe sobre a cadeira.

Retorna à luz e à sombra das janelas da sala e das lâmpadas que acendem e apagam. Telefones celulares. Prazeres corriqueiros, como uma geladeira cheia de comida. Forminhas de gelo. Jarras de água disponíveis a qualquer hora. Lojas de chocolates e bilhetes de loteria. E sempre na hora do jantar a cozinha cheirando a comida fresca, preparada com amor.

Khalid caminha por Rochdale, não como costumava fazer (como alguém pertencente àquele lugar, cabeça erguida, capuz arriado nos ombros), mas como um jovem honrado e tímido, de jeans preto e camiseta azul, que olha para o chão mais do que deveria. Nervoso, receando tropeçar ou esbarrar em alguém ou, pior ainda, ser repreendido.

Hoje Khalid resolve visitar a nova lavanderia que ocupa o lugar onde ficava o supermercado de Nasir. Enfia as mãos nos bolsos, desencadeando a lembrança de quando esteve ali, ensopado após ajudar a corredora a reaver o seu celular, e de como Nasir lhe oferecera uma velha jaqueta de lã e lhe advertira sobre o que estava acontecendo no Paquistão.

Por onde anda ele, Nasir?

Agora, em vez de repolho e toranja e do som da chuva num toldo verde, Khalid ouve apenas o barulho de máquinas de lavar cheias de sabão. Observa uma operária de jaleco branco, que enche de roupas uma cesta de plástico azul, acenar e ir até ele com um andar engraçado.

— Achei mesmo que fosse você, cara. Eu o reconheci da TV e do *Rochdale Evening News*. Aqueles homens mereciam ser fuzilados depois do que fizeram. Você não parece terrorista, qualquer idiota pode ver isso. Malditos desgraçados!

— Obrigado — Khalid hesita, apoiando o peso ora numa perna, ora na outra. — Por acaso você saberia o que houve com o cara que tinha a loja aqui?

— Sei, garoto, sei sim. — Ela sorri constrangida. — Já faz um tempo alguém pôs uma bomba caseira na caixa de correio dele e quase incendiou tudo. Por sorte ele e a família tinham saído. Estavam no hospital, visitando uma amiga doente. Ele se mudou daqui logo depois. Alguns dizem que voltou para o Paquistão. Pobres coitados!

Khalid agradece com a cabeça e se afasta, profundamente entristecido. O rosto bondoso de Nasir permanece em sua mente enquanto ele se dirige à rua principal para ver o que mais mudou, antes de parar no jornaleiro da esquina para comprar chocolate. Entra na fila atrás de uma adolescente de cabelo longo e *piercing* na sobrancelha. Vestida com uma saia curta e botas de cano longo, ela joga três revistas sobre o balcão. Pensa um instante e acrescenta chicletes e um pacote de bombons de licor.

— Só um minuto, eu tenho o dinheiro exato aqui... em algum lugar. — Vasculhando afobadamente a grande bolsa de couro, ela retira um punhado de moedas e um cigarro amassado.

Fascinado pela tatuagem de uma corrente ao redor de seu braço, Khalid não percebe de imediato o aroma de perfume doce às suas costas.

— Olá, Kal, você não me viu? — Niamh bate em seu ombro. — Eu estava na *pet shop* aqui ao lado, olhando os periquitos australianos, quando você passou.

Atordoado, Khalid fica imóvel. Toda a cor desaparece de seu rosto. Vestindo short branco e uma blusa amarela brilhante, Niamh em nada se parece com o que costumava ser. O cabelo está cortado curto e há um exagero de sombra dourada sobre os olhos. Ele se lembra de um rosto bem diferente. Ela é bonita, mas não deslumbrante como ele imaginava. Agora está muito magra e ele nunca tinha notado como era falso o seu sorriso.

— Você foi ótimo na conferência — diz Niamh. — Não foi maravilhoso quando todo mundo começou a gritar? Eu pensei assim: "O Kal merece tudo isso." E daí a Gilly falou assim: "Mas ele deve ter feito algo de ruim, senão por que acabou parando lá?"

Khalid a encara. Bem nos olhos verde-claros. Nos cílios esvoaçantes borrados de rímel. Nos lábios rosados que ele sonhara beijar incontáveis vezes.

— Você está bem, Kal? — ela pergunta.

Khalid estremece.

— Eu... ahn... eu estava...

Enfiando as revistas na bolsa de couro estufada, a garota tatuada o encara com ar vazio e depois encara Niamh, antes de sair apressada.

— O que vai querer, amigo? — pergunta o jornaleiro, olhando para a expressão em transe de Khalid, como se houvesse uma forte possibilidade de ele permanecer congelado assim, atravancando o balcão para sempre. Finalmente, Niamh puxa-o pelo braço.

— Vamos, Kal, vamos sair daqui.

Atravessam a rua juntos, e o cheiro desagradável de fumaça atinge seu rosto.

— Em todo caso, como eu ia dizendo, nós todos caímos em cima da Gilly por ela ter falado aquilo de você. — Niamh sorri. — E eu briguei com ela logo depois porque ela tentou beijar o meu namorado. Dá para acreditar? Que bela amiga ela acabou se revelando!

"Namorado? Ela disse namorado?" Os braços de Khalid se lançam para a frente. Ele segura uma grade preta para se equilibrar. O rugido dos carros some ao longe. Um silêncio mortal recai sobre ele.

— Acho que você precisa se sentar. Tem um banco ali — Niamh franze a testa, preocupada.

Nesse instante, uma sacola de plástico vazia pega uma lufada de vento e passa flutuando por eles, ao longo da rua. Carros voltam a circular, e Khalid se lembra de que está em casa, em Rochdale. Não está sonhando. Niamh pega-o pelo cotovelo e o leva até o banco em frente à farmácia.

— Sente-se. O que se passa na sua cabeça, Kal? De repente você parece doente — diz ela.

— Nada — responde Khalid. Então, algo dentro dele recorda todas as horas que passou desejando falar com Niamh quando tivesse chance. E agora tem. Mas as palavras não saem.

— O que há? Pode me contar — Niamh diz.

— Bem, e se eu estivesse pensando... — começa Khalid.

— E... — incentiva Niamh. — Continue.

— Bem... acho que... bom, sempre gostei da sua pintura do botão-de-ouro e... bem, eu gosto de você. Sempre gostei. — Ele sente o rosto ficar levemente corado, mas não se importa. Agora já falou.

— Ah, obrigada. Eu também gosto muito de você, Kal. Isso é ótimo, não é mesmo? — diz ela, sem entender realmente. — Se eu não estivesse saindo com o Josh Parker, com certeza estaria a fim de você. Pode crer.

O golpe de martelo no coração o atinge tão forte e tão rápido que Khalid se dobra de dor, tossindo.

— Você não está nada bem! — Ela o segura pelo braço. — Quer que eu vá até a farmácia e traga algo?

— Não, é só uma coceira na garganta. Sem problema. — Apertando o peito, Khalid aponta a loja de esportes. — Vou entrar ali. Preciso de um boné novo. Usei este até gastar para esconder o cabelo enquanto cresce.

— Deixe-me ver... — Niamh vê o amigo hesitar por um momento antes de revelar o cabelo preto, desordenadamente espetado.

— Não está tão ruim, Kal.

— Está certo. Obrigado. Até mais. — Levanta-se de um pulo e rápido vai se esconder entre as portas de vidro da loja, erguendo a mão para se certificar de que Niamh não o segue e se despede com um aceno. Khalid vai até um mostruário de bonés vermelhos e pretos, sacudindo a cabeça, incrédulo.

Niamh está saindo com aquele completo imbecil do Josh Parker?

O cara que os fez perder o jogo do campeonato contra o time de Burnley porque não sabe nem chutar uma bola reto? Como ela pode gostar dele? A irmã dele, Jacinda, não contou à turma inteira que ele torce o braço dela com tanta força que ela diz qualquer coisa para fazê-lo parar? Qualquer uma que saia com esse idiota merece ter a cabeça examinada. E logo. Está prestes a experimentar um boné preto, mas desiste porque a vendedora desconfiada observa cada movimento seu, e então Khalid se desliga de si mesmo, da loja, do boné e da vendedora estúpida.

Uma fraqueza irresistível obriga Khalid a se apoiar na ponta da prateleira para não desmaiar. Erguendo a mão direita, ele tenta estalar os dedos diante dos olhos. Mas treme dos pés à cabeça. A mão não fica firme e ele não consegue respirar. Um reflexo de sol numa mochila dourada atinge seus olhos e dois djins rechonchudos surgem da luz brilhante, largos sorrisos e dentes brancos como açúcar. A garganta de Khalid aperta e o suor escorre por sua pele. Em tal estado de pânico, nem nota Nadim e Sabeeh, seus velhos amigos da escola primária, que voltam para casa, vindos da mesquita. Khalid não vê Nadim correr o olhar pelas novas camisas esportivas e pelos modelos de tênis na vitrine e então parar de repente e olhar mais atentamente, chamando o amigo para observar Khalid trêmulo e arquejante, com dois vendedores a acompanhá-lo de perto.

Entrando ao mesmo tempo pelas portas de vidro para chegar até ele, Nadim e Sabeeh gritam:

— Khalid!

— Nós cuidaremos dele — diz Sabeeh, acenando para os funcionários da loja, enquanto Nadim se curva e gentilmente retira as mãos trêmulas de Khalid da testa úmida. Impressionado com o pavor estampado naqueles olhos arregalados, dá um tapinha no ombro do amigo.

— Ei, Khalid, está tudo bem, cara. Nós vamos levá-lo para casa.

Mas Khalid não responde. Mal consegue se manter de pé.

CAPÍTULO 30

Gul

Hoje o sol brilha através da janela aberta da cozinha. Ouve-se o som do tráfego pesado zunindo pela Oswestry Road porque o atalho para a cidade foi fechado para consertos na rodovia. Não que Khalid se importe. Com o cotovelo apoiado na mesa da cozinha, ele mordisca a caneta esferográfica azul se perguntando o que mais contar a Tariq depois de rabiscar duas páginas de novidades que duvida que o primo algum dia receba.

Já lhe contou sobre a leitura da carta ao sr. Tagg diante de toda a escola e da surpreendente reação da garotada. Contou também que sempre é parado por desconhecidos, todos esperando que ele diga algo, qualquer coisa, para explicar a sua temporada em Guantánamo. As idéias estão se esgotando.

Essas pessoas devem perceber que ele preferiria esquecer aquele lugar e falar sobre a última vitória do Rochdale. Khalid fica chateado com a idéia de que o assunto jamais desaparecerá, e isso o atinge com mais intensidade cada vez que ele se senta para escrever para o primo. De pronto passa a descrever o grupo desprezível de crianças que viu ontem.

— Lá está o terrorista que tentou explodir Londres — gritou uma delas, provocando em Khalid um arrepio de temor e raiva.

Se tudo se acalmasse, ele poderia levar uma vida tranqüila. Viver outro dia sem ter ataque de pânico e sem que o desespero pelos anos perdidos o domine.

Ter visto Niamh. Saber que ela estava saindo logo com Josh Parker. Não admira que Khalid precisasse de ajuda para chegar em casa naquele dia. Por desespero ou carência, ele havia idealizado o amor de Niamh, pensando que ela cairia em seus braços no momento em que o visse. E ela jamais saberia que pensar nela o mantivera vivo. Ainda o mantinha, porém não como antes. Agora ao imaginar o rosto de Niamh, ele a vê como de fato é: uma garota bonita, não um modelo imaginário nem alguma espécie de salvadora. Alguém cujos olhos e sorrisos costumavam iluminar suas muitas horas solitárias, e ele sempre lhe será grato por isso.

Observa a cozinha, buscando inspiração nas facas polidas dispostas nos compartimentos adequados do faqueiro de madeira, no pano de prato listrado de azul cuidadosamente dobrado sobre a pia de aço, na barra de sabão rosa no novo recipiente de plástico transparente. Tudo na cozinha faz Khalid sorrir. A mãe, com o seu vestido azul-marinho preferido, pára de espalhar noz-moscada, sal e pimenta sobre a travessa de peitos de frango e lhe retribui o sorriso.

Diante dele, Gul, com o cabelo brilhante caindo nos ombros, de braços abertos, desenha a cena de uma rua. Khalid descreve para Tariq a pressa da irmã em terminar de colorir os pássaros do céu antes que comece o barulho dos pratos e da louça para o jantar. Os tocos de lápis de cera rolam como bolinhas de gude por cima da mesa e caem no chão, enquanto ela colore freneticamente um cavalo num campo marrom, grama verde, casas do mesmo amarelo do sol de verão.

O som dos lápis caindo traz de volta a barulheira das bandejas de comida e a imagem de Tariq fitando o ar-condicionado. Sozinho. Curvado na cama, aguardando o ruído dos passos que possam lhe trazer alguém para conversar enquanto espera soar pelo bloco o chamado para a oração. Outras 24 horas de total inutilidade se estendendo diante dele, sem a mínima idéia de quando tudo terminará, sem nada para esperar, agora que Khalid foi embora.

— Gul, pode me dar este desenho para eu mandar para Tariq? — pergunta Khalid. — Não tenho mais o que contar, e você sabe que ele teve uma irmã, chamada Radhwa, da mesma idade que você.

— Eu me lembro — Gul sorri. — Mas não vou dar o meu desenho para ele.

— Algum dia ele mencionou Radhwa para você? — a mãe vira-se para encará-lo de repente.

— Não, nunca. Mas sempre pedia notícias de Aadab e de Gul.

— Que vergonha! — A mãe sacode a cabeça. — Não posso deixar de me perguntar que papel Tariq teve nessa confusão toda.

— MAMÃE! Você não o conhece, nem as pessoas com quem ele costumava conversar. Ele apenas inventou um jogo tolo, e alguém decidiu que era perigoso. E agora ele está preso, inocente como eu.

— Compreendo tudo, você sabe, Khalid. Sinto pena de Tariq. Pelo que aconteceu. Mas as coisas que ele disse do seu pai não podem ser perdoadas.

— Mamãe, não o julgue, a menos que conheça todos os fatos, está bem? Eu cometi aquele erro — diz Khalid. Porém, percebendo que ela se sente culpada, procura animá-la: — Alguma chance de você fazer batatas fritas soltinhas para acompanhar o curry?

O rosto da mãe se suaviza num sorriso:

— Sim. Temos muita batata no armário, meu filho. Como fico feliz em dizer "meu filho"! Sim, o meu filho está aqui conosco mais uma vez!

— Não chore de novo. Você prometeu.

— Chorar? Eu? Eu não, filho. Jamais!

Khalid ri e a sua atenção se volta para o redemoinho de fumaça alaranjada que Gul acrescenta ao desenho.

— Gul, não estrague o desenho com esse laranja horrível.

— Por que não? — e um sorriso bobo se espalha pelo rosto de Gul.

— Eu não gosto dessa cor, só isso — e Khalid franze o cenho para Gul. Preocupado porque a mãe está escondendo as lágrimas ao procurar algo no armário mais alto e ele não quer que Gul a veja chorar.

"Eu poderia lhe contar muito mais, primo" escreve Khalid depressa. "Não acho que aquela sensação de total infelicidade algum dia desapareça. Eu lhe prometo que em breve você voltará para casa. Porém, sempre que começo a pensar nessa prisão aí, paro e me lembro de que há muita gente bondosa no mundo. Eu lhe contei que Mac, o nosso amável vizinho, vai me ensinar a dirigir no seu carro? De graça! Não é muito legal?"

A porta da frente faz um barulho. Khalid ouve o pai parar no corredor e pendurar a jaqueta marrom. Ele entra, com o rosto cheio de ternura e felicidade ao ver Khalid.

— Olá, pai, você viu lá na rua aquele cartaz do leilão de tapetes orientais no sábado? — pergunta Khalid.

Antes de responder, o pai sorri e silenciosamente tira os sapatos marrons, revelando meias cinzas caneladas, depois tira do bolso um bolo de noz-moscada envolto em papel de alumínio e coloca-o sobre a mesa da cozinha.

— Vi, sim, começa às dez da manhã e dura o dia inteiro. — O pai empurra a cadeira para trás e se senta.

— Bem, nós iremos. Não fique tão surpreso. Pense apenas como um pequeno ato de gentileza de minha parte.

— Ah, sim, vou pensar — o pai ri.

A mãe, Aadab e Gul o imitam.

Khalid não trocaria aquele lugar por nenhum outro no mundo... Espiando os sapatos novos do pai no chão, lembra-se de algo:

— Papai, me dê os seus sapatos. Estão bem sujos. Uma bagunça total. — E corre até o armário debaixo da pia para pegar a caixa de papelão.

O pai o encara surpreso quando Khalid estende no chão uma folha de jornal e senta-se de pernas cruzadas. Deposita o pano e as escovas com cuidado lado a lado sobre o papel, exatamente como tinha visto o pai fazer tantas vezes. Cauteloso, abre a lata de graxa marrom-escura e espalha com a escova. Depois, com o punho dentro dos sapatos, passa o polidor no couro, um pedaço de cada vez. Concentra-se mais nas bordas da sola, antes de começar pela ponta e concluir pacientemente o trabalho. No meio dessa árdua tarefa, sente o adorável aroma de frango frito preparado com amêndoas tostadas e cuscuz, e uma pequena chama se acende não apenas nos olhos e no estômago de Khalid, mas também em seu coração.

O pai olha-o com aprovação e Khalid sabe que aquele pequeno ato de gentileza significa mais do que ele poderia imaginar.

Então, sentado no chão da cozinha engraxando os sapatos do pai, parte da tristeza do coração de Khalid se esvai e o passado desaparece numa pequena eclosão de felicidade. O tipo de felicidade que uma família amorosa propicia.

Este livro foi composto em Minion
e impresso pela Ediouro Gráfica sobre
papel pólen soft 80g para a Agir em abril de 2009.